NF文庫
ノンフィクション

潜水艦戦史

折田善次ほか

潮書房光人新社

潜水艦戦史——目次

写真提供／各関係者・遺家族・「丸」編集部・米国立公文書館

『日本潜水艦』要目

	旧．中型			新中型			水中高速潜		
	呂29型(特中型)	呂57型(LⅢ型)	呂60型(LⅣ型)	呂33型(海中Ⅵ型)	呂35型(海中Ⅶ型)	呂100型(潜小)	71号艦	伊201型(潜高大)	波201型(潜高小)
基準排水量(t)		889	988	700	960	525	195	1,070	320
常備排水量(t)	852.3	920.1	1,060.3	940	1,109	601	213	1,291	376
水中排水量(t)	886.4	1,102.7	1,301	1,200	1,447	782	240	1,450	440
全長(m)	74.22	72.72	76.20	73.00	80.50	60.90	42.80	79.00	53.00
垂線間長(m)	70.10	69.88	74.07	71.50	76.50	57.40		76.00	50.00
最大幅(m)	6.12	7.16	7.38	6.70	7.05	6.00	3.30	5.80	4.00
深さ(m)					5.70	4.87	3.97	6.70	4.20
吃水(公試状態,m)	3.73	3.96	3.96	3.25	4.07	3.51	3.15	5.46	3.44
主機(型式×基数)	ズ式2号D×2	ビ式D×2	ビ式D×2	艦21号ⅧD×2	艦22号ⅩD×2	艦24号ⅥD×2	D×1	マ式1号D×2	中速D×1
軸数	2	2	2	2	2	2	1	2	1
軸馬力(水上)	1,200	2,400	2,400	3,000	4,200	1,000	300	2,750	400
〃 (水中)	1,200	1,600	1,600	1,200	1,200	760	1,800	5,000	1,250
速力(kt、水上)	13	17.1	15.7	19	19.8	14.2	13	15.8	11.8
〃 (kt、水中)	8.5	9.1	8.6	8.2	8.0	8.0	21.0	19.0	13.9
航続力(kt/浬、水上)	10/6,000	10/5,500	10/5,500	12/8,000	16/5,000	12/3,500	12.5/2,200	14/5,800	10/3,000
〃 (kt/浬、水中)	4/85			3.5/90	5/45	3/60	7/33	3/135	2/100
燃料搭載量(t)				108.7		50			
備砲(口径cm×数)	12×1	短8高×1	8×1	8×1	8高×1				
機銃(口径mm×数)				13×1	25Ⅱ×1	25Ⅱ×1		25×2	7.7×1
発射管(口径cm×数)	53×4	53×4	53×6	53×4	53×4	53×4	45×3	53×4	53×2
艦首／艦尾	4/0	4/0	6/0	4/0	4/0	4/0	3/0	4/0	2/0
魚雷数	8	8	12	10	10	8	3	10	4
その他の兵装									
安全潜航深度(m)	45.7	60	60	75	80	75	80	110	100
計画乗員数	44	46	48	61	61	38	11	31	26
同型数	4	3	9	2	18	18	1	3	10
第1艦竣工年	大正12年	大正11年	大正12年	昭和10年	昭和18年	昭和17年	昭和13年	昭和20年	昭和20年

（新造時を示す）

	機雷潜	補給輸送潜			
	伊121型	伊351型(潜補)	伊361型(丁型)	伊373型(丁型改)	波101型(潜輸小)
基準排水量(t)	1,142	2,650	1,440	1,660	370
常備排水量(t)	1,383	3,512	1,779	1,926	429
水中排水量(t)	1,768	4,290	2,215	2,240	493
全長(m)	85.20	111.00	73.50	74.00	44.50
垂線間長(m)	82.20	107.00	70.50	71.00	42.20
最大幅(m)	7.52	10.15	8.90	8.90	6.10
深さ(m)	5.91	8.20	7.15		
吃水(公試状態,m)	4.42	6.14	4.76	5.05	4.04
主機(型式×基数)	ラ式1号D×2	艦22号ⅩD×2	艦23号乙ⅧD×2	左同	中速D×1
軸数	2	2	2	2	1
軸馬力(水上)	2,400	3,700	1,850	1,750	400
〃 (水中)	1,100	1,200	1,200	1,200	150
速力(kt、水上)	14.9	15.8	13.0	13.0	10.0
〃 (kt、水中)	6.5	6.3	6.5	6.5	5.0
航続力(kt/浬、水上)	8/10,500	14/13,000	10/15,000	13/5,000	10/3,000
〃 (kt/浬、水中)	4.5/40	3/100	3/120	3/100	2.3/46
燃料搭載量(t)					
備砲(口径cm×数)	14×1	8迫Ⅱ×2	14×1	8迫Ⅱ×2	
機銃(口径mm×数)		25Ⅱ×3、Ⅰ×1	25×2 Ⅱ	25Ⅱ×3、Ⅰ×1	25×1
発射管(口径cm×数)	53×4	53×4			
艦首／艦尾	4/0	4/0			
魚雷数	12	4			
その他の兵装	機雷×42				
安全潜航深度(m)	75	90	75	100	100
計画乗員数	51	77	55	55	21
同型数	4	1	2	1	10
第1艦竣工年	昭和2年	昭和20年	昭和19年	昭和20年	昭和19年

（出典：丸スペシャル No43 1980年9月　潮書房発行）

潜水艦戦史

機雷潜

伊一二一潜
伊一二二潜
伊一二三潜
伊一二四潜

巡潜

伊一潜
伊二潜
伊三潜
伊四潜
伊五潜
伊六潜
伊七潜
伊八潜

甲型

伊九潜
伊一〇潜
伊一一潜
伊一二潜
伊一三潜
伊一四潜

乙型

伊一五潜
伊一七潜
伊一九潜
伊二一潜
伊二三潜
伊二五潜
伊二六潜
伊二七潜
伊二八潜
伊二九潜
伊三〇潜
伊三一潜
伊三二潜
伊三三潜
伊三四潜
伊三五潜
伊三六潜
伊三七潜
伊三八潜
伊三九潜
伊四〇潜
伊四一潜
伊四二潜
伊四三潜
伊四四潜
伊四五潜
伊五四潜
伊五六潜
伊五八潜

丙型

伊一六潜
伊一八潜
伊二〇潜
伊二二潜
伊二四潜
伊四六潜
伊四七潜
伊四八潜
伊五二潜
伊五三潜
伊五五潜

海大型

伊一五二潜
伊一五三潜
伊一五四潜
伊一五五潜
伊一五八潜
伊一五六潜
伊一五七潜
伊一五九潜
伊六〇潜
伊六三潜
伊六一潜
伊一六二潜
伊一六四潜
伊一六五潜
伊一六六潜
伊六七潜
伊一六八潜
伊一六九潜
伊七〇潜
伊一七一潜
伊一七二潜
伊七三潜
伊一七四潜
伊一七五潜
伊一七六潜
伊一七七潜
伊一七八潜
伊一七九潜
伊一八〇潜
伊一八一潜
伊一八二潜
伊一八三潜
伊一八四潜
伊一八五潜

潜特

伊四〇〇潜

伊四〇一潜
伊四〇二潜
潜補
伊三五一潜
丁型
伊三六一潜
伊三六二潜
伊三六三潜
伊三六四潜
伊三六五潜
伊三六六潜
伊三六七潜
伊三六八潜
伊三六九潜
伊三七〇潜
伊三七一潜
伊三七二潜
伊三七三潜
潜高大
伊二〇一潜
伊二〇二潜
伊二〇三潜
中型
呂三三潜
呂三四潜
呂三五潜
呂三六潜
呂三七潜
呂三八潜
呂三九潜
呂四〇潜
呂四一潜
呂四二潜
呂四三潜
呂四四潜
呂四五潜
呂四六潜
呂四七潜
呂四八潜
呂四九潜
呂五〇潜
呂五五潜
呂五六潜
小型
呂一〇〇潜
呂一〇一潜
呂一〇二潜
呂一〇三潜
呂一〇四潜
呂一〇五潜
呂一〇六潜
呂一〇七潜
呂一〇八潜
呂一〇九潜
呂一一〇潜
呂一一一潜
呂一一二潜
呂一一三潜
呂一一四潜
呂一一五潜
呂一一六潜
呂一一七潜
L四型
呂六〇潜
呂六一潜
呂六二潜
呂六三潜
呂六四潜
呂六五潜
呂六六潜
呂六七潜
呂六八潜
潜輸小
波一〇一潜
波一〇二潜
波一〇三潜
波一〇四潜
波一〇五潜
波一〇六潜
波一〇七潜
波一〇八潜
波一〇九潜
波一一一潜
潜高小
波二〇一潜
波二〇二潜
波二〇三潜
波二〇四潜
波二〇五潜
波二〇七潜
波二〇八潜
波二〇九潜
波二一〇潜
波二一六潜
譲渡艦
伊五〇一潜
伊五〇二潜
伊五〇三潜
伊五〇四潜
伊五〇五潜
伊五〇六潜
呂五〇〇潜
呂五〇一潜
第七一号艦
甲標的
蛟龍
海龍
回天
運貨筒
㋴艇

日本海軍『波号潜水艦』艦名一覧〔未成艦をのぞく〕

艦名	艦型	竣工年月日	所属	終戦時所在地	海没処分 年月日	場所
第101	潜輸小	19. 11. 22	第6艦隊第16潜水隊	横須賀	20. 10	清水付近
102	〃	19. 12. 6	〃	〃	〃	〃
103	〃	20. 2. 3	第6艦隊第15潜水隊	舞鶴	21. 4. 1	五島列島沖
104	〃	19. 12. 1	〃 第16潜水隊	横須賀	20. 10	清水付近
105	〃	20. 2. 19	〃 第15潜水隊	舞鶴	21. 4. 1	五島列島沖
106	〃	19. 12. 15	呉鎮守府第33潜水隊	内海西部	〃	〃
107	〃	20. 2. 7	〃	〃	〃	〃
108	〃	20. 5. 6	〃	〃	〃	〃
109	〃	20. 3. 10	連合艦隊・特攻戦隊	豊後水道方面	〃	〃
111	〃	20. 7. 13	〃	〃	〃	〃
第201	潜高小	20. 5. 31	第6艦隊第52潜水隊	内海西部	21. 4. 1	五島列島沖
202	〃	〃	〃	〃	〃	〃
203	〃	20. 6. 26	呉鎮守府第33潜水隊	〃	〃	〃
204	〃	20. 6. 25	〃	〃	20. 10	油津湾で坐礁
205	〃	20. 7. 3	第6艦隊第52潜水隊	〃	21. 5頃	安芸灘
207	〃	20. 8. 14	〃	〃	21. 4. 5	佐世保湾外
208	〃	20. 8. 4	〃	〃	21. 4. 1	五島列島
209	〃	〃	〃	〃	20. 11	玄海灘
210	〃	20. 8. 11	〃	〃	21. 4. 5	佐世保湾外
216	〃	20. 8. 16			〃	〃

（出典：丸Graphic Quarterly No11 1973年1月　潮書房発行）

伊一一潜飛行長の見た豪州通商破壊戦

竣工まもなくの通商破壊戦後ガ島海域で機動部隊を攻撃損傷の憂き目

当時「伊一一潜」飛行長・海軍大尉　桑嶌　康

昭和十七年五月十六日付で、私は伊号第十一潜水艦（伊一一潜）艤装員から乗組（飛行長）に補職し、艦搭載の零式小型水偵の操縦員、飛行機と艦の射出機（カタパルト）に関する事項を担任することになった。人員は、偵察員の藤本道弘飛曹、若林整備兵曹長以下、整備員三名（伊東、守友、大坪各整曹）であった。

伊一一潜は潜水戦隊旗艦用で、常備排水量二九一九トンの甲型である（艦長七字恒雄中佐）。神戸川崎造船所で完成（昭和十七年五月十六日竣工）したばかりで、試運転や各種の公試を行ない呉軍港に回航した。ちょうど軍港には航空母艦翔鶴（しょうかく）が入港していたが、五月七〜八日の珊瑚海海戦で甲板三ヵ所に被弾し、高々と見上げる艦首甲板が凄まじくめくれているのが印象的であった。この海戦では、同期の飛行機乗り五名が戦死しているが、このころから戦

桑嶌康大尉

死者もしだいに多くなった。

航空関係の公試は、まずカタパルトの機能試験で、ダミー（鉄製の中空箱）による発射試験、つづいて零式小型水偵による実機の射出試験と、いずれも無事に完了し、あとは訓練だけである。

艦は作戦参加のため完成を急いだが、計画よりはおくれた様子であった。とにかく新艦とあって、乗員もこれになじむため訓練をしなければならない。潜水艦搭載の飛行機は、軍艦搭載機のように飛行機覆いをはずすだけというわけにはいかない。すばやく組み立てて急いで発艦させる必要がある。なぜなら浮上した潜水艦は、敵に艦体を暴露した、もっとも危険な状態にあるからだ。しかも飛行機組立作業中は多くの人員が甲板に出ており、これも弱点になる。

その作業は、私をふくめた六人でやれるものではない。総員が配置につき「対空戦闘用意」のほか、水雷科や主計科員の手伝いをうけるなど、全艦の協力一致が必要である。潜水艦用の飛行機は特殊だから、本潜水艦用偵察機の発艦と揚収の方法を、ひととおり説明しておこう。

艦が潜航中で、潜望鏡深度（伊一一潜は十九メートル）にある場合、艦長は海上と上空に敵のいないことを確認して「飛行機発艦用意、メインタンクブロー」を発令する。これで艦は急速に浮上する。所定の前部員ほか約十名と整備員四名は、急いで上甲板に出て飛行機格納筒の前扉をあけ、飛行機の胴体を引き出して旋回盤上に乗せる。甲板の幅が狭いので、この艦上でくるくると機体を回しながら両翼、操縦索、フロート、プロペラなどを取り付けて結合し、その他細部の部品をすばやく、しかも念入りに組み立てて点検しなければならない。

訓練でいちど飛び上がって速度計を見たら、ゼロを指していて、ぎくりとしたことがあったが、これは組立のさい、ピトー管（主翼前縁にある）の引き出しを忘れたためであった。何回も訓練をつまないと、すばやく仕上げたつもりでも、不完全なことがあるのだ。

シドニー沖を行く伊11潜。艦橋前方機銃台上から水偵格納筒越しの射出軌条。右に起倒式揚収クレーン

さて、プロペラを取り付けると、掌整備長は暖機試運転をはじめ、「異常なし」で発動機回転のまま操縦員の私と交代する。偵察員は艦内から所持の七・七ミリ旋回銃を後席にとりつけて、出発準備を完了する。

いよいよ射出発艦である。艦長の「発艦はじめ」の令で、操縦員はスロットルをいっぱい出し全開、頭を座席枕にピッタリあて操縦桿は中正、そして右肘を右胴にしっかり固定させる。つぎにいったんスロットルから手を放し、頭上にまっすぐに上げて、その掌の指をそろえてスロットルを前方に押さえ、エンジンを絶対に絞らないようにするわけである。これらの方法は、カタパルト発進のさい大事なことで、加速度の増減によるショックによって、危険な操作を防止するためである。

さて、パイロットの「出発準備よし」の左手の合図で、先任将校の浜住芳久大尉（水雷長）は、手旗を頭上でひとふりして、さっとおろすと、整備員はカタパルトの引金をひく。飛行機はレール上を滑走台車にのったまま約三Gの加速で突進し、艦首レール先端で台車は止まり、飛行機は弾(はじ)き出されて、しだいに上昇飛行にうつる。

つぎに飛行機揚収の場合は、艦の右側後方に着水して徐々に艦側に近づき、デリックの下に機をもっていく。舷側と左翼端は七十センチほどで余裕がないので、浪の高いときは破損しやすい。舷側から竿で突き放し、衝突を防ぐ。偵察員は席から出て、釣索をデリックに掛ける。飛行機はデリックで揚げ、回転盤の上で、組立のさいと反対の順序で分解し、格納する。

以上のとおり、組立と分解は大作業であり、迅速に行なうことが重要である。したがって短い期間ではあるが、機会を見ては訓練することに努めた。目標は浮上から発艦まで八分であったが、作戦に出発するころは、十二分ぐらいであったと思う。

豪州東方海面に出撃

伊一一潜は訓練を概成し、出動準備も完了した。昭和十七年六月六日、出港準備に忙しいその夜に入電した極秘電報を見た。ミッドウェー海戦で三空母沈没し、飛龍も炎上中との敗報である。あと数時間で出港である。一同、暗然として声もなかった。同夜半の午前零時、わが潜水艦はマーシャル諸島クェゼリン基地に向け、静かに呉軍港を出撃した。

すでに太平洋は、日米海軍激戦の場となっていた。海上は静穏、各種の訓練を実施しながら警戒を厳にして、六月十六日クェゼリン環礁に入港した。南洋の空はあくまで青く、水平線の彼方に白い入道雲が見え、澄んだ紺青の海が美しかった。ちょうど根拠地隊水上基地の上空で、二式水上戦闘機と零式観測機が上がったり下がったりの空戦訓練を実施していた。私は二座水偵操縦専修で、これまで九五式水偵（単浮舟）しか乗ったことがない。いずれは、この二機種にも乗るであろうと、あかず眺めていた。

このころ日本海軍は珊瑚海、ミッドウェー両海戦とアリューシャンの大作戦により、最精鋭の航空母艦四、小型空母一を喪失、大型空母一を損傷して、予想を超えた大打撃を受けていた。したがって次の作戦計画に狂いが生じ、変更を余儀なくされていたのであろう。本潜水艦の作戦任務も、すぐには定まらなかった。飛行機は停泊のまま射出発艦して水上機基地に移し、洋上航法や写真偵察訓練を行なった。また本艦伊一一潜の対空戦闘目標機となったり、潜没した本艦の、上空からの見え具合などを実験したりといった協同訓練を実施した。

このクェゼリン停泊は、乗員の訓練と休養および艦と兵器整備のうえで、非常によかったと思う。伊一一潜は第三潜水戦隊の旗艦として、司令官河野千万城少将、先任参謀泉（いずみ）雅爾中佐以下、司令部員十数名が乗艦した。読売新聞の羽中田氏も従軍記者として乗艦した。私はデング熱の発熱中であったが、飛行機を基地から空輸して艦に収容し、出港準備を完了した。

七月九日、クェゼリン基地を出撃し、オーストラリア東方海面に向かった。任務は他の僚艦二隻とともに、豪州東岸の通商破壊作戦を実施することであった。艦は第三警戒配備で、水上航走のまま南下をつづけ赤道を越えた。南回帰線を通過すると、しだいに風も冷たくなり、敵の哨戒圏に入った。昼間は潜航し、夜間には水上航走にうつって、二次電池に蓄電をくり返した。南緯三〇度線に達したころ、船団の集団音を聞いたが、遠い。

七月十六日の夜、私は艦橋に上がって西方を眺めた。遠くの空の雲に光芒が反映しているのが見える。同期（海兵六六期）の航海長上捨石康雄大尉は「シドニーの灯だ。距離は約一〇〇浬（かいり）」と説明してくれた。ここ南緯三四度から以南のバス海峡までが、わが艦の作戦担任海域である。艦は陸岸に接近しはじめ、沿岸航路ぞいに敵船を探して南下した。

七月二十日、夜の十時二分、シドニーの南、ジャービス湾沖を南航する貨物船（リバース号、四八三五トン）を水上航行のまま雷撃する。カーン、ドドンという命中音を聞いた。伊一一潜の初獲物であり、私にとってもはじめての経験であった。許可を得て艦橋に上がって様子を見ると、敵船の周囲には白煙が立ち込め、船首の一部を海面に出しているだけであった。七分で沈没した。

さらにその夜零時をすぎ、二十一日の午前一時三分、遭遇した米国船（コストファーマ号、三二九〇トン）を撃沈した。

七月二十二日午前四時十五分、商船に魚雷二本を発射し一発は命中したが、なかなか沈まない。そこで潜航してふたたび雷撃し、止めを刺した。午前六時十五分であった。同船は米国のウィリアム・デームス号、七一七六トンであった。

その後、バス海峡まで南下して、反転する。同じ航路を北上して、二十二日に撃沈した場所、ツーフォド沖に差しかかった。このころ、内地は真夏の七月下旬にあたる。ちょうど福島県と反対の南緯に位置するこの辺は真冬で、寒風が吹き荒れ波浪が高かった。

七月二十七日、貨物船と遭遇し、午前三時六分に雷撃、命中したが沈まない。魚雷節約のため「砲戦」が下令された。砲術長の井上光少尉以下砲員は、張り切って一四センチ砲に駆け寄り、砲弾を装塡した。しかし波浪が高く、艦の動揺がはげしくて照準ができない。そのうちに敵船は「SOS、コロナ」を連送しはじめたので砲撃をとりやめ、安全上、直ちに潜航した。そして再度、雷撃を行なって撃沈した。船名「コロナ」と発信したこの船は、三千トン級の貨物船であった。

ガ島来攻の徴候は認めず

七月二十九日は真の暗夜であった。私は衣服をつけたままベッドに仮眠していたが、急速潜航の激しいベルの音で目をさました。とび起きて、司令塔内の配置につく。艦は潜没をはじめており、潜舵員が「深さ十九」と呼称したと同時であった。カーン、ドドン、ザーという、割合に軽い音が頭上でひびいた。夜明けとともに点検のため、浮上して調べる。被害はなかったが、後甲板上に爆弾の破片が多数散乱していた。爆弾は水面で触発したもので、潜

クェゼリンを高速で出撃する伊11潜艦橋後部。連装機銃の向こうに測距儀

没が一瞬おくれていたり、または対潜爆弾であったら、大変なことになっていたと思う。発見が暗夜にもかかわらず、この正確な爆撃には脅威を感じた。時刻は午前四時であった。艦長の言によると「艦首方向から航空灯をつけた双発機が五十メートルの低高度で頭上を通過したので、直ちに急速潜航を下令した」とのことであった。敵機は確認のうえ潜水艦とわかって、反転して爆撃していったのであろう。

二十四日ごろから、航路筋は対潜警戒がきびしくなり、独行船も減ってきた。護衛船団を編成しはじめた様子で、飛行哨戒も開始したらしい。

七月三十日午後十時三十分、水上航行中に駆逐艦の護衛する船団を発見して追躡（ついじょう）した。その前程に出て潜没し、残存魚雷二本を発射した。六百メートルの近い目標をねらったのが、遠い目標に命中したらしく、本艦の反対側で多数の爆雷音を聞いた。戦果については未確認で、敵の被害は不明である。

「作戦を終結しトラックに帰投せよ」との命令によ

り八月一日、哨区をはなれて北上をはじめた。

　わが海軍は、ミッドウェー海戦に三五〇隻の艦艇を動かしたが、空母四隻の全滅で敗退した。いわば航空戦力を失えば、作戦は成り立たないことを立証したようなものである。これで呆然自失して、つぎの手が出ない感じであったが、既定方針のニューカレドニア進攻構想には変更がなかった。

　この方面の第一線の最南端はツラギで、横浜航空隊主力がここに進出していた。九七式飛行艇七機、二式水上戦闘機九機で哨戒飛行を行なっていた。また、その対岸のガダルカナル島では海軍が飛行場をつくっており、ほとんど完成して、近々、戦闘機隊が進出する予定であった。しかし、ここの防備兵力はツラギ地区の陸戦隊三〇〇名、ガ島陸戦隊四〇〇名である。しかもラバウルからは五六〇浬（約九四〇キロ）もあり、まことに遠い。はじめから支援など容易にできる距離ではなかったのだ。

　米軍は七月四日にガ島飛行場に気がついて何回も偵察をくり返し、八月に入ってからは爆撃にも飛来するようになった。その一方で、米第一海兵師団の精鋭一万九千名は、七月末の三日間、フィジー諸島で上陸演習をおこなった。そして二十三隻の船団に分乗し、空母三、戦艦一、巡洋艦十、その他の護衛をうけて、ガ島方面に向かった。

　この方面の味方艦艇は、わが三潜戦の三隻のほかに、三隻の潜水艦が行動中であった。この三隻はニューカレドニア、フィジー、ニューヘブライズ方面を偵察したが、七月二十一日以降、ヌーメア方面が警戒厳重となったほかは、とくに異常は認めなかった。

巡潜型や甲型、乙型潜に搭載され飛行偵察や爆撃に使用された潜偵(零式小型水偵)。写真は昭和18年4月、伊29潜艦上のもの。乗員2名、機銃1梃、爆弾2発、巡航85ノットで滞空4時間

敵機動部隊を襲撃

伊一一潜は豪州沿岸をはなれて六日間、敵に遭うこともなく航行をつづけて、八月七日を迎えた。正午すぎごろから、作戦緊急信がさかんに入りはじめた。敵はツラギを猛攻中というのである。

本艦はちょうど、ツラギの真東を通過していた。にわかに艦内は緊張につつまれ、総員配置につき潜航に移った。

敵信を直接傍受すると、敵の航空母艦が近くにあって、飛行機がさかんに発着艦している様子である。接敵して攻撃したいところであるが、魚雷は一本も残っていない。

ツラギの横浜航空隊の操縦員たちは、鹿島、館山、博多航空隊でいっしょに訓練した人たちである。水戦隊の分隊長佐藤理一郎大尉は、海兵同期のうえ、一年間いっし

ょに操縦を修業した仲である。彼は日本海軍最初の水戦隊の分隊長となってみなの羨望の的であった。そんなわけで、横浜空の戦友隊員の運命を思い、気が沈んだ。

本艦伊一一潜はそのままトラック島に急行をつづけて、八月十一日に入港した。米軍はツラギとガダルカナルに上陸しており、日米両軍の激しい海空戦がはじまっていた。潜水部隊は、この米軍来攻のため、そのほとんど全力をガ島周辺海域に集中して作戦することを命ぜられた。

わが乗員は基地に入港しても、休む暇なく軍需品の積込みや魚雷調整など兵器の整備に追われ、出港準備を急いだ。飛行関係の訓練としては一回だけであるが、水上から離水して夜間航法を実施し、艦側に着水した。戦艦大和以下、多数の軍艦が灯火管制をしており、自艦もよく見分けがたいこの暗闇は、無気味なものであった。

八月二十日、トラック島を出撃してソロモン諸島南方の作戦海域に向かった。前回と同じく、河野司令官が座乗（ただし羽中田特派員は離艦）する。

八月三十一日にはツラギの南東一四六浬に至り、午後九時、大型輸送船一、駆逐艦一を発見する。追躡して前方に出て潜没、待伏せをくり返すが、よい射点に占位できない。海上は静穏でミストの立ちこめた夜であった。

九月一日午前三時に魚雷を発射、命中音一を聞いたが、敵の被害は未確認である。この場合のように敵の護衛艦がいるときは、潜望鏡で照準発射するや直ちに深くもぐらないと反撃をうけるので、確認は困難になるのである。

九月六日午前九時、ガ島南方レンネル島南方沖インディスペンサブル礁の一一〇度一三五浬に達し、わが水中聴音員は三万メートルに艦の集団音を捕捉する。数度の潜望鏡による視認ののち、エンタープライズ型空母一、重巡二、駆逐艦六からなる敵機動部隊と艦長は判定した。上空には哨戒機も飛んでいた。この部隊が之字運動を行ないながら、しだいに本艦に接近してきた。

午前十時、まさに七百メートルの距離を過ぎ去ろうとする空母に、魚雷三本を発射する。斜進八十九度であるから、ほとんど九十度に舵をとって魚雷が走ったことになる。発射して三十一、三十三秒後に命中音、さらに三十七秒目にドドン、ザーという音を聞いた。

深度六十メートルにもぐり、音を出さないように最微速で潜航する。じっと静かにして、二時間近くが経過する。海上の敵情をさぐるため、艦長は潜望鏡深度まで浮上を決意し、スクリューの回転を少し増加した。

これを探知されたらしい。静止して捜索中の敵駆逐艦が動きはじめた。

「敵駆逐艦近づきます」と聴音手が声高く報告する。間もなく激しい振動とともに、物凄い塵埃(ほこり)が艦内に立ち込める。連続五回の衝撃である。細長い昼光灯はバリンバリンと割れて、しだいに室内が暗くなってくる。時刻はちょうど正午であった。

敵の爆雷攻撃は、初弾から至近距離であった。潜舵、三本の潜望鏡ともみな曲がってしまい、自動調節トリムタンク故障、その他重大な損傷をこうむった。とくに二次電池はほとんどがひび割れして硫酸がもれ出たため、艦底の汚水と混合して、刺激臭の強い塩素ガスが司令塔に漂いはじめた。清水清直機関長と掌機長は、二次電池室の調査のため、下に降りていって入室するが、毒ガスを吸って倒れてしまった。そんなことを二回もくり返し、そのつど酸素吸入でよみがえるという次第であった。電気のスパークも起こるので、電源を切ってしまった。

艦長以下、司令塔の者は軽い肺炎となり、私は脈拍をはかると、百二十もあった（普通は七十前後）。艦は安全深度の百メートルをこえて、百六十メートルぐらいになっていたと思う（目盛はない）。わずかに漏水しているので沈下する一方で、水圧に潰される恐れもあった。そこで貴重な高圧空気を小出しにして排水し、現深度をたもった。

しかし、速力停止で、トリムタンクも役立たないとなると、艦の前後を水平にたもつことがむずかしくなる。この停止して海中で釣合を保つ状態を「ハンジング（懸吊）」というが、通常の訓練で三十分間たもてれば上々、と聞いている。

本艦はそれをもう四時間もつづけていた。それも暗く狭く低いトンネルの廊下を、乗員が重い米袋を肩に前後に走って行なっているのだ。艦の釣合の担任者である先任将校の指令に従ってである。まったく「死力を尽くす」という言葉どおりの奮戦であった。

午後四時、ついに前後の水平がくずれだした。日没にはまだ間があったが、「メインタンクブロー」の下令で浮上をはじめた。深度が深いので、浮上には三十分ぐらいかかり、艦は横倒しにならんばかりの恰好で、海上に浮き上がった。外部は見えないので、一同、敵の砲撃を心配する。

砲員、対空機銃員は急いでハッチから艦外に出た。外界はやや薄明るかったが、波浪は高く、天候は荒れ模様であった。敵はすでに視界から去っており、艦は助かったのである。ディーゼルエンジンも異常なく始動し、伊一一潜は潜航不能の状態のまま、トラック基地に向かった。

この海域は、サンタクルーズ諸島最大の島ヌデニ島の米軍飛行艇の六〇〇浬哨戒圏であるとの情報は、以前からあった。したがって対空戦闘は予期したところで、二五ミリ連装機銃二基が頼みの綱である。それでも、艦内のあらゆる火器、すなわち小銃、飛行機搭載用の七・七ミリ機銃まで甲板に上げて、対空戦闘に備えた。九月七日午前九時、荒天のなかを米海軍のカタリナ飛行艇に発見され、爆撃二回と銃撃をうけた。これは撃退して被害はなかった。

九月八日正午、この日は晴天で、例の敵哨戒圏の先端にあたり、またもやカタリナ飛行艇の爆撃をうけた。こちらは主砲の一四センチ砲を射撃して威嚇するなど、激しい戦闘になった。さいわい爆撃回避も成功して被害なく、敵の哨戒圏を離脱することができた。

修理のため呉軍港へ帰投

九月十一日、トラック島に入港し、旗艦の指定をとかれた。ここで艦の被害検査があり、私が最初に見たのは飛行機格納筒であった。その厚い筒形の上部鉄板は、ちょうど中央が支那鍋の底のようにへこみ、爆雷による水圧の恐ろしさを見せつけられた。直上至近で爆発し

9月6日の雷撃後、危地を脱して後甲板空中線下で武運を祝す伊11潜乗員

たものであろう。前扉は開けることができなかった。

九月十五日、修理のため呉に向け出港し、九月二十三日、呉軍港に入港した。この帰投の航海中に私あての入電があった。「特設水母山陽丸分隊長補職のため、横空付（講習員）発令予定」との内示である。

呉に入港して、飛行機格納筒の扉を工廠員の手であけた。なかには振動によるガソリン漏水で、その気体が充満していた。計器類はそのために全部ダメになり、回転計だけ正常であった。飛行機を組み立てると、左翼前縁が少しつぶれていたが、発動機は正常であった。海面から離水し、速度や高度が示されないまま音戸の瀬戸を低空で通過して十一空廠に機を返納した。これで伊一一潜での私の任務は終わった。

後日談としてつけ加えると——

一、九月六日攻撃の敵機動部隊に関する記録は、米軍資料には何も見当たらない。
二、日本の大型潜水艦の大部が、ガ島南方海面に集中して、敵艦隊阻止の大作戦を実施したのは、これが最後と思う。
三、八月三十一日、伊二六潜はサラトガに損傷を与えた。
四、九月十五日、伊一九潜が空母ワスプ、駆逐艦一を撃沈し、戦艦ノースカロライナを撃破した戦果は抜群であった。
五、伊九潜は、戦艦をふくむ米艦隊を追躡中に、約一〇〇発の爆雷攻撃をうけて損傷し、身の毛のよだつ思いをしたと聞いた。
六、伊一一潜は明くる昭和十八年一月、修理完了後、ふたたび南東太平洋方面に作戦し、敵艦船を攻撃して成果をあげた。私の後任飛行長の柴田昭中尉（海兵六八期）はニューカレドニア島ヌーメアを二回、ニューカレドニア西北西方チェスターフィールドを一回、飛行偵察し、貴重な報告を行なった。しかし同艦は、昭和十九年一月十一日以後、サモア方面で消息を断っている。米側にもその消息をつたえる記録はない。

伊一七潜水艦とアリューシャン作戦

霧と寒風の海を索敵哨戒に任じ駆逐艦の挟撃に耐えた軍医長の手記

当時「伊一七潜」軍医長・海軍軍医中尉　千治松彌太郎

昭和十七年五月十九日、横須賀軍港から回航したわが伊号第十七潜水艦（伊一七潜／乙型＝昭和十六年一月竣工）は、青森県大湊軍港を出航し北方作戦についた。当時、わが海軍は二正面作戦を展開していた。一つはミッドウェー作戦、もう一つはアリューシャン作戦である。第一潜水戦隊（当時の最新鋭潜水艦群）に属し、アリューシャン作戦部隊の先遣部隊として、伊一七潜は最先頭に立って後方機動部隊（空母、重巡、駆逐艦）および陸上部隊乗船の護衛船団の露払いの役目を仰（おお）せつかって、北海を北へ北へと航行したのである。

千治松彌太郎軍医中尉

アリューシャン列島の最西端にアッツ島がある。わが艦に与えられた任務は、アッツ島の偵察および味方陸軍部隊のアッツ島への揚陸掩護である。五月の北海はなお寒風すさび、大浪のうねりは艦橋の天蓋をゆすって突き抜ける。浪の谷から峰にゆすり上げられる艦体は、

武者ぶるいする雄獅子にも似て悲愴である。そのたびに艦は大きなローリング、ピッチングを繰り返す。（三七頁地図参照）

艦橋の見張員は重い防寒装具を着て、浪しぶきに曇る双眼鏡をタオルで拭いながら、手摺につかまって見張りをつづける。防寒衣には凍った雫（しずく）がへばりついている。艦の速度はさっぱり上がらない。スクリューが水面に露出して空回りをする。こんな時化（しけ）は、私も海軍に入ってはじめての経験だ。あまり揺れるので、艦橋に上がろうとするが、傾斜が急で風に吹き飛ばされそうで、危ないので中止にする。ひとたび基地を出港した限り、散開線を張って航行する僚艦の姿も見えない。

いかに海が荒れて悪戦苦闘しようとも、無線封止をしている以上、自力で目的地へとりつく以外、方法はないのである。漆黒の夜の荒海と、曇天の巨濤のゆさぶりの日々がつづく。

五月二十日、今日は海神もお休みとみえる。波浪も多少静かである。前方の海面に三頭の鯨（くじら）が、波間にときどき黒い背を見せて遊弋している。親子鯨であろうか。鯨の愛情はとても濃（こま）やかであると聞く。

「取舵（とりかじ）！」艦はそっと彼らを避けて、一路北に向かう。艦橋に上がって吸う煙草がとてもうまい。平和な時代、横浜〜シアトル航路が設定されていて、氷川丸その他の豪華客船が通ったのも、この辺の海域であろうか。敵の姿にはいまだ接しない。

五月二十四日午前一時半、アリューシャンの海はすでに夜明けがはじまっている。目指すアッツ島が見え出したとの見張員の報告に、急いで艦橋に上がると、黎明前の靄（もや）のなかに島影が盛り上がっている。艦は浮上したまま、ぐんぐん島に向かって接近して行く。乗員にもしだいに緊迫した空気がみなぎってくる。

（あれがアッツか）誰の胸にもはじめて見る敵地にたいして、なにか雄々しい胸迫るものがあるようだ。午前七時半あたりは、すっかり明るい。島からはもうこちらが見えるかも知れないので、大胆不敵な西野（耕三）艦長も潜航を決意する。

「総員配置につけ」「潜航急げ」ブザーがけたたましく艦内にひびくと同時に、ベント弁を開く音、シューという圧搾空気の音、メインタンクに流入する海水の音が交錯してひびく。

艦内は艦長の下令を待って、静かな静寂に入っていく。深度十五メートルで潜望鏡深度に入り、艦長は潜望鏡にとりついて、水中航走で島に接近して行く。私は士官室のソファーに腰をおろして、軍令部発行の極秘兵要地誌を調べると、写真入りで次のように書いてある。

「島の中心地チチャゴフ湾に面する陸上には米国の無電塔が立っていて兵舎が有る。兵力は不明なるも守備隊は居る模様である。もとは漁業、通信の基地として此の港を利用した」

艦長から潜望鏡を借りて、アッツ島南東部チチャゴフ湾（熱田湾）の偵察をする。眼前に横たわるアッツ島の冷厳なる姿。けわしい島の形相である。屹立する山嶺は、すべて皚々（がいがい）たる白雪におおわれていて、神々の座ともいえる清らかさである。海岸の波打ち際にいたるまで黒々とした断崖がつづき、一部ところどころ、雪のはげたまだらが縞をつくっている。岩礁に砕け散る青い波濤の向こうに見え隠れする陸上には、兵舎らしい家屋が見えるが、もちろん人影までは定かではない。

陸軍の山崎保代大佐以下の二五〇〇名が、この島に上陸し、米軍の総反攻の前に全員玉砕の運命の島と化することも知らぬげに、静まり返ったたたずまいである。

上陸した陸軍部隊がこれから先、どんな生活に入り、いかなる運命をたどるか予測もできないが、とにかく、大変な苦労をすることだけは確実だ。寒気との闘い、糧食、弾薬の補給との闘い、ましてや絶海の孤島に投げ出された人間の寂しさとの心理的闘い、鳥も鳴かず、花も咲かない荒涼たる不毛の地における生活を想って、私は潜望鏡を艦長に返した。

私が戦時中、第二回目に乗艦して軍医長をしていた伊号第二十四潜水艦（伊二四潜／丙型＝昭和十六年十月末竣工）が、転勤命令の来た私をラバウル港に揚陸げしたまま、急きょ北方作戦に転用されたのは、昭和十八年四月であった。伊二四潜は、その後、補給の困難になったアリューシャン方面で、寒気と波濤と敵と戦いながら、弾薬、糧食、兵員の輸送に従事していた。

しかし昭和十八年夏、アッツ島キスカ島近海の濃霧のなかで敵駆逐艦のレーダー射撃を浴び、私の尊敬する花房博志艦長、私の後任として乗艦した藤居軍医大尉（東大卒）以下、全員戦死をとげられたことを終戦後に知った。真珠湾に特殊潜航艇を搭載して潜入した豪放なる艦長をもってしても、新鋭兵器の前には屈服を余儀なくされる始末に終わったのである。

乗員諸兄の御霊よ安かれ！

アッツ・キスカへの上陸

伊15潜。第一潜水戦隊の僚艦としてアリューシャン方面に行動した伊17潜と同じ乙型潜の一番艦。伊17潜は18年８月ヌーメア沖で消息不明、伊15潜は17年11月ガ島南東方で消息不明となる

五月二十七日、今日は海軍記念日だ。ご馳走といっても、生野菜はもうない。赤飯の缶詰、ヨーカン、いか缶、ごぼうの缶詰。艦内は寒いせいか、食欲はわりと出る。

アリューシャンの海は午後七時が夜の入りで、午後十一時にはもう夜が明ける。したがって、潜水艦の隠密行動にはまことに都合が悪い。だから敵前では、一日に十九時間も潜っていなければならない。冷たい海水のなかに潜航している艦内の寒気はとても厳しく、水滴は凝水(ぎょうすい)となって滴下し、艦内ビルジ（汚水）の貯溜は激しい。

艦内空気は極度に汚れ、炭酸ガスを吸収して酸素放出を毎日おこなわねばならない。電力を消費すること著しい。軍医長は毎日これらの量を測定し、先任将校と相談して放出量を決定しなければならない。不測の事態に備えて、予備も考慮に入れねばならない。

ようやく薄暮が訪れるころになると、五時間の夜暗を利用して浮上航走に移り、電力をチャージしなければならない。ときどき敵の飛行機が尾翼灯をともして、レーダー観測により頭上を飛行するので、充電途中で急速潜航に移らねばならぬ。まったくいやな忙しい海面だ。波浪のうねりが強く風も吹きすさぶので、艦橋に出て煙草を吸おうとしても、マッチがつきにくい。妻子を持たぬ独り者のゆえか、ふしぎと両親のことなどは考えない。なるようになるさといった恰好である。

今日はどうしたことか、漏油がはげしく、海面に油が洩れて浮かぶ。これでは潜っても潜水艦ここに在り、と所在を知らせるようなものなので、その原因探索に機関部は大わらわである。今日はいよいよ島の全周の潜航偵察である。

「本艦はアッツ島から距岸三千メートルで陸軍上陸可能地点の偵察を開始する。さらに島に近接して詳細をきわめるため、敵の反撃を予想し、海図も不備で岩礁に座礁のおそれもあるから、充分注意せよ」艦長のすき透った声が伝声管にひびく。「防水扉閉め」「急速浮上、砲戦用意」

総員配置による五時間の偵察の結果、上陸地点B点を決定し、その日、軍令部および機動部隊指揮官あて以下の発信をした。「B点は狭小なるも途中水路に障碍なく、短艇二十隻達着可能。波浪を避け行動秘匿に便なり。海岸を経て村落への進入容易。飛行場、砲台、警戒艇を認めず」

この日、僚艦の伊号第十五潜水艦（伊一五潜／乙型＝昭和十五年九月末竣工）は、隣島キスカの偵察を完了し、これまた揚陸地点の報告を行なった。運命の扉は急速に開かれたのである。われわれの後方より枚をふくんで粛々として殺到しつつあった機動部隊の空母群からは、ただちに雷爆撃機が飛び立った。そして当時、情報により判明していた敵最大の拠点ダッチハーバー港に在泊中であった巡洋艦、駆逐艦数隻と陸上軍事施設にたいし、徹底的なる爆撃を敢行したのである。

かくして護送船団からは、陸軍部隊をアッツ島へ、キスカ島へは海軍陸戦隊五千名をそれぞれ揚陸したのである。運命の皮肉とはこのことであろうか。それから一年数ヵ月後、アッツ島を占領した山崎大佐以下の部隊は、米軍の物量作戦の前についに全員玉砕して果てた。一方、キスカ島占領の海軍部隊は、玉砕寸前、水雷戦隊司令官木村昌福海軍少将の沈着なる作戦行動と天運にめぐまれ、死中に活を求める霧のなかの奇蹟の救出に成功し、一兵をも損ずることなく千島に帰還したのである。

救出された人々の喜びは、いかばかりであったろうか。言語に尽くせぬものがあったであろう。米軍が唖然として「犬の子二匹しか見当たらない幽霊島」と呼んだ逸話は有名な話である。木村少将に扮する三船敏郎主演の「奇蹟のキスカ」なる映画がつくられたが、このシナリオは、私が呉海軍病院で一緒に勤務していた元キスカ島陸戦隊軍医長小林新一郎軍医大尉の手記をもとにして作製したものである。

ミッドウェーの悲報を傍受

昭和十七年六月六日、北方海域には刻々と戦機が熟しつつあるようだ。キスカ島偵察の僚艦伊一五潜は、敵駆逐艦に遭遇し急速潜航をしたさい、カタパルトで射出用意中の搭載水上偵察機を大破してしまったと発信してきた。片目をもぎとられたようなもので、長距離偵察が不能になってしまったわけである。

アリューシャン列島に散開していた他の潜水艦からも、巡洋艦二隻を発見したが、雷撃の機会を失したと報告してきた。いよいよ米北洋艦隊の出撃と見受けられる。これからいかなる決戦が展開されるか、大変な観ものであると乗員は大張り切りである。また一昨日は特殊潜航艇を搭載した潜水艦三隻が、豪州のシドニー港に侵入したが、敵の発見するところとなり撃沈されたと思われる面白からざる外電を、ニュースでキャッチした。乗員の安否が気づかわれる。

六月のアリューシャン海域は相変わらず寒く、波のうねりも高い。寒気と怒濤との闘いが今日もつづいている。潜航中の潜水艦は短波マストを水上に出して、昼間でも電信を傍受しなければならない。しかし波浪が高いと、ときどき途切れる心配がある。これだけが、単艦行動をしている艦の耳目である。北方海域関係の電信は、わりに精度の高い暗号が傍受されるが、二正面作戦の一方のミッドウェー海域からは、ときどき短い暗号文がとび込む。暗号長がただちに解読するのだが、私も暇なので暗号解読を手伝う。どうも芳しくないニュースばかりであるのは、どうしたことだろう。

「三隈沈没」「最上炎上」「ミッドウェー砲撃部隊の巡洋艦群は敵飛行機の爆撃を受けつつあ

り」「加賀、赤城炎上、漂流中」「搭載機は飛龍に収容せよ。一航戦の指揮は飛龍がとる」等々、冷汗の流れるような短文がぞくぞく入ってくる。どうも様子がおかしいので気がかりだ。

日本海軍の誇る最精鋭機動部隊(加賀、赤城、蒼龍、飛龍)の空母群を投入しての大作戦が苦戦では、これからの戦局の将来が暗闇である。艦長以下、士官室の一同も顔色を変えていて、憂色が濃い。

ハワイ、マレーと鎧袖一触、無敵の進撃ぶりを示した南雲忠一中将指揮の機動艦隊の運命が思いやられて、暗然たる想いである。海軍軍医学校時代のクラスメートも、機動部隊の各艦に配乗しているが、どんな運命に直面していることやら。武運の長久を祈るのみである。

六月十一日、われわれ潜水部隊は配備点を変更され、わが伊一七潜は、ウラナスカ島北東部ダッチハーバーとアダック島の中間地点に移動する。伊二五潜と伊二六潜は長駆、北米カナダ方面のシアトルとバンクーバーの偵察攻撃に向かうことになった。アリューシャン海域には、第一潜水隊の三隻の潜水艦が残るのみとなった。この体制で米北洋艦隊を迎え撃つわけである。

夜明けの早い北洋では、午前五時から潜航に移る。左舷主機械の故障で、片舷だけの航行をしていたが、潜ってからは機関科を総動員して修理に懸命である。今夜浮上するまでにはぜひとも修理を完了せよ、との艦長のきつい厳命である。

髭の濃い私も、水の節約を強いられる艦内では、剃ることも控えねばならず、頬をなでると鬱蒼たる密林地帯が掌（てのひら）に触れる。顔を毎日一杯の水をもらって洗面するのだが、肌にちょっと水をつけてこすると、分厚い垢（あか）がよれてきて、垢の団子ならいつでもつくってお目にかけられるほどだ。したがって、なるたけ肌はこすらないことにしている。皮膚呼吸もだいぶ制限されていることだろう。乗組員も面倒くさがって、顔を洗う者もあまりいない。別に見せるような女性もいないのだから、どんな面をし、どんなに薄汚なくとも気を遣うことはない。

傍受電報でわかったのだが、ミッドウェー付近でわが機動部隊の攻撃をうけ、自力航行不能におちいり、七隻の駆逐艦に護衛されて避退中の米空母ホーネットを、伊一六八潜が雷撃により撃沈したという。しかし、自らは敵駆逐艦の重囲におちいり、猛烈なる爆雷攻撃をうけて瀕死の損傷をうけ、辛うじて脱出ののち、内地に帰投中であるという。その電信を傍受したのだが、爆雷攻撃をいまだ経験したことのないわれわれにとって、想像もできないことである。おそらく、肝も凍る思いであったことと思われる。地獄の九丁目まで行ってきた伊一六八潜の健闘を讃えたい。

敵の機影の下に

六月十二日、主機械の修理も完了した。これで健全なる戦闘可能の状態に入った。しかし、この海域には航行船舶がまったく見えないから、通商破壊戦はとても考えられない。

結局は敵艦隊が、占領された基地の奪回作戦に乗り出してくるか否かが、戦局を左右することになる。海の狼、潜水艦にとっては髀肉の嘆をかこつ以外にはない。しかし、気のゆるみは警戒しなければならない。果たして第一回の爆撃を受けたのは午前三時であった。もう明るい陽ざしである。

「飛行機！」艦橋見張員の怒声と、なだれうつ見張員のハッチ内滑り込み、ブザー、ベント弁を開く音、タンクに注入する海水音が交錯する瞬間のそのあとに、「バリーン」という爆弾の炸裂音が鼓膜をつんざいた。血液の流れが一瞬止まって逆流するような緊張と不安！

〔アリューシャン方面要図〕

艦がぐらーんとゆらいで、天井の塗料がパラパラと顔に落ちてくる。士官室の食器棚の洋皿が音を立てて落下した。艦内各区の浸水状況はわからない。

「また来るぞ」発令所の深度計の針が三十メートルを指すのが、もどかしい。

「ダーン」という第二弾。こんどはだいぶ遠いし、潜航深度が深いので心配はないが、第一弾の被害はいかに。艦長のすき透った声が伝声管を伝って流れる。「いまの爆弾は遠い。各区の被害状況を知らせよ」

上に立つ者の心得を、今日ほど知らされたことはない。「いまの爆弾は遠い」とは誰も思わないが、それでも乗員に与える安堵感は大変なものである。私も将来、上に立つときが来たら、こんな号令が出せるような人間になりたいと、心中秘かに期した次第である。

六月二十日である。一日十九時間も潜航するこの付近の海面は、何か変わったことでもないと無聊でやり切れない。吉川英治著『新書太閤記』を横須賀出港前に数冊買い込んできたが、これも全部読み終わった。

ミッドウェー海戦は彼我五分五分の勝負に終わったような大本営発表であったが、どうも怪しい。こちらの被害が相当甚大なような気がして仕方がない。

深度三十メートルに潜航して電力の節約をするため、自動懸吊装置（ハンギング）を使っていると、ずいぶん助かる。亀が水中で手足を四方に張って浮いているようなもので、戦前までのように、いつも最微速で水中を走らなくてすむのだから、この装置の威力は絶大である。海軍技術陣のホープ、友永英夫技術中佐が心魂をつくして、開戦に間に合うように開発した秘密兵器であるが、この兵器のおかげで北方作戦はずいぶん得をしたことになる。

友永中佐は、この自動懸吊装置や無気泡魚雷として自慢の酸素魚雷の設計図を持ってドイツに渡り、当時、敗色濃くなったドイツ潜水艦戦を有利に導くため、その製作指導にあたったのである。その交換条件として、当時、日本の欲していたドイツの秘密兵器の設計図を譲り受けた。そして独潜に乗艦し、はるばる喜望峰を迂回して日本に向かった。

その帰還の途中、英国駆逐艦と飛行機の協同作戦にあい、独潜はついに力尽き、白旗を掲げて降伏することになった。友永技術中佐は士官室の中で海軍正装に身を正して、同僚とともに服毒自殺をとげられたとのことである。英国海軍もその壮烈なる軍人精神に敬意を払い、丁重に葬ったとのことである。――そんな話を読んだことがあるが、生きておられたら、戦後の日本復興の技術陣に大きな業績を残されたことと、惜しみても余りがある。

ともあれ、潜水艦の厠は特別の装置になっている。水密でなくてはならぬからである。三十メートル以上の深度に潜ると、その装置は用をなさぬため、尿はべつに設けた缶のなかに、大便は便壺に溜めることになる。一日のうちの決められた時間には、電信を傍受するため十五メートルに浮上して短波マストを上げるので、その間隙をねらって全部流し出すのであるが、それでも四段階にわかれた手動操作をしなければならぬので、まことに厄介である。従兵が厠番で、たいへんご苦労な話である。

したがって、ついつい上圊が面倒なので、我慢をする習慣がついて便秘になる者が多い。今日も一日潜航が終わって、浮上の時間が近づいた。食糧包装の木箱や紙くず、塵芥、残飯などは意外と多いものだ。これをひとまとめにして縄をかけ、浮上と同時に従兵その他は艦橋にかけ上がり、こんどは垂直のラッタルを上甲板まで降りて、海中に投棄しなければならない。敵の水上艦艇に投棄物が拾い上げられないように、錘しをつけるよう注意が必要である。

今日も浮上直後、夕暮れの残紅のなかで作業員が上甲板まで下りて、海中投棄の作業を行なっていた。その最中に突然、敵機の襲撃を受けた。レーダーによる敵機の索敵は本当に見事なものだ。

「敵機！　艦内に入れ、急げェ」艦橋見張員のあわてふためいた叫び声に驚いた二人の作業員が、ラッタルに足をかけて昇らんとすると同時に、敵機は艦の正横から頭上に迫っていた。爆撃と機銃掃射を予期して、艦橋の見張員は絶叫した。「かがめ、伏せェ！」

潜航も機銃の応戦もできない、とっさの出来事である。ああ、しかし何たることぞ。敵機は一発の弾丸をも発射することなく、黒々とした機影を残して艦上を横切って飛び去ったのである。機上の、飛行帽をかぶり飛行眼鏡をかけている座席の人が、よく確認されたとのことである。

「潜航急げ」ブザーの鳴る音、タンクの注入音を呆然と聞きながら、深く静かに潜航したのである。

一刻一秒を争う武運の岐路。もしこれに堪えて生き永らえるとするならば、これは神の思召しであり、人間のよくする術ではないはずである。今日一日の武運を神に感謝する気持でいっぱいである。

ベーリング海に侵入

昭和十七年六月二十五日、アリューシャン海面における索敵哨戒、通商破壊作戦は、縁の下の力持ちのようなものである。華々しい戦果はなく、毎日毎日が霧と大浪のなかでの孤独な闘いである。頼れるものとしては、艦長を頂点とした百名の乗員の家族的、精神的な連帯感と、よく訓練された潜水艦乗員としての誇りを核としたチームワーク以外の何物もない。また、外界から入ってくる情報は、電信員と暗号員の作業によってすばやく解読される。これは戦局の推移を知る貴重な判断資料となるわけで、大切な艦の耳目であり、栄養となるわけである。

先日のように白日のもとで、敵機の眼下に無防備な艦体を暴露し、しかも爆撃を免れたとは、何という幸運であろうか。天運われにあり、といえようか。しかし、この天運は謙虚に反省し、将来の戒めとしなければならない。

今夜はいよいよ、北太平洋の海面から、ウラナスカ島ダッチハーバーの東方海峡ウニマク水道を通過して、ベーリング海に入ることが艦長から発令された。上杉謙信が鞭声粛々犀川(さいかわ)を渡った故事が、想い出される夜である。ディーゼルエンジンの音を極力小さくしての、水上航走である。艦橋見張員は、総員配置のもとに、冷たい波浪の飛沫が遠慮なく防水衣に打ちつける艦橋の上で、八センチ望遠鏡にしがみついている。

こうして、数時間にわたる無言の航走がつづけられる。あれだけひんぱんに、われわれの頭上を敵機が索敵飛行しているが、その基地となっているダッチハーバーの敵飛行場は、すぐ指呼の間に昼夜兼行で活動しているはずである。

総員配置下の艦内は、本当に孤独な世界と化してしまう。各区の防水扉はがっちりと締められ、士官室を守るのは軍医長ただ一人である。看護兵曹は兵員室の配置についているので、伝連絡をとることもできない。軍帽のアゴ紐を締め、腕組をしてソファーに腰を落として、伝声管からの情況伝達を待っているだけだ。それはたまらなく淋しいものである。

ときどき発令所とのあいだの防水扉を開いて、艦の息吹きに接してみると、生き返ったような気持になる。軍医長の肩章をもぎとって兵科にしてくれたら、どんなに良かろうかと、ときどき思う。漆黒の闇をぬっての水道通過も無事完了し、総員配置が解かれたのは、午後十一時であった。

　アリューシャン富士のことは、いつだったか聞いたことがあった。暁闇の東方、そのアリューシャン列島線には、くっきりと空を突き上げる凄絶なる火山群が、富士山の二倍の鋭角をもって聳立しているではないか。しかも、その噴煙は高く高く天をおおい、不毛の無人の島の帝王のごとき威厳をもって、君臨している。戦争という小さな人間世界の争いのごときは、本当に小さな、みにくいものに思われて、その壮大さの前に深く頭を垂れざるを得ないような姿であった。昭和十八年に勤務したフィリピンの首都マニラ湾の夕映えは、同国人が東洋一の美観と自慢する光景だが、この二つの景色は私の一生のなかでも忘れることのできない光景であった。

　夜明け前の、潜航前のひととき、艦橋にのぼって煙草を吸っていると、潜水艦の太鼓腹の上に「あざらし」が一頭這い上がって、愛嬌のある柔和な眸を、じっとわれわれの方に注いでいる。戦争という痛ましい人間の争いが、たった一匹のこの動物の平和な姿を見ていると、何か無情なことに思われて、いつまでも幸福で生きていてくれと祈るような気持になった。明日の日がわからないわれわれの運命と対比した感覚といってしまえば、それだけのことではあろうが。

　ベーリング海といえば、氷と霧と鮭と鱒しか想い出さないが、そんな海面に自分がいま在るという運命が、ふしぎに想われてくる。突然、京城に住んでいる老父母のことを思い出す。彼らは果たして息子がいずこにいると思っているだろうか。そう考えると、何か不憫な感情にひたってしまった。

駆逐艦に挟撃される

六月二十七日、カチューシャの歌に「西は夕焼け東は夜明け、鐘が鳴ります中空に」という文句があるが、ここら辺は緯度が高いためか、一日じゅう明るい。オーロラは見えないものか。もし見えたら知らせてくれ、と見張員に頼んでおいたが、いまだに知らせてこない。

進水前日の伊17潜。艦首下方の窪みは片舷3門の魚雷発射管開口部扉。その左上に錨鎖口。潜舵とそのガードは未装備。開戦後の24日、伊17潜はロサンゼルス北方のエルウッド油田を砲撃

一日で二十時間も潜航するためには、極力電力を節約しなければならない。ヒーターや、不要電灯は極力消灯し、循環通風の電動機もときどきしか回さない。寒さが厳しくて、ジャケットを二枚着て

もまだ寒い。

横須賀を出撃して一ヵ月半になるが、いまだに戦果はない。ハワイ真珠湾作戦や、北米西岸での華々しかった毎日にくらべて、何かお通夜のような陰鬱な日々で、乗員の話し声も陽気さが失われているような気がする。ホームランでなくとも、ワンヒットが欲しいところである。しかし、その夜、われわれは三途の川の川岸の見えるところまで引きずり込まれるような事件に見舞われたのである。

「ただいまより本艦はダッチハーバー港に近接し、敵船舶を攻撃する」と艦長の決意が伝達された。それは満月が明るい光を投げかけている、珍しく波静かな夜であった。

「艦が見えます」との見張員の報告につづいて、「潜航急げ」が下令された。

「敵は駆逐艦である。本艦はこれを攻撃する」決意に充ちた艦長の声が伝声管を流れる。潜水艦が駆逐艦を攻撃することは、鼠が猫を暗闇から襲うようなもので、一発間違えば、確実なる命取りとなることは必定である。捕らえて、爪の間に押さえこんだ鼠をもてあそびながら、じわじわと命を断ってゆく残忍な猫の姿が、脳裏を去来する。

戦果のないことに焦った艦長が、乗員の沈滞した士気を高揚するために選んだ相手が、もっとも警戒を要する、もっとも苦手な相手であったことは、本当に皮肉なことであった。艦長の決断がわからぬことはないが、日本海軍切っての雷撃の名手と謳われた西野艦長の手腕を信頼する以外、われわれの口をはさむべき場でないことは常識である。

もう一つの不安は、水中三メートルに固定調節されている魚雷が、空母、戦艦、商船などの攻撃には有利であるが、吃水の浅い駆逐艦雷撃に、うまく作動してくれるであろうかということである。磁気魚雷ならよいが、艦底通過というような事態が起こりはしないかという不安があるはずである。われわれの思惑や不安の間にも、刻一刻と時は流れてゆく。

「三、四番管、魚雷戦用意」「目標、敵駆逐艦」「注水」

　魚雷は二本使用する決意のようである。商船攻撃には一本の魚雷で目的を達していた艦長が、あえて貴重な魚雷を二本使うとは、並々ならぬ決意と見受けられる。魚雷部員が毎日毎日、魂を入れるように油で磨き上げていたが、いまようやく発射管におさまり、注水という洗礼も受けた。さあ、あとは跳び出すまでのことである。艦長の入念な潜望鏡観測による雷撃態勢は、刻々完成されていくようである。敵艦と本艦との距離、深度、方位角、魚雷駛走時間から割り出した発射時期は、刻々近づきつつある。

「発射はじめェ」伝声管を通しての指令は、われわれの五体を締め上げるようである。「撃て！」が発令されれば、入魂の魚雷は命あるもののごとく、怒り立って飛び出し、そのあとには、あの射精のような虚無感が訪れるにちがいない。そして、その後には喰うか喰われるかの凄まじい戦慄が待っているはずである。

　そのとき突然、「バリバリ、バババァーン」という異様な、どえらい音響が頭上から激しい衝撃となって落下した。一瞬、爆雷の炸裂かと思われたような凄まじさである。艦がぐーんと上から大きな巨岩で押さえつけられたような圧迫感である。

（発見された。万事休す）奈落の底に落とされたような絶望感におそわれる。（もういけねえ、煮て喰おうと焼いて喰おうと勝手にしてくれ。爆雷がぐわーんと来る前から睾丸を押さえて置かんと、下腹部の収拾がつかんわい)

「深さ八十、急げ」艦長の上ずった声がひびく。最初の衝撃による艦内浸水は、士官室に限って認められないが、他の区の状況はわからない。深度計を見ることができないので、海水タンクの注水が行なわれているかどうかわからない。

「艦内無音、潜航に備え!」すべての計器類の作動を停止し、海底に向かって静かに艦は落下して行きつつあるようであるが、つぎの爆雷がいま爆発するか、いま爆発するかと待っている気持は、まったくやり切れないものである。(いま一発落ちたら、俺もあの世行きだわい。どんな死に方をするかな。見苦しい真似はしたくないなァ)そんな気持である。

一分間も経過したであろうか。爆雷の攻撃はまだない。聴音手は聴音機室から刻々と、二隻の敵艦の針路を報告している。どうも二隻の艦から挟み撃ちにされていたらしい。

敵艦からの探信音が盛んに聴音に入ってくる。こっちはじっと聞いているだけで、探信されないように深く静かに潜航して、離脱してゆくのが精いっぱいである。探信されたら、敵艦は急速に獲物に向かって突進して来るにちがいない。

「感四。右六十度、遠去かります。右三十度は感三、これも遠去かります」瀕死の重傷をも受けず離脱できた緊張のあとの疲れ切った虚脱感。ぐったりとした心身の疲労とともに、生きていてよかったという喜びがわいてくる。私の一生の中でいつまでも忘れ得ぬ、生と死の交錯した一刻であった。

これは、世界の海戦史上にも例のないものと思われる。結局は敵駆逐艦を襲撃運動中、他の一隻の駆逐艦から潜航中を蹴たぐられたわけである。米国の優秀なレーダーで捕捉され、こちらは攻撃するつもりだったのが逆に挟撃されていて、駆逐艦と潜水艦が水中衝突を起こした事件である。

浮上後、さっそく艦体を調べてみる。驚いたことには、艦橋と前後部を結ぶ太い鋼索のジャンピングワイヤーが切断されている。しかも前甲板の飛行機射出用のカタパルトが、飴のようにめくれ上がり、上甲板は鋸の歯で切断されたように切られている。前部タンクも相当な損傷をこうむっている。

「バリバリ、ドカン」の音が出たわけである。敵駆逐艦も艦底やスクリューに、相当の損傷があったに違いない。よくこれで爆雷の餌食にならないですんだものと、肌寒い思いである。

もしまた艦内の一部に浸水が起こった場合には、直接爆雷攻撃を受けなくとも、潜航不能となるであろう。となれば、やむなく水上に正体を露呈して、最後の決戦である「浮上砲戦」を挑まざるを得ないであろう。そうなれば、玉砕の運命をたどる以外に方法がなかったのではないか。よくよく運がよかったというべきであろう。

艦長の後刻談であるが、前方目標にたいし襲撃運動中、もう一度、後方確認のため潜望鏡をちょっと回転した瞬間、黒々とした艦体が潜望鏡視野いっぱいに入った。あわてて取舵（とりかじ）十度に切ったのが運がよく、衝突したさい、艦橋に直接ぶちあたる致命傷をはずすことができた。もし艦橋や潜望鏡室に直接衝突していたならば、海の藻屑と化していたのは必定と思われる。

「取舵十度」が、一瞬の武運の岐路となったのである。時間にして何分の一秒という本当の短時間であるにちがいないが、これが乗員百名の命を全うしてくれた。艦内の神棚に一升を供え、柏手を打って深く頭を垂れ、武運を感謝し、全員で分かち飲んだことはもちろんである。

二ヵ月の作戦を終えて

七月五日、第六艦隊（潜水艦隊）長官から、横須賀へ帰投せよとの命令を受け取った。命令を受け取った艦内には、なんとなく浮き浮きした陽気さがあふれている。苦難の日々のあとだけに、それは切実な喜びの、心の現われであろう。

依然として濃い霧のなかの、視界のきかぬアリューシャン列島線の、島と島との間の水道を、測深器一つで座礁に注意しながら、ベーリング海から無事に北太平洋に抜け出た。やはり測深員の日ごろの訓練の賜物であるとともに、神の御加護であるにちがいない。

出撃以来、忍苦に満ちた長い二ヵ月間の行動であった。敵艦船を撃沈するような戦果もなく、逆に敵の飛行機や、駆逐艦から頭を押さえられどおしの、ひっそりと冷たいアリューシャンの海面下に浸りどおしの日々であった。が、なんと想い出多い青春の日々であったことだろう。国家のために、生命を投げ出そうと覚悟していた至純な気持は、あの時代に逆戻りしなければ、理解できないかもしれない。しかし、この五体に刻み込まれたあの経験は、金銭や欲得では計り知れない千金の重みを持っていることを、いまだに銘記している。

さらばアリューシャンの島々、ベーリングの海よ。お前のふところに抱かれることは、もうないであろう。つぎの戦場は果たしてどこか。また、いかなる運命がわれわれを待ち受けていることか。それは誰にもわからない。だが、艦のエンジンの響きは、今日もこよなく快調だ。

遅れてきた決戦型「潜高小」もし戦わば

潜望鏡一本と発射管二門に一軸の波二〇一潜級の実力性能再点検

艦艇研究家　酒井三千生

大戦中のわが海軍の潜水艦の使用法や建造方針は、戦局の変転により、しばしば大変更を余儀なくされた。その点、ただ一種類の艦隊型潜水艦の量産につとめた米海軍のような、一貫した姿勢と着実性に欠けていると言わねばならない。攻撃型、輸送型、軽質油輸送型、あるいは潜水空母など、軍令部担当者は必死の心構えで計画を練ったものと推察するが、現時点でふりかえってみると、思いつき的構想に終始しているような気がしてならない。

小型水中高速潜水艦である潜高小（波号二〇一潜級）についても、また同様である。そもそも潜高小とは、昭和二十年秋から翌二十一年春にかけて行なわれるであろう本土決戦、いわゆる「決号作戦」に参加すべく、量産がおこなわれたものである。これには、兵学校六十八期から七十一期出身者を艦長として、竣工艦から鋭意訓練を開始していた。

しかし、その戦術的価値を考えた場合、昼夜兼用の潜望鏡一本を装備した潜水艦が、はたして敵の厳重な警戒網を突破して、輸送船団あるいは重要戦闘部隊にとりついて、有効な攻撃ができるものかどうか、いろいろと疑問のあるところであろう。

おしくも、潜高小は実戦には参加することなく終わったが、以下、その予想される戦術的効果について検討してみよう。

――昭和十九年の戦局は、トラック大空襲にはじまりマーシャル失陥、ラバウルの放棄、パラオ空襲、ついでマリアナ諸島の占領と、日を追うごとに、わが方に不利となりつつあった。そして、ついには米軍の比島来攻の日を迎えることになる。

当時、捷号作戦と呼称されたわが陸海軍の対応策として、米軍が直接わが本土来襲を想定した作戦が考慮されていた点は、注目されなければならない。

航走中の波202潜。20年５月末竣工。潜舵が船体中央部にあり急速潜航秒時が短い。排水量320トン、全長53m

昭和20年5月31日竣工の波201潜艦橋構造物。旗竿の右に無線檣と7m潜望鏡。水中航続力2ノット100浬

わが海軍はT型標的（蛟龍）、海龍、回天、魚雷艇、震洋艇などをふくむ突撃隊、突撃戦隊を編成した。そして敵の上陸予想地点を中心として、各海岸基地に展開した。しかし、沖縄作戦における運天港を基地とする蛟龍部隊などは、敵の上陸地点の近くに配備されたこともあって、上陸準備段階の攻撃により、早々と戦力を喪失してしまった。

このように、基地を設定する場合には、敵の上陸作戦実施海域との間に、あるていどの距離をとることが必要であった。しかしながら、蛟龍以下の各艇からなる突撃隊では、この距離の点から敵に大打撃をあたえることは不可能と判断された。そこで必然的に、行動力、作戦持続力の大きい潜高小がクローズアップされたわけである。

その場合、潜高小にも幾つかの問題点がないでもなかった。まず、魚雷発射管二門、全備魚雷二本では、あまりにも少なすぎるのではないかという点である。本艦型は、水上航走中の目標にたいして雷撃を実施する場合、潜望鏡襲撃法をとるものと考えられる。しかし、すでに米本土西岸やジャワ海方面、あるいはインド洋において、数年にわたる作戦を経験するベテランの潜水艦長によると、低速で独航する商船にたいして一本または二本の魚雷の発射ぐらいでは、戦果を得られなかったという例が、しばしば伝えられている。

これは使用した魚雷、あるいは慣性式爆発尖にも大きな問題があったろう。が、少なくともTDC（魚雷発射諸元計算盤）を駆使して、やはり二本以上の魚雷を連続的に発射することによって、命中を得ることが常道ではなかろうか。二本では、いかにも少なすぎるのである。

せめて全備魚雷四本は必要

わが海軍が酸素魚雷を実用化したことは、水雷兵器発達史においても、たしかに画期的なことである。にもかかわらず、この高速、遠達魚雷の採用によって、水雷艦艇にもっとも必要な肉薄戦法の精神が、なおざりにされるようになったとは言えまいか。

さらに、水中でおこなう次発装填も、本艦型のごとき小型潜水艦の場合、襲撃運動や警戒網突破時の深度変換、魚雷発射時の深度維持とともに、非常に困難な作業を艦長以下、乗組員総員に要求したものと考えられる。

潜高小が九一式航空魚雷を装備して発射管数を四門とし、全備魚雷を四本以上搭載することができたら、実戦でも大きな戦果を期待できたであろう。

つぎに潜望鏡に関してだが、潜高小の水測兵器については、明確な資料はない。おそらく、水中聴音機ぐらいは備えていたであろうが、探信儀については、まったく不明である。聴音機に関しても、たとえば九三式聴音機ていどの性能では、音源方位の誤差が大きかったことであろう。現今の潜水艦が実施するソーナーによる襲撃などは、望むべくもない。おそらく、目標の発するスクリュー音から艦種を識別して、的速を推測するのが精一杯というところであろう。

必然的に、艦長の片眼をただひとつのセンサーとする潜望鏡襲撃法が、唯一の攻撃手段となる。そのさい、潜高小には昼夜間兼用の潜望鏡一本しか装備されていない点が、とくに問題となる。しかも、潜望鏡の光学長は短いときている。

一般に、わが海軍の昼間用潜望鏡頭部の直径は拇指頭大で、夜間用のそれは握りこぶし大といわれる。そして潜高小のそれは、後者に近かった。

光学長の短い潜望鏡の難点は、敵部隊の直衛幕を突破する場合、潜望鏡をひっこめると同時に深度を変換——すなわち、深く潜航せざるをえないことである。敵前において襲撃指揮官、潜航指揮官は常時、深度計に注意しながら、警戒幕を突破しつつ、目標に近接しなければならない。また目標にたいして、二本の五三センチ魚雷を発射した場合、急速に三トンの重量を失うため、トリムのバランスを崩すことにもなりかねない。

したがって、これらの欠点をおぎなうため、襲撃用の司令塔を艦橋内部の耐圧船殻外に設ける必要があろう。さらに、襲撃用潜望鏡（昼間用）を装備し、べつに発令所には航海用潜望鏡（夜間用）を設置したならば、その戦力はいちだんと増大したであろう。

結論的にいえることは、本艦型が甲標的用の九七式四五センチ魚雷発射管四門をそなえ、四本の予備魚雷を搭載でき、さらに昭和十八年ごろから南東方面に進出していたならば、それなりの戦果をあげることができたであろう、ということである。

水中特攻「伊四〇一潜」洋上に降伏す

ウルシーをめざす潜水空母に訪れた突然の悲報に懊悩した艦長の手記

当時「伊四〇一潜」艦長・海軍少佐　南部伸清

昭和二十年八月十四日の日没三十分前、伊号第四百一潜水艦（伊四〇一潜、昭和二十年一月八日竣工／艦長・南部少佐。第一潜水隊司令・有泉龍之助大佐座乗）はトラック東方ポナペ島の南約一〇〇浬（かいり）の海面に身ぶるいして浮き上がった。見渡すかぎり洋々たる赤道付近の太平洋は天気晴朗で波はない。

浮上したこの艦は、なにか道に迷った子供のように、あるいはいらだたしげに恋人を待っているかのように、動きまわっている。まさにそのとおり、この艦は〝恋人〟の伊四〇〇潜（昭和十九年十二月三十日竣工／艦長・日下敏夫中佐）を待っているのである。われわれの任務はここで伊四〇〇潜と会合して、作戦上の打合わせをしたうえ、ふたたび西進して八月十七日の午前三時に、ウルシー環礁（西太平洋ヤップ東北東）の南方海面でふたたび会合、最終的な打合わせをしたのち、搭載爆撃機三機宛の計六機がそ

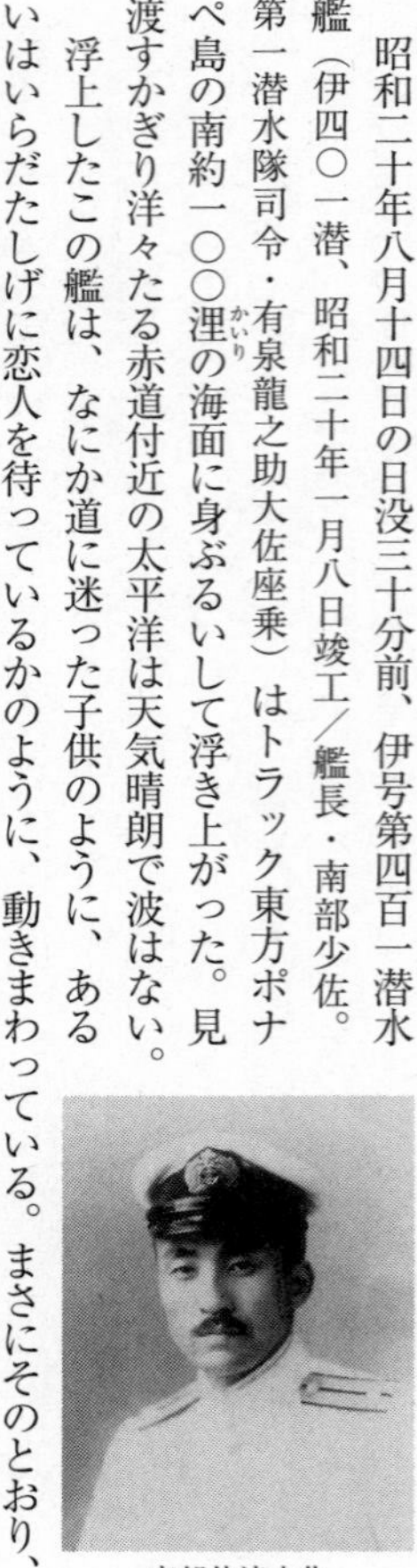

南部伸清少佐

れぞれ八〇〇キロ爆弾をもって、ウルシー在泊中の米機動部隊主力である航空母艦を奇襲攻撃することであった。

当時、南洋諸島はぜんぶ敵手におちていたから、ウルシー在泊部隊は北方からの航空機による奇襲攻撃、また回天による隠密奇襲に対しては厳重に警戒していたであろうが、南方海面から潜水艦の搭載機による奇襲は予想していなかったはずである。われわれは攻撃機の発進も攻撃も成功させる確信があった。そして攻撃終了後はシンガポールに回航し、内地から移動してきた晴嵐飛行隊を収容し、訓練してふたたび潜水艦に搭載し、攻撃をくりかえす計画であった。

内地から出撃したときは、すでに内地も敵機動部隊の攻撃にさらされており、連合軍の本土上陸も予想される状況であったので、内地へ帰らず、シンガポールに回航することになっていたのである。日本本土に連合軍が上陸してきても、その後は大陸にたてこもって戦うということを聞いていたし、少なくともわれわれ青年士官は、敗れることがあっても降伏はしないということを信じていたし、とうぜん降伏などということは頭の中になかった。

しかし、二、三日前から外信傍受班（班長今井中尉、班員西村上曹）のハワイやシドニーからのラジオ傍受の情報は、通信長（片山伍一大尉）をへて報告してくるのであるが、その様子がどうもおかしいのである。というのは、日本の降伏がちかいと思わせるものが多い。そのひとつひとつの記録は残っていないが、それは日本と連合国との間の降伏に関するやりとりのようでもあり、まるで日本が降伏したかのような情報であった。こうして通信の混乱ははなはだしかった。

通信長が報告してくる敵信傍受による情報は、巧妙に仕組まれた宣伝であると判断し、私は乗員には洩らしてはならぬと厳命した。この大作戦を前にして、乗員の士気に影響することを恐れたからである。司令はどう考えていたかは知るべくもなかったが、黙って艦長である私に同意した。しかし狭い艦内のことである。いかに厳命し、いかに秘密扱いにしたとしても、乗員に知られぬはずはない。この不穏な形勢に聞き耳をたてていた乗員は、浮上して電信員が電信室の配置につくと入れかわり立ちかわり電信室の前にあつまって、情報を聞きたがっていた。

十五日の明方になっても、伊四〇〇潜と会合することはできなかった。どうしたのであろうか？　途中で敵の攻撃にあって沈没したのではあるまいか。あるいは艦位に誤差があって、おたがいに離れた距離で探しまわっているのであろうか。とにかくもう一日待ってみることにして、日の出と同時に潜航した。原則として奇襲任務を達成するまでは絶対に隠密行動をとり、昼間は深々度に潜航して、発見されないようにつとめた。

八月十五日、日没三十分後に浮き上がった。この日も天気がよく、波はなく海面は凪いでいた。しかし通信はいぜんとして混乱している。どの情報が正しく、どの情報が正しくないのか、まして降伏などということが頭の中にない以上、判断のしようもない。

通信長が報告してくれる情報のなかに陛下の詔勅があった。数ヵ所に不明なところがあったが、読んでいくうちに、日本が降伏したということらしい。『……堪へ難きに堪へ、忍び難きを忍び……』のところで、私は思わず怒鳴った。

「これはデマだ。こんな馬鹿なことがあるものか。乗員にぜったい知らしてはならぬ」

そしてつぎはもう読まなかった。読まなかったのは、読むまでもないと思ったのか、読めなかったのかわからない。怒鳴ったのは、あるいは自分に言い聞かせていたのかも知れなかった。

攻撃続行か帰投すべきか

この夜も伊四〇〇潜と会合することはできなかった。一隻でもあたえられた任務を遂行すべきか、あるいは伊四〇〇潜と会合することができるまでさらに一日待つべきか。不確実ながら日本降伏の情報もある。デマであると否定するには、あまりに真実味が多すぎる。

海上は晴れていた。満天の星、月も出ている。この大洋のこの地点に、ポッカリと浮かんだこの小さい艦。いかにすべきか。司令の決心もあり、命令が取り消されないかぎり、任務に邁進すべきであろう。これが現在のわれわれの取りうる唯一の道である。

情勢は緊迫している。伊四〇〇潜を待つのをやめて西にむかい、ウルシーに針路をむけた。

その夜、しばらくして先遣部隊指揮官から命令がきた。「昨日、和平喚発せられたるも停戦協定成立せるものにあらざるをもって、各潜水艦は所定作戦を続行し、敵を発見せば決然これを攻撃すべし」と。

当然である。まさに自分の決心に同意するような命令である。とにかく進むだけだ。ウルシーへむけて敵の機動部隊に。しかし日本の降伏は事実であろう。自分の心に、どう言い聞かせたところで、十中八、九、日本降伏は確実である。あとに何が待っているか、想像もできなければ考えることもできない。思考の限界をこえているのだ。艦は西に針路をむけたまま、夜明けとともに潜航した。

八月十六日、日没後に浮上した。通信の混乱は相変わらずであったが、海軍総隊司令長官から「即時戦闘行動停止すべし」が発令されており、先遣部隊指揮官から「第一潜水隊各艦は作戦行動をとりやめ呉に帰投せよ」との命令もきた。やはり日本降伏は厳然たる事実となった。

もう戦争は終わったのだ。残念だとも思った。しかし、一方では、私の頭の中に去来したものは、戦死せずにこの戦争が終わったという詠嘆的な感動とともに、正直ホッとしたのが実感であった。卑怯であると人にいわれても、飾りも、偽わりもない気持である。ただちに反転して内地に向かった。しかし、これからどうする？　いまだ歴史上に降伏の経験のない帝国海軍士官として教えられたことも考えたこともない事態に、どうして対処したらいいのか。とにかく士官室で司令、艦長をかこんで会議をひらいた。

「爆撃機三機、魚雷二十発、砲弾、機銃弾満載、三ヵ月分の糧食をつんでいるこの潜水艦で、海賊船となって暴れまわったらどうであろう。命あるかぎり暴れまわって、最後は自沈するだけである」小説的思いつきとしてはおもしろいとしても、やればやれるとしても、それはそれだけのことで、座興的な発言にすぎなかった。

「日本降伏のときに、おめおめと内地に帰れるものか。自沈すべきである」しかし、これは司令が認めなかった。第一次大戦の戦訓により、このような事態は降伏条件を不利にするものであるというのだ。いろいろと議論が百出したが、以心伝心、結局は命令どおり内地に帰投すべきである、ということになった。あたりまえの常識であった。しかし、もし途中で敵に拿捕されて、ハワイやグアムに回航されるようなことになれば、そのときこそ自沈すべきかも知れない。その時はその時のこと。日本帝国降伏の事態になっても、第一線の武士道はやはりまだ降伏を恥辱と思っていたのだ。

もし内地へ帰っても、それ以後はどうなる。「おそらく軍人は全員幽囚の身となり、五年

伊401潜。基準排水量3520トン、水上速力18.7水中6.5ノット、航続力は水上14ノット3万7500浬、水中3ノット60浬

や十年は強制労働を課されるであろう」これは司令の予想である。ポツダム宣言を知らない第一線のものにはやむをえない想像であった。

いずれにしても内地へ帰るとして、なるべく北海道か三陸沿岸の辺ぴなところに入港し、連合軍の目をかすめて、ひそかに解散して身を隠す。もちろんそのさい、艦は自沈させる。これは司令の意見であった。司令の意見としては、首尾一貫していないところがあった。幹部をふくんで乗員の気持はぶじに内地へ帰りたい、あとはなんとかなる。文字どおり帰心矢のごとくであった。

こうした議論の末、結局は途中で敵に発見されないように内地にむかい、入港地は大湊またはは七尾湾とすることとし、士官室の意見はようやくまとまった。

搭載兵器はすべて海中へ

昼間は潜航、夜間は水上と、一路内地をめざして進んだ。ときどき入る電報情報で、国内混乱の状況が手にとるようにわかってくる。「海上に出撃している回天部隊の引揚命令」や「何部隊はすみやかに武装を解除して復員せよ」といい、あるいは誰かが飛行機もろとも自爆したといい、どこかで降伏にあきたらぬ部隊が戦争続行を強調して蜂起したという。統制のないこれらの情報は、まことに大日本帝国の断末魔のさけびを聞く思いであった。

なるべく早くサイパンよりも内地に近いところまで、北上しなければならぬ。内地よりグアムやサイパンに近い地点で、もし敵に発見されたら、グアムやサイパンに回航を命ぜられるかも知れない。それはわれわれがこの期に及んでも望むところではない。したがって見張警戒を厳にし、やはり昼間潜航、夜間水上をくりかえして内地にむかった。艦内での乗員たちは司令、艦長以下幹部の言動に注意を集中している。とにかく戦死という不安はないにしても、まだ死というものに直面している感じはぬぐうことはできない。ことに飛行機搭乗員は、万死に一生もない精神的緊張から、一挙に安堵の状態への虚脱感はかくすべくもない。艦内はなんとなく騒然としていた。しかし、一つの艦におなじ運命に支配されなければならない潜水艦の宿命は、やはりこの場合にも規律と、統制は十分にたもたれていた。

そんなある日の夜、視界不良の闇のなかに見張員は黒影を発見した。味方であるはずはない。ただちに潜航——。無音潜航で息をひそめていると、轟々たる集団推進器音が頭上をすぎて行く。世が世なら絶好の襲撃のチャンスであるが、いまはただ息をひそめて、灰色の心でその過ぎ去るのを待つだけ。やがて推進器音は遠ざかり、浮上してその方向を見ると、空母か戦艦か、暗黒のなかに黒い山のような幾つものかたまりが西へ行く。だんだんと日本は敗れたのだ、という実感がこみあげる。

八月二十日には大海令で、海軍総隊指揮下の部隊は二十二日零時をもって、一切の戦闘行為を禁止すべき旨を発令し、「今次詔書喚発以後、敵軍の勢力下に入りたる帝国海軍軍人、軍属はこれを俘虜となりたるものと認めず。また上命にもとづき、敵の指令にしたがう。武器引渡しその他いっさいの行為は、これを降伏したものと認めず。すみやかに部下末端にいたるまで軽挙をいましめ、皇国将来の興隆を念じ、隠忍自重すべき旨を徹底せしむべし」とあった。万感胸にせまる。

八月二十六日、一切の武器をすてて内地にむかう艦艇は、檣頭に黒球と黒の三角旗を掲揚せよ、と指令してきた。もはやグアム、サイパンより内地が近いところまできたのだ。真昼の太陽がさんさんと輝き、あおい黒潮はすきとおって見える。魚雷と飛行機をのぞいて、一切の武器、弾薬、秘密図書類を海中に投棄した。艦内から手送りで揚げられる麻袋に錘りを入れて、機銃甲板から海中に投げ込むと白い泡をだし、淡青色のかげを残してひとつひとつ海底に消えて行った。

その夜に飛行機と魚雷を投棄した。たびたびの訓練では飛行機を組み立て発進したが、今夜は飛行機の翼はたたんだままである。月が断続する雲の間から出たり入ったりする。まるで捨てられるのを悲しむかのようである。八〇〇キロ爆弾を抱いて、敵艦に叩きこまれるはずの飛行機が、いまは身をかがめ大空ならぬ大海に、身を沈めるのだ。一機また一機、カタパルトからはなれ海中に飛び込み、しばらくは浮いてはいるが、やがて消えて行った。つぎの三機目を発射しようとしたとき、前甲板の隊飛行長（船田正少佐）か飛行長（浅村敦大尉）からか、あるいは他の誰からか万歳の声がおこった。このような悲壮な万歳の声をかつて聞いたことがあったであろうか。

三機の飛行機を投棄したあとは魚雷である。九五式の酸素魚雷は三万メートルの駛走能力を秘めながら、塞止弁をしめられたままに発射され、発射と同時に身をひるがえして、直角に海底にむかって沈むのだ。「発射用意」「打て」の号令も力が入らぬ。二十本の魚雷はこうして完全に処分された。

昼間の作業とともに命令どおり、一切の武器弾薬を投棄したので、艦はきゅうに軽くなったが、心はいよいよ重く敗戦の実感は心に渦を巻く。三年有半の張りつめた闘志の連続から一転しての降伏の実態。実感にならぬのも無理はあるまい。しかし一日、一日と内地に近づき、このような作業をつうじて、敗戦降伏というものがどんなものであるかが、頭の中に描きだされていく。昔の武士が刀を投げだして恭順の意を表したようにである。

ついに米潜からの停船命令

途中で敵に発見されることなく、いよいよ内地が近くなった。あと十時間も走れば三陸沿岸の陸地も見えるであろう。八月二十九日の午前零時ごろ「黒いもの、右一五度、動静不明」と見張員の渋谷兵長がさけんだ。ハッと思ってよく見ると、間違いない艦影である。潜航するわけにはいかない。潜航すれば敵対行為と認められ、攻撃をうけても仕方がないのだ。しかし敵はまだ気づいていないらしい。大きく左に変針して高速でこれから離れることにした。敵影はしだいに左九十度から後落する。なんとか脱過できる、と思ったとたん、午前四時ごろであったか、「左舷機故障」と報告してきた。「しまった」と思ったがどうにもならぬ。速力が落ちて、見るみるうちに艦影は近づいてきた。

潜水艦である。アメリカの潜水艦に間違いない。米潜はグアム島と交信しているらしい。やがて東の空がしらじらと明けてきたが、三～四千メートル離れたまま同航してくる。まこ

糧食搬出作業中の伊400潜(手前)。中央が伊401潜。その向こうに伊14潜

とに気味わるい。すると米潜は国際信号をあげた。航海長はさけんだ。「停船せよ、です」と。

しばらくは気がつかぬふりして走ったが、放れそうにもない。いつまでも知らぬふりするわけにもゆかないので停止した。海面は静かである。ふたたび国際信号があがった。「降伏せよ」である。この国際信号には「降伏せよ」と「引き渡せ」の二つの意味がある。この期におよんでも降伏と解釈したくなかった。しかし、この海上で艦を引き渡すこともできない。日本帝国がすでに降伏しているのに、海上に浮かぶこの潜水艦は降伏しない、といったところで通用するはずがない。

あとから考えてみれば、このとき沈められても文句はいえなかったかも知れない。もっとも上甲板の機銃も大砲も俯角をかけてあり、所定の標識を上げてあるから、外見上は降伏しており、反抗の意志があるとは認められなかったのであろう。

折り返して「士官一名を派遣せよ」ときた。行きたくなかったから「われボートなし」と返事した。「われボートを送る」これでは仕方がない。誰か行かねばならぬ。司令と艦長から、航海長（坂東宗雄大尉）に軍使となって行くよう命令した。だいたいこのような場合、渉外事項は航海長の任務なのだ。航海長としては決死の覚悟であったろう。米潜からの迎えのゴムボートで米潜に乗り移る。

こちらから結果はいかにと見まもっていると、艦橋で艦長らしい士官と話し合っているらしい。あまりいじめられているようにも見えない。やがて航海長は米潜の士官と一緒に本艦にかえってきた。米潜の士官（艦長だったかも知れない）は「横須賀へ回航せよ」という。しかし、この横須賀回航に対して、なぜか司令は頑固に反対する。

「われわれは天皇の命により大湊へ回航しなければならない」といえば、彼は「天皇はマッカーサー将軍に降伏しているのだ。マッカーサー将軍の命令に従うべきだ」という。当たり前のことだが、天皇の名をもって一時を逃れようとしたにすぎぬ。一時は自沈の命令が艦長ならぬ司令から出たりして混乱したが、大勢はいかんともしがたい。結局、米潜の指示にしたがい横須賀に回航することになった。米潜士官の帰艦にあたって、サントリーの角びん一本を贈った。

ついで米潜から監視員として士官をふくめ五名が乗艦してくる。形はどうあろうとも、米潜は日本の潜水艦を拿捕したのである。しかし、われわれは素直に拿捕されたと考えない。

自主的に監視員をのせ、米潜の指示により横須賀へ回航していると解釈している。降伏ではないと無理に自分自身に言い聞かせながらである。必勝の信念に燃え、降伏の経験のない日本帝国海軍軍人の、最後の自己欺瞞であったかも知れない。

かくして米潜セグンドに見まもられながら、横須賀へ向かったのだ。異常を認めたならば、米潜は魚雷発射の態勢にあったことは間違いない。

上陸前夜の艦内で自決した司令

八月三十日の一日は艦内清掃、私有品整理をした。武器弾薬は投棄したが、私有品で没収されて困るようなものはすべて海中に投棄、その他のものはひとまとめにして明日の上陸にそなえた。また艦は敵手に渡るのであるから、きれいに片付け清掃して、いつでも引き渡せるようにした。いわば最後の武士道である。

あらかじめ情況報告し、指示をあおいでいたわれわれの発電にたいし、軍務局長から米潜の指示どおり横須賀へ回航せよ、と返事がくる。当然のことである。この場合、少し駄々をこねただけのことである。しかし司令は、最後まで横須賀回航には反対であった。

いよいよ明日（三十一日）は横須賀入港である。その夜はなんとなく落ちつかない異様な空気が艦内にみなぎっていた。一切の武器はなく、艦内はきれいに整頓されており、私有品の包みをそれぞれ身のまわりにおいて、明日の運命をただ待つのみ。敵潜はあいかわらず、暗黒のなかをピッタリついてくる。

その夜。監視員から「明日〇八〇〇、軍艦旗をおろせ」と指示してきた。軍艦旗をおろすことは、もはや日本の軍艦でないことを意味する。これも仕方のないことである。落ちつかない気持のまま艦橋に立つ。まる二日、眠っていない。司令もおなじ気持であろう。下の機銃甲板にたって、暗黒の海を見ている。なにを考えているのであろうか。

私は明方ちかくなって、私室でウトウトしていた。とつぜん異様な音がした。夢ではない。とっさに隣りの司令室にとびこんだ。なにかしら本能的に予期していたことが起こったように感じた。司令は第三種軍装に威儀をただし、左手に軍刀、右手に拳銃をにぎって、みごとに自決していた。机上に遺書とハワイ軍神の写真が飾ってあった。遺骸は遺書の命令により、監視員に見つけられぬように水葬にした。

午前八時、房総半島の突端、洲崎と思われるあたりがかすんで見えた。相模灘の方向には、アメリカ艦隊が林のように見える。帝国海軍軍艦の象徴である軍艦旗をしずかにおろした。ふたたび軍艦旗と会うことができる日はあるまいと心の中で思いながらである。

日本の潜水艦かく戦えり

新兵器レーダーと本質を逸脱した用法のもと苦闘した第六艦隊の航跡

戦史研究家　柏木　浩

潜水艦といえば、世人は誰でもまずドイツのUボートを連想する。第一次大戦において、このUボートは英国を餓死寸前にまで追い込みながら、ついに敗れ去った。そして第二次大戦においても、やはり同じ運命をたどった。今度こそはと、最大の望みをたくした大西洋のUボート攻勢も、強化された連合軍の反撃の前に潰え去った。対潜兵力と対策の優位がUボートを制圧したからだった。

一方、太平洋の米潜水艦部隊の活躍はめざましく、日本の生命線である海上交通線を寸断したばかりでなく、九隻の空母をはじめ八十隻の戦闘艦艇まで沈めるという始末だった。これに反し日本の潜水艦は、寄せられた大きな期待にもかかわらず、その成果は残念ながらまことに大きな失望以外の何物でもなかった。

さて、七つの海で地味な任務に黙々と苦闘をかさねた彼我の潜水艦は、じつに二四〇〇隻の多きを数えた。そのうち、ほとんど全乗員とともに海底に沈んだ潜水艦は一四〇〇隻とい

戦後の舞鶴に繋留中の潜水艦。左端は機雷潜の伊121潜。その右２隻は水中高速潜の伊201潜と伊202潜。右端の艦はドイツから譲渡された呂500潜。伊201潜型(潜高大)は水中速力19ノット

呂58潜の向こうにシュノーケルや電探装備の丁型(潜輸)伊369潜

戦後、横須賀長浦の潜輸小。左より波102潜、波104潜、波101潜。波101型は前進基地と最前線の短距離輸送用で10隻が竣工。370トン、全長44.5m、武装は機銃１梃。航続10ノットで3000浬

国別	開戦時	保有数	喪失数
日本	六四	一八〇	一二七
アメリカ	一一四	三一七	五二
イギリス	六九	二四二	七二
オーストラリア	一	一	〇
オランダ	三一	三一	一二
フランス	七八	八六	五八
ドイツ	五六	一、一五八	七七七
イタリア	一〇五	一三八	九七
ソビエト	一七八	一八二	七
合計	七四〇	二、四〇六	一、二二五
備考＝自沈を含めた喪失数　一、四〇八			

う莫大な数字に達している。その方面別の喪失数は三方面にわけて、大西洋、北海が九九四、地中海、黒海が二三五、太平洋、インド洋が一八九の合計一四〇八隻となっている。また、主要交戦国の潜水艦状況をしめせば、表のとおりである。

さらに潜水艦のあげた主な戦果は、戦闘艦艇についていえば、合計二〇七隻となっており、内訳は空母十八、戦艦三、重巡六、軽巡二十三、駆逐艦六十四、潜水艦五十九となっている。潜水艦の本命である通商破壊戦の成果は、合計三九〇〇隻（一九〇〇万トン）以上であったが、そのうちUボートによる撃沈量は一四〇〇万トン（全体の七〇％）にのぼり、米艦による日本船撃沈量は四八六万トン（全体の六〇％）に達したのである。

ところで、日本海軍は表で見るように、開戦時には六十四隻の潜水艦を保有していたが、戦時中に一一六隻が就役し、八隻をドイツから譲渡された。そして一二七隻を失い、残存が七十三隻となっていた。しかしこの残存艦は輸送用（大型四、小型十）、老朽艦（伊十、呂七）、その他小型艦が大部分となっており、もはや大きな戦力ではなく、日本潜水艦は残念ながら壊滅したといっても差し支えないだろう。実際のところ、作戦参加の潜水艦一三九隻のうち一二七隻が喪失となっているので、損失率は九割を越えているのである。

日本潜水艦の沈没原因は、米側資料を参考とすれば、水上艦艇によるもの（飛行機との協同によるもの五隻を含む）六十四隻、空母機、基地機によるもの十隻、潜水艦によるもの十四隻、機雷によるもの二隻、事故によるもの八隻、不明二十九隻、合計一二七隻と考えられる。

この喪失をさらに作戦別に検討して見ると、洋上の交通破壊作戦で沈められたと認められるものはわずかに約十六隻にすぎず、八十隻という多数が艦隊戦闘、輸送任務、奇襲作戦などのだいたい陸岸にちかい局地戦で撃沈されたものと推定される。これは日本側が潜水艦の本質を考慮せずに、止むを得ず強行した誤まった用法の結果であったと判断してよいだろう。

日本海軍は戦時中、中型潜水艦（呂三五、呂一〇〇潜級）三十六隻、巡潜小型（伊五二、伊五四、伊一五潜級）二十九隻、輸送潜水艦（伊三六一、伊三七三、波一〇一潜級）二十三隻、水中高速潜（伊二〇一、波二〇一潜級）十二隻、艦隊付属潜（伊一七六潜級）十隻、潜水空母（伊四〇〇、伊一三潜級）五隻、巡潜大型（伊九潜級）二隻、燃料補給潜（伊三五一潜級）一隻、合計一一八隻の潜水艦を建造したが、この隻数は他の艦種とくに空母にくらべて異常な熱意と努力の成果であり、米海軍の新建造の半分以上であった。

ところが、艦種が八種類のうえに艦型は十五種類にも達していたのだった。そのうえ潜水空母、燃料補給用や輸送潜水艦の建造によって、普通のものを大幅に削減せねばならなかったことや、建造が軌道に乗っていた中型の建造を中止するなど、中期以後の日本潜水艦の建艦方針や戦備は、もっとも大切な時機に混乱してしまった。これでは対潜方策に断然優位を誇る米海軍をむこうにまわして、勝算が立とうとは考えられない。

初期（開戦～一九四二年十一月）

開戦時の潜水艦六十四隻のうち、四十七隻は伊号（千トン以上）、十七隻が呂号（五百トン～千トン）だった。このうち伊号の十数隻と呂号十五隻つまり約半分はすでに老齢艦で、あまり活躍は期待できなかった。そして、このうちの精鋭三十隻がハワイ作戦に、十六隻がマレー上陸作戦に参加した。ところが、真珠湾の周辺に厳重な包囲網を張っていた潜水部隊の活動は期待はずれだった。めぼしい功績はほとんどたてず、そのうえ大型一隻と特殊潜航艇五隻をむざむざと失っただけだった。ただわずかに、奇襲直前の七日午後に伊七一潜（伊一七一潜）と伊七三潜の二隻が、ラハイナ泊地を偵察して米艦隊の不在を確認報告し、真珠湾奇襲に有力な資料を提供したことは特筆に値する。

一方、シンガポールに十二月七日まで停泊していた二隻の戦艦を基幹とする英東洋艦隊は八日朝に出動して、その後の行方は知れなくなり、日本海軍の不安は大きかった。たまたま九日の午後、索敵哨戒中の伊一六五潜は、シンガポールの北方約三百浬を北進中の英戦艦二隻を発見して、緊急電を発信した。この適切な敵情報告のおかげで、海軍基地航空部隊による驚異的な英艦隊撃滅が実現することになった。

こうしてハワイ海戦といい、マレー沖海戦といい、大きな戦果をあげたのは航空部隊だけ

佐世保に集められた残存潜水艦。左４隻は潜輸小で、その右側に伊36潜、伊402潜、伊47潜、伊35潜が並んでいる

佐世保港に繋留される潜高小(波201潜型の小型水中高速潜水艦)。９隻が竣工したが訓練中で実戦に参加しなかった

伊162潜。昭和５年４月竣工の海大Ⅳ型で1635トン、全長97.7ｍ、速力水上20ノット、発射管６門、魚雷16本。12cm砲と艦首Ｋ式聴音機、潜舵が見える。通商破壊戦に活躍、終戦時残存

で、それも戦艦群の撃沈破であり空母には一矢も報いることができなかった。ところが昭和十七年に入って一月十一日のこと、八隻の日本潜水部隊は真珠湾の五百浬（かいり）沖合で米空母機動部隊を発見して、触接のうえ襲撃にうつった。つぎの日、伊六潜は厳重な警戒網をくぐり、魚雷二本を空母サラトガに命中させ得たが、撃沈することはできず、空母は自力でハワイに帰投した。これが日本潜水艦の米軍艦艇に対する最初の戦果である。

これより先、昭和十六年十二月末には三つの潜水戦隊が豪州北部海域、ジャワ近海、ベンガル湾、スマトラ南西岸およびインド洋方面で海上交通破壊戦を開始することになった。兵力は十三隻の旧式伊号部隊であった。木梨鷹一少佐の伊一六二潜をはじめ、これらの水中部隊は昭和十七年の四月までに約四十隻二十万トンの商船を撃沈した。これは当時、Ｕボートの戦果とくらべてもさほどの見劣りはしなかった。また、先遣部隊の一部は北米西岸で約半月間に約十隻の戦果をあげたが、この両方の合計は、そのころ日本船の米潜による損失とだいたい見合う数字だった。

伊168潜。昭和９年７月末竣工の海大Ⅵ型で1400トン、全長104.7m、速力水上23ノット。ミッドウェー島砲撃後、空母ヨークタウン撃沈。18年７月ラバウル北方で米潜の雷撃をうけて沈没

つぎにミッドウェー作戦に参加する十五隻の潜水艦は、真珠湾とミッドウェー島との中間で、六月二日に南北に散開して真珠湾から西進してくる敵艦隊を待伏せする計画だった。ところが日本の企図を察知した米部隊はいちはやく出撃しており、一方、潜水部隊は整備遅延などのために、配備についたときには米機動部隊はすでに散開線を通過しおわった後のことだった。こうして、日本潜水部隊は西進する米空母部隊の襲撃に成功しなかったばかりではなく、その艦影すらも発見することができず、不運にも南雲部隊は敵の奇襲をうける破目になってしまった。ただ、ミッドウェー海戦で田辺彌八少佐の指揮する伊一六八潜が、六月七日に大破して曳航中のヨークタウンに対し、厳重な警戒網を突破して四本の雷撃をくわえ、護衛中の駆逐艦ハンマンと共に、これを見事に撃沈した殊勲が、せめてもの慰めであった。

一方、第八潜水戦隊は六月上旬の月明期間に、甲標的（特殊潜航艇）による奇襲を敢行する計画で、インド洋と豪州東岸にむけて進出した。アフリカ隊（三隻）は五月下旬になってマダガスカル島のディエゴスアレス湾在泊の艦隊を奇襲す

るに決し、豪州隊（三隻）はシドニー港を攻撃するに決した。両隊の攻撃時期は奇しくも同日となり、五月三十一日、東西相呼応したかたちとなった。伊一六潜と伊二〇潜から発進した二基の甲標的はディエゴスアレス湾内に突入し、在泊中の英戦艦ラミリーズを大破させ、油槽艦を沈める大戦果をあげた。一方、シドニー港の特潜は襲撃に成功せず、けっきょく甲標的は一基も帰還しなかった。

ミッドウェー作戦後、連合艦隊では潜水艦の大部分をインド洋と豪州の東方海面に派遣して、大規模な交通破壊戦を展開し、敵の補給路を切断するという計画をたて、これに従って第三、第八潜水戦隊はそれぞれ作戦を開始した。他の三つの潜水戦隊も、やがてインド洋に進出する予定だった。ところが、八月上旬の米軍のガダルカナル反攻開始によって、この計画は大変更をくわえられることになった。すなわち、米軍のガダルカナル島（以下ガ島と略す）攻撃着手とともに、潜水艦部隊もこの作戦の渦中に巻きこまれた。まず、南太平洋方面にいた第三潜水戦隊と第八艦隊所属の第七潜水戦隊も、米軍のガ島増援阻止の任務を分担したが、その兵力が少なかったので、他の潜水部隊もぞくぞくとソロモン方面に集結を命ぜられたのである。

ガ島争奪をめぐる陸上戦の勝敗は、ひいては南太平洋の戦局を左右する重要なカギと考えられたので、日米両軍とも同島にたいする物資の補給、兵力の増援には全力をあげねばならぬ動向となり、またお互いに敵の増援を死力をつくして阻止、撃退せねばならなくなった。

この間、昭和十七年九月から十一月にかけ、伊一九潜は空母ワスプおよび駆逐艦オブライエンを撃沈し、戦艦ノースカロライナを撃破する勲功をたてた。また伊二六潜は軽巡ジュノーを沈め、空母サラトガを撃破する戦果をあげ、伊一七六潜は重巡チェスターを大破させた。こうして、昭和十七年末当時、米海軍の空母は四隻からわずかに一隻に減じ、ノースカロライナの損傷で新式戦艦も一隻を残すのみとなったから、日本潜水艦の対米空母戦果は、空母部隊にくらべ話にならぬほど少なかったわけではない。

日本潜水艦は最初の一年間にハワイ海戦、マレー沖海戦をはじめ、第二次ソロモン海戦までのほとんどすべての作戦に参加するとともに、全海域にわたる偵察、要地の砲撃、さらにシドニー、ディエゴスアレスに対する特潜奇襲作戦、ドイツとの連絡任務にまで従事した。そして、その片手間にインド洋、北米西岸、豪州東岸で交通破壊戦に活動した。この間、交通破壊戦では延べ四十隻が参加し、八十八隻を撃沈し、喪失は二隻。その他の諸作戦では延べ一四〇隻が活躍し、十一隻を撃沈破した。日本側の喪失は十三隻。なお事故により四隻を失ったので、合計十九隻が損失となった。一方、この期間に海大型その他の新鋭潜水艦二十隻がくわわったので、隻数トン数は開戦時とほぼ同兵力となった。実際は喪失の半数は老朽艦だったので、むしろ九隻の戦力増となったわけであった。

さて、すでに一年間の実戦を経験し、潜水艦の性能も理解され、いよいよ潜水艦を全面的に交通破壊戦に使用しようとする機運も動きはじめた。さらに戦争の様相も一変して補給消耗戦の様相を呈しはじめた。いまや日本海軍が潜水艦を最大限に活用する絶好のチャンスが到来したと思われた。それはガダルカナルへの連合軍の補給路を遮断するという、最上の任務を潜水艦にあたえることだった。

中期（一九四二年十二月〜四三年末）

ところで、日本側は昭和十七年十一月に陸軍の大部隊をガ島に送ることに成功はしたものの、軍需資材の揚陸は失敗に終わった。その後の水上艦船による補給も、主として米軍の基地航空兵力の必死の妨害のために、損害をかさねるばかりでほとんど絶望視されるにいたった。大本営は陸軍側からの切望もあり、ついに潜水艦を使用して物資を輸送することを不本意ながら決意した。こうして日本潜水艦のほとんど全部が敵の補給路攻撃のかわりに、ソロモン局地での迎撃や友軍の資材輸送任務に使用されることになったのである。

潜水艦輸送では、その積込量も知れたものであったが、二万五千名の守備隊の飢餓を救う最小限の食糧と弾薬だけでも、補給しないわけにはいかなかった。戦況は苛烈深刻であり、状況は切迫していたのである。そのうえ、警戒厳重で基地航空兵力による反撃必至の敵前で、夜暗に短時間で揚陸作業をせねばならぬこの輸送作戦は、とても生やさしいものではなかった。

ガ島北西端のカミンボにいたるこの苦難の潜水艦輸送は、十一月下旬から開始された。また、この時期には東部ニューギニア方面においても友軍の敗退にともなう輸送作戦が必要となり、輸送部隊である第一潜水戦隊には第六艦隊の精鋭潜水艦二十数隻が増強された。そこで輸送以外の作戦に活動する潜水艦は、わずかに数隻というあわれな有様であった。

こうした血の出るような輸送作戦もついに効を奏さず、ガ島撤退作戦──「ケ」号作戦が発令されたのは、昭和十八年一月上旬のことであった。この撤収作戦は二月初旬に実施されたが、それまでガ島輸送に従事した潜水艦は二十一隻、延べ三十三回に達した。また、これと同時に実施された東部ニューギニア輸送には九隻の潜水艦が延べ二十四回も参加した。輸送した物体は両方あわせて糧食八百トン、弾薬二百トンその他──分量は商船一隻分にもたりなかったが、これらの困難な輸送のために四隻の貴重な潜水艦と乗員を失ったのである。

伊171潜（昭和10年12月竣工の海大Ⅵ型）の艦橋後部。防潜網よけの鋼索、左舷寄りの無線檣が印象的。19年2月ブカ輸送の途上で撃沈された

ガ島撤退作戦が終了すると、第六艦隊は敵の補給路遮断に主作戦目標をおいて、つぎの作戦に移った。それは大部分の潜水艦を豪州東方海域からサモア、フィジー諸島方面に配備し、ハワイ方面から豪州とソロモン方面に延びる米軍の補給線をたち切ろうとするもので、昭和十八年三月以降、第一、第三潜水戦隊がこの作戦をはじめた。しかし、敵の主要航路を探索中でまだほとんど戦果があがらないうちに、不幸な戦局の急

変が起こった。それは五月十二日の米軍のアッツ上陸によるアリューシャン方面の戦況の悪化であった。

これより先、北太平洋方面作戦のため、六隻の新鋭潜水艦が第五艦隊に編入されてアリューシャン方面の反攻阻止にあたっていたが、アムチトカに米軍が進攻して以後は、キスカ、アッツ両島の弾薬糧食の補給はガ島と同様に、潜水艦によりほそぼそと支えられていたのである。

米軍のアッツ上陸に対し、大本営は同島の奪回を断念し、キスカ島の撤退を決意したが、五月末から六月末までの間に、十三隻の潜水艦によって幌筵~キスカ間の緊急輸送が実施された。アリューシャン方面は当時、濃霧の季節で潜水艦の行動は大いに制限をうけたが、そのうえに悩みのたねとなったのは、米軍のレーダー攻撃だった。これは太刀打ちしようのないもので、十七隻の潜水艦のうち五隻をむざむざと沈められ、ほかに三隻があやうくレーダー射撃の餌食になるところだった。

南太平洋方面では、第六艦隊の一部の潜水艦が小規模ではあるが、敵の補給増援にたいする遮断戦のほか、遠くフィジー、ニューカレドニア方面の敵情偵察に従事した。また、東部ニューギニア、ソロモン方面では第八艦隊の小型潜水艦と第六艦隊の一部の潜水艦が引きつづき友軍地上部隊に対する補給を続行した。その内訳は昭和十八年三月から九月までに、ラバウルからラエに対して七十五回、九月から十一月までスルミその他に対し四十三回、合計約四千トンの資材を輸送した。

インド洋通商破壊に従事中の伊37潜(18年３月竣工の乙型)。インド南西モルジブ諸島南方のチャゴス諸島を偵察、帰投した潜偵。艦橋前部の格納筒と射出軌条、揚収クレーンが興味を引く

またインド洋方面では、南西方面艦隊に編入されていた五隻の潜水艦がペナンを基地として、交通破壊戦に従事した。一部はベンガル湾、一部は遠くアラビア海、ペルシャ湾方面にまで行動して相当の戦果をおさめたが、隻数が不足して十分の活躍は期待できなかった。こうして、昭和十七年末から一年間の潜水艦戦は、インド洋、南太平洋でほんの一部の潜水艦が交通破壊作戦に従事したほかは、南と北の局地輸送に集中されたのである。すなわち、南はソロモンおよびニューギニアであり、北はアッツ、キスカであった。

この間、交通破壊戦では前後延べ四十隻が参加して、戦果約三十隻、喪失は八隻を数えた。アッツ、キスカの輸送、撤退作戦には十三隻が従事し、三隻を撃沈

したが五隻を失っている。ソロモン、ニューギニア方面では延べ約七十五隻が使用され、空母ワスプをふくむ約十五隻を撃沈し、べつに弾薬、糧食五千トンを輸送したが、損失も十五隻の多きに達した。こうして日本潜水艦にとっての最大のチャンス——大規模な交通破壊——は去ってしまった。

ソロモン、ニューギニア戦線のバランスが破れると、戦局は大きく動いた。強大な空母機動部隊を整備した米軍は、昭和十八年十一月下旬にギルバート諸島のマキン、タラワに進攻し、中部太平洋攻勢に乗り出した。当時この大兵力に対抗し得たのは、付近の基地航空部隊と潜水艦だけである。第六艦隊長官は九隻の潜水艦を両島付近に進出させて、敵機動部隊の攻撃を命じた。

しかし敵の対潜掃蕩は猛烈をきわめ、月末までの短時日に六隻は消息不明となり、かろうじて帰投した三隻も、数十発の爆雷攻撃によって損傷するという悲惨な結末を見た。この大きな被害は一ヵ月後に判明したのであるが、対潜警戒がとくに厳重な米機動部隊にたいする襲撃は、日本潜水艦にとっては無理だったことが深刻に反省された。ただ唯一の戦果は、伊一七五潜が護衛空母リスカムベイを撃沈したことだった。

後期（一九四四年一月～十二月）

ギルバート諸島を攻略した米軍は、その後さらに西進して、昭和十九年一月末にはマーシャル諸島のクェゼリンを奪取した。いまやわが南方の最大の根拠地トラックも大艦隊の泊地としては不適となり、連合艦隊の主力は西カロリン(パラオ)に後退したが、第六艦隊だけはトラックを基地として作戦をつづけていた。ところが、昭和十九年二月中旬に、強力な空母機動部隊がトラックを疾風迅雷のように急襲し、所在航空兵力と在泊艦船はほとんど全滅し、第六艦隊旗艦の平安丸も撃沈された。手持ちの兵力が潜水艦六隻ではどうにもならない兵力の懸絶だった。

昭和十九年四月ごろには、連合軍（マッカーサー部隊）はニューギニア北岸沿いに西進し、さらにフィリピンに進撃せんとする態勢をとり、ニミッツ部隊は中部太平洋の中央進攻路を、脇目もふらず推進しようとする気配をみせた。

六月上旬、太平洋上の天王山サイパンを攻略せんとする敵の企図を察知した連合艦隊は、この方面の潜水艦をサイパン周辺に集中するよう命じた。六月十九日のマリアナ沖海戦でわが機動艦隊は大敗を喫し、空母二隻を米艦に沈められたが、一方、日本潜水艦はついに戦機に投ずることはできず、しかも六隻を失った。

その後、わが潜水艦二十一隻はサイパン攻略部隊の攻撃にあたったが、警戒厳重で近接できず、ほとんど戦果を収めることができなかったうえ、十二隻を失う結果となった。こうして、あ号作戦の前後に、一挙に三十八隻のうち十八隻という第一線兵力を失った第六艦隊は、その後はわずかな兵力を単独で使用することは避け、海上、航空両部隊と協同することとし、またその間、戦備の充実をはかることとした。しかし、離島の守備隊にたいしては依然として作戦輸送を続行する必要があったので、当時完成しつつあった輸送専用潜水艦で輸送を開始した。また、当時いわゆる人間魚雷（回天）が完成し、その訓練も実用の域に達したので、潜水艦との連合訓練およびその作戦準備が進められた。

十月十一日、米空母機動部隊の南西諸島、台湾にたいする空襲により、連合艦隊司令部は決戦の機近しと見て、まず回天作戦準備中の潜水艦をのぞき、出動可能の全潜水艦（十八隻）にたいし出撃を命じた。さらに十月十七日、レイテ湾東方に敵の大部隊出現をみて、中部フィリピン方面への上陸作戦の可能性を察知した司令部は、南進中の全兵力をフィリピン東方海面に急速に集中するよう命じた。これが捷一号作戦の発端であったが、二十四日前後には十一隻の潜水艦が、配備点に到達するものと予期された。

十月二十五日のレイテ沖海戦において、わが方の潜水艦ははじめて理想的な配備をとり得たものとして、その戦果を期待されたのであったが、敵水上部隊に攻撃をくわえる好機にめぐまれず、一部をのぞき無為に終わった。

レイテ沖海戦後も各潜水艦は、十一月末までレイテ湾東方およびラモン湾北東海面において水上部隊と輸送船団の攻撃に任じた。そして、この作戦で空母三隻のほか、駆逐艦、輸送船など七隻を撃沈破したと信じられている（しかし、戦後の調査では実際の戦果は護衛駆逐艦一隻撃沈、軽巡一、護衛空母一およびLST一撃破となっている）。わが方の潜水艦も八隻が未帰還となった。

一方、三隻の潜水艦が回天作戦を準備中であったが、これは回天を搭載した潜水艦が敵主力部隊在泊の前進基地に近接して回天を発進させ、空母や戦艦を撃破しようという狙い——

玄作戦であった。そこで、いよいよ敵主力部隊が西カロリン諸島の基地に在泊中の好機をえらんで決行することとし、十一月二十日をその攻撃期日に予定した。攻撃地点にはウルシー環礁泊地とパラオ諸島のコッソル水道泊地がえらばれた。三隻の潜水艦は十一月初旬、それぞれ四基の回天を上甲板につんで出撃し、二十日の夜明け前に五基の回天がウルシー泊地に突入した。当時は空母三、戦艦二を撃破したと判定されたが、戦後の発表では油槽船一隻を沈めたにすぎなかった。

この攻撃後、第二次玄作戦が計画され、五基地に対し六隻の潜水艦による回天攻撃が計画された。アドミラルティに向かったものは警戒厳重なため不成功、ほかは攻撃したが戦果不明、ウルシーに向かった一隻は消息不明となった。こうして、多難な昭和十九年は終わったのであるが、この一年間に日本海軍は、じつに五十四隻——最初五ヵ月で二十隻という大量の潜水艦を失った。無理な作戦の結果である。

末期（一九四五年一月～終戦）

レイテ沖海戦によって、日本海軍水上部隊はほとんど壊滅同然となったので、その後に残されたのは航空兵力と潜水艦部隊による特攻戦法だけとなった。すなわち、昭和二十年の二月および四月の硫黄島、沖縄作戦には十四隻の潜水艦が使用されたが、そのうちの十二隻が戦果まったく不明のまま沈没したのであった。こうして、四月末には作戦可能の潜水艦は大型四隻、旧式伊号二隻、輸送潜水艦四隻の計十隻にすぎない状況になってしまった。別に建

回天特攻多聞隊として出撃する伊367潜(19年８月竣工の丁型)。丁型(伊361～372潜)は潜輸と称された輸送用だったが、潜水艦不足により改造、備砲や機銃を撤去して回天５基を搭載した

造中または訓練中の潜水空母、水中高速潜水艦など約十五隻があったが、いつ戦力化できるか不明のままであった。

潜水艦乗りの希望がかなえられて、潜水艦独自の補給路攻撃作戦が行なわれることになったのは、すでに五月になってからのことであった。それから終戦までの一〇〇日間、回天を積みこんだ十隻の潜水艦が、勇躍して西太平洋をかけめぐった。そして原爆部品をはこんだ重巡インディアナポリスをはじめ、少なくとも十隻内外の艦船を回天および魚雷で沈め、連合軍の心胆を大いに寒からしめた。

すなわち、主なものをあげれば護衛駆逐艦ギリガン、輸送艦マラソン、護衛駆逐艦アンダーヒル、駆逐艦ローリイが相ついで回天のために撃沈破された。とくに回天特別攻撃隊最後の伊五八潜による重巡インディアナポリスの撃沈(七月三十日)は、日本潜水部隊のために万丈の気炎をはいた最後の華であった。その間わが方の潜水艦の喪失は二隻であった。日本潜水艦の乗員は、モリソン博士の言葉を借りるまでもなく、素質においてまた技量において、米海軍と同様によく教育され訓練を受けていて遜色はなかった。潜水艦の構造とか技術については、お互いにほとんど優劣はなかった。ただ、日本潜水艦の大きな不利は優秀なレーダーを持たないことだった。

ところで、通商破壊戦に例をとれば、米潜水部隊の日本商船撃沈量にくらべて、日本潜水艦の戦果は約五分の一にすぎないが、これは日本側の実動隻数が五分の一以下であったことが大きな理由であり、潜水艦個艦の戦闘術力が劣っていたわけではない。現に伊二七潜（艦長福村利明中佐）は十三隻撃沈、一隻撃破の日本最高記録を樹立し、伊二一潜（艦長松村寛治中佐）は駆逐艦ポーターほか十隻の輸送船を撃沈する大戦果をあげた。さらに木梨鷹一少佐は伊一六二潜および伊一九潜を指揮して空母ワスプをはじめ輸送船八隻を沈め、戦艦ノースカロライナ、駆逐艦オブライエンそのほか数隻の輸送船を撃破したのである。

もし日本海軍が交通破壊戦に重点をおいて潜水艦戦を推進展開していたら、以上の三人のエースのあげた戦果を他の多数の潜水艦にも恐らく十分に期待できただろう。しかし、日本潜水艦の攻撃目標は主として、依然として米主力部隊とくに空母の上にそそがれていた。そしてここに日本潜水艦隊の失敗の主因として、両海軍の対潜術力の差が登場するのである。

第一次大戦以来、潜水艦と対潜兵力の間の血みどろの対決はつねに繰り返されてきた。一次大戦でUボートがついに敗退したのは、連合軍側の機雷や護衛船団等の徹底した対策の向上進歩によって、その威力を封圧するのに成功したからである。

第二次大戦においても、Uボートの狼群戦法は初期にあっては連合国を大いに苦しめ、英国は手をあげる寸前まで追いつめられた。ところが昭和十七年秋から連合軍はレーダーという新兵器を使いはじめ、さらに護衛空母の登場によってUボートは容易に発見され、ちゃくちゃくと駆逐されるようになり、その優位はみるみるくずれはじめた。

やがて昭和十八年五月に強力な対潜部隊（支援と掃蕩）が出現するにおよんで、Uボートの敗北は必至となった。この情勢は太平洋の日米関係においても同様であり、しかも対潜作戦上きわめて有利な局地戦で、無理な戦闘を強要された日本潜水艦の用法が失敗し、参加艦のほとんど全部が未帰還となったのは当然のことと言わねばならない。黙々と艦と運命を共にし、水漬く屍と消え去った潜水艦乗員の英霊に対し、衷心からその冥福を祈るのみである。

もう一つの真珠湾「甲標的」悲運の迷走

ジャイロコンパス故障にもかかわらず酒巻艇はなぜ発進したのか

当時「伊一六九潜」水雷長・海軍大尉　板倉光馬

優勝劣敗——この言葉は武力戦争のみならず、あらゆる闘争に通用する鉄則である。孫子は「敵を知り己を知れば百戦危うからず」と喝破しているが、情報収集の優劣が勝敗を大きく左右することは事実で、ミッドウェー海戦が如実に立証している。

日本海軍が極秘裏に対米作戦を画策したのは、昭和十六年四月以降であるが、米海軍は昭和十四年ごろから対日作戦を想定して、陸海空の戦力はもとより、ありとあらゆる分野にわたって、徹底的に調査分析し、必勝の確率を確認してから日本の宣戦布告に応じたのである。

というのは日本の機動部隊が殺到したとき、真珠湾内には戦艦と駆逐艦がおもな戦力で、空母や重巡などは南米やミッドウ

真珠湾攻撃甲標的の搭乗員。前列が艇長。左より伊20潜の広尾片山艇、伊16潜の横山上田艇、伊22潜の岩佐佐々木艇、伊18潜の古野横山艇、右端が伊24潜の酒巻稲垣艇

波荒き洋上を航行する伊24潜。16年10月末竣工の丙型５番艦。竣工すぐの11月18日出港、後甲板に全長23.9m、直径1.55m、46トン、45cm発射管２魚雷２本、水中速力19ノット、航続６ノット80分、二重反転式推進の甲標的を搭載して真珠湾に向かった。艦橋前方の14cm砲が見える

エー付近に避退していたのである。

戦艦を在泊させたのは第一次、第二次世界大戦を通じ、航空機によって撃沈された実例がなかったことと、たとえ深傷（ふかで）を負っても、水深が浅いから沈没するおそれがなかったことと、さらに奇襲攻撃で抗日世論を高めるためであった。

事実「リメンバー・ザ・パールハーバー」の声はアメリカだけでなく、世界中にひろがった。

ジャイロコンパスの故障

真珠湾への第二波攻撃は、超小型潜水艇五隻と機動部隊による空襲である。特殊潜航艇（甲標的）五基が大型潜水艦の後甲板に搭載されて、佐伯湾を出撃したのは昭和十六年十一月十八日で

ある。冬期の太平洋は荒天つづきで、ひとかたならぬ苦労をしたが、潜水艦部隊は予定どおり十二月七日の夜、指定された配備点についた。

　翌日の日出前に特殊潜航艇を発進させ、機動部隊の奇襲と呼応して在泊艦艇を雷撃する計画であった。当日の日出は、現地の時間帯で午前六時二十六分である。

　午前零時四十二分、伊一六潜（艦長山田薫中佐）の横山艇（横山正治中尉、上田定二曹）、伊二二潜（艦長揚田清猪中佐）の岩佐艇（岩佐直治大尉、佐々木直吉一曹）、伊一八潜（艦長大谷清教中佐）の古野艇（古野繁実中尉、横山薫範一曹）、伊二〇潜（艦長山田隆中佐）の広尾艇（広尾彰少尉、片山義雄二曹）、伊二四潜（艦長花房博志中佐）の酒巻艇（酒巻和男少尉、稲垣清二曹）の順に発進する予定であった。

　ところが酒巻艇の整備員が、発進の直前にジャイロコンパスの故障を報じてきた。しかも復旧の見込みはないという。

　花房潜水艦長が酒巻少尉を呼んで、ジャイロコンパス故障の状況と操縦の自信について意見をもとめたところ、酒巻少尉は「入口までは潜望鏡観測をくりかえし、湾口からは露頂（潜望鏡で観測できる深度）のままでないと難しいでしょうが、今までの訓練で自信はあります。決行あるのみです」と、あくまで発進の決意を変えず、他の艇長同様、落ち着いて乗艇し、午前三時半の潜水艦の潜航とともに発進した。

酒巻艇はなぜ発進したか

ジャイロ故障を押して出撃したが哨戒艦の攻撃をうけ擱座放棄された酒巻艇

私は花房艦長と酒巻艇長のこのやりとりの記事を読んで、押えがたい憤激をおぼえた。潜水艦にとって、ジャイロコンパスは盲人の杖以上に重視するものである。事実、艦位が得られなくて、しばしば坐礁している。また被発見の端緒となったが、強運にも危機を脱した。

花房艦長が、あえて発進させたのは指揮系統が違うことと、酒巻艇長の頑固さにサジを投げたからだと思われる。軍人として信念を貫くことも大切だが、頑迷にならない思慮分別を身につける必要がある。

酒巻艇のその後の経過は、酒巻少尉みずから綴った手記によって追うことにする。

攻撃は米国大統領宛の開戦通知後とする計画である。それまで、いや開戦後でも航空部隊の攻撃開始までは、どんなことがあろうと露頂を避けねばならない。敵の哨戒機に発見されるからである。（筆者注：海水の透明な海域では、潜航深度三十メートルで

も透視されることがある）

必死とはいえ、否、必死であるだけに、湾内に突入したい。彼の闘魂は烈火のごとく燃えたぎった。十分ぐらいの水中航走後、露頂深度について、潜望鏡をあげた酒巻少尉は、愕然として凍るような思いにさいなまれた。艇は盲目航走の結果、湾口より九〇度近く針路を変えながら、あらぬ方向に進んでいたのである。

ジャイロコンパスの使用は、やはり断念しなければならなかった。といって潜望鏡を出したまま航走すれば、哨戒艇に発見されるのは火を見るよりも明らかである。湾内にたどりつこうとする焦燥感にさいなまれながら、再三再四針路を変えてみたが、いたずらに等距離運動をつづけるばかりだった。

東の空がしらみはじめ、湾口がはっきり視認できたが、同時に二隻の哨戒艇が猟犬のように右往左往し、時に停止してソーナーで探知しはじめる。

その直後！　一隻の駆逐艦が高速で突入してきた。獲物を見つけた猟犬のように——。万事休す！　観念の眼(まなこ)を閉じたとき、ドドーンドンと烈ぱくの炸裂音が耳朶(じだ)を打った。さいわい命には別条なかったが——臍の緒を切って以来、はじめの体験だった。

見すてられた酒巻少尉

ところで、酒巻少尉が捕虜になったことを、日本海軍はいつごろ知ったのであろうか。

当時この特別攻撃隊を指揮した第三潜水隊司令の佐々木半九大佐の戦後の回想によると、

酒巻少尉の生存は、彼が捕虜となってから比較的はやい時期に、スウェーデンあたりの中立国を通じて日本側に通達されたとしている。そして「そのことを電報で知ったのは十二月十日か十一日で、収容配備点で艇員たちの帰りを待っていたときであった」と述べている。

当時は状況のいかんにかかわらず、捕虜は認めない時代であったため、海軍では酒巻少尉が捕虜となったことを国民の前にひた隠しにし、真珠湾に突入して戦死した特殊潜航艇の艇員を九名と発表し口をぬぐったのであった。そのため、酒巻艇の母艦であった伊二四潜（昭和十八年六月十一日キスカ付近で米駆潜艇の攻撃により沈没）の花房艦長は戦死するまで、このことを気にかけて酒巻少尉にすまないことをしたと語っていたという。

伊六潜レキシントン型空母に魚雷命中

ハワイ沖で監視哨戒にあたること五十日、遂に捉えたサラトガを雷撃

当時「伊六潜」艦長・海軍少佐　稲葉通宗

宣戦がまだ布告される前の昭和十六年十一月、わが伊号第六潜水艦（伊六潜／巡潜Ⅱ型）など潜水戦隊出港をひかえて、横須賀で祝宴がひらかれた。私は酔いにまかせて、第二潜水戦隊司令官の山崎重暉少将の前でクダをまいた。そのはずみに「司令官、戦争になったらレキシントンとサラトガは、この私が引き受けましたよ」と大声でわめいたものだ。恥ずかしながら、飲めば必ず我鳴りだすのが若い頃からの私の癖であった。「馬鹿ッ、まだ戦争になるなどと誰もいっておらん。不謹慎な口をきくなッ」と、司令官に頭から大雷をあびた。まことに軽率であった。「はい、申し訳ありません。前言を取り消して改めて申し上げます。RとSは絶対に私が引き受けます」

稲葉通宗少佐

言い直したまではよかったが、そのために満座は大笑いとなった。司令官は私の肩をたた

きながら笑いこけた。私は両空母の頭文字をとってのつもりだったが、司令官の方は〝淋病〟と〝芸者〟の意味にとったのである。海軍でアールといい、エスというのは、そうした隠語であったからだ。

そのサラトガを攻撃したのが、私の初陣であった。

話は昭和十七年一月七日（日本時間）からはじまる。オアフ島の南方海面にあって、監視哨戒をつづけていた第二潜水戦隊の一艦、伊六潜の艦長としてである。

海大型（艦隊にしたがうスピードの速い潜水艦）潜水艦からなる第三潜水戦隊は燃料の関係ですでに基地に引きあげ、最新式の巡潜型（航続力の長い巡洋潜水艦）をもって編成した第一潜水戦隊は、遠く米国西岸に行動した関係から、はやく燃料を消費し、第三潜水戦隊につづいて基地に帰っていたので、敵の重要基地である真珠湾を監視する任務は、この第二潜水戦隊のものであった。司令官山崎重暉少将は、旗艦伊七潜に乗って監視区域の一部を担当しつつ、戦隊の直接指揮に任じ、伊一潜、伊二潜、伊三潜からなる第七潜水隊と、伊四潜、伊五潜、伊六潜からなる第八潜水隊は、各艦に与えられた監視哨区にわかれて哨戒をつづけていたのであった。

伊六潜は昭和十六年の十一月に出港してから、すでに五十日になり、航海距離は一万浬（かいり）を突破していた。乗員の士気はまだ衰えぬとはいえ、事態はようやく危機に向かっていた。

「艦長」細おもての青白い顔を苦悩にゆがませながら、機関長の黒磯武彦大尉は艦長室に入ってくるとすぐ、私の目を見つめて、そう叫んだ。そして沈痛な語調でこう訴えた。「本艦の今後の行動について、はっきりした御指示を仰ぎたいとおもいます。どう計算してみても、このまま日をへれば、基地クェゼリンまで帰る燃料は足りなくなります。こと燃料に関しては、機関長として大きな責任を感じますので……」

行動半径の大きな巡潜型ではあったが、燃料タンクの一部に漏れるのができてきたり、燃料パイプが破損したりしたために、まだ余裕があるはずだと考えていた在庫量が、思いのほか減っていたのを知ったのが、つい二、三日前だったので、伊六潜にとっては実際に命とりといってもよい事実であった。万里の波濤をへだてた太平洋の真ん中で、しかも敵地に近いときては、補給をうける味方の給油艦船を期待することは不可能にちかいということを知っている機関長が、やきもきしてその対策を艦長の私に求めようとしたのは無理からぬことであった。

経済速力で帰途についたとしても、幾日かの後には、ついに燃料がつきるであろう。そのとたんから、伊六潜は他の戦闘力は完全にもちながらも、漂流せねばならない。そのうちに電池力もなくなる。そうなったら伊六潜は、大砲一門だけをそなえた漂流物にすぎない憐(あわ)れむべきものとなるのだ。それから先は――と考えると、機関長ならずとも、不吉な予感に戦慄をおぼえざるを得ないのであった。

が、伊六潜は、そのような不安や焦慮を、その葉巻型の内殻(ないこく)のなかに押しつつんだまま、三十五メートルの深度を保ちながら、何事もないかのように静かに潜航をつづけていた。

敵空母発見の飛報

なにか変化がおこる。そして基地への帰投命令がくる——それはまったく、なんの根拠もない棚ぼた式の願望であったが、私も機関長に劣らず、おなじ願いに心を痛めていた。だが、その晩の水上哨戒中にも待望の〝変化〟は起こらないようにみえた。

日の出時刻がちかづきつつあった。私室で読書していた私のもとへ暗号員が、その晩の電報綴をとどけてきた。その何枚目かをめくったとき、私の胸はハッとした。

『発伊一七一潜艦長、宛第六艦隊。敵レキシントン型空母発見。地点ムヨネケ針路南東、速力十二ノット。われ触接中』

地点を海図に入れてみると、伊六潜の現位置から西方に、三百浬くらいのところであった。レキシントン型の空母は、あの真珠湾空襲のときに港内にいなかったことはわかっていたので、レキシントンかサラトガかわからぬが、無事に生存して任務についているらしいと想像された。

くるぞ——と私は期待に胸をはずませた。そして、そのはずんだ胸の鼓動にせきたてられたかのように、元気よく立ちあがると、私室を出て発令所の鉄梯子をのぼって艦橋に出た。そこで私は、大きく胸を張って深呼吸すると、予言者のように眼をあげて、晴れた星空をながめた。そして、くるぞ——と、もう一度、心の中でつぶやいた。

しばらく空の星をながめていた私は、ふと話がしたくなった。艦橋の前の方に立っている哨戒長の佐伯卓夫大尉のそばに歩み寄った。

伊6潜。昭和10年5月竣工の巡潜Ⅱ型で、1900トン、全長98.5m、水上速力20ノット水中7.5ノット。魚雷発射管6門に魚雷17本。竣工時から後部に射出機、艦橋後方両舷に水偵分解格納筒

「先任将校、哨戒も今夜限りになるかもしれないよ」佐伯大尉は、この艦の次席将校であり、水雷長の職にあったが、通常は先任将校と呼びならわしていた。「へェ、どうしてですか。なにか電報でも？」

「うん、空母発見だ。伊一七一潜が触接中だ」

「そうですか」といったが、佐伯大尉はなにか思いついたらしく、にやりと顔をほころばせて「ははあ、それでわかった。つまり、こうでしょう。発第二潜水戦隊司令官、宛第二潜水戦隊各艦。本文、各艦は哨区を撤し、捜索列をつくれ。針路四。速力一四ノット。とネ」

「うん、図星！」そのとき、前方の空を流れ星が横にとんだ。「馬鹿に大きな奴ですなあ」と佐伯大尉は双眼鏡を眼にあてた。流れ星のあの長い光の尾のあとを探すかのようにである。

潜望鏡一本が唯一の武器

「配置手入れはじめ」浮上予定時刻まで、まだ一時間もあるというのに、いままでの例をやぶって、この号令が

各部署に伝わった。各自の受持の船体兵器機関の手入れをせよ、という命令だ。ついで、「手入れ時間は約一時間」と伝令された。いつもよりも手荒く長いなあ——と誰もが感じた。なにか新しい事態に備えるためかも知れないぞ——とかすかな希望を持ちかけたとき、そして、司令塔からの伝令は、さらにつぎのような注意を伝えた。

「あと二、三日は、情況がかわって、配置手入れをする暇がないかもしれないから、その心組みで充分に念を入れてやれ」そして、発射管室に対しては「魚雷を一本ずつ引き出して検査手入れをしておけ」と特令した。

そうしなければならぬ、特別の変化があったわけではなかったが、私の心にきざした、あるひらめきによるものであって、いまでも、その説明はできないのである。

レキシントン型空母発見の伊一七一潜（伊号第百七十一潜水艦）からその後の触接報告がないところをみると、おそらくは触接を失したものであろう。しかし、あの付近の海面は新しく第二潜水戦隊と交代するために基地を出て、こちらへ向かってくる第一潜水戦隊の数艦が、まもなく通過する海面である。一度発見された空母だ、もう一度、味方の視野にあらわれるチャンスがないとはいえない。こんど発見したときこそ、「捜索列つくれ」の作戦命令になるであろう。それが本艦に幸運すれば、あと一時間ばかりで浮上する今夜のこととなる公算がないでもない。

私は潜望鏡のエレベーターに立って、その上下運動を試みたり、旋回試験をしたりしたのち、その接眼レンズを新しいガーゼをもんで、ていねいに拭った。そして、この潜望鏡一本が俺の唯一の武器だ。これとともに生き、これとともに死のう——と心の中でつぶやいた。

ともあれ、さっき上がってきた機関長の報告によれば、燃料の在庫量はギリギリのところまできていた。今夜、艦首を西方に立てなおさなかったら、基地に帰りつくまえに立往生しなければならぬ運命になる。

ここまでくると、このことについて誰も語ろうとはしなかった。触れるのを恐れたからであろう。通信長から厳命された電信当直員が、全身を耳にして、レシーバーをかぶっている。否、艦全体が、当てにならぬことを当てにして待っていた。二七〇〇トンの巨鯨が、そのまま耳であった。そして〝待つ〟姿勢は、寸分の隙もなくすでに出来あがっていた。

「総員潜航配置につけ」予定の時間になった。また今日も同じような、昼間潜航がはじまろうとしていた。そして艦長の私が「ベント開け」と号令をかければ、それから先は日没後浮上するまで、まったくの耳なしになるのだ。

そのとき突如、電信室からの伝声管が、あわただしく叫んだ。

「旗艦から作戦緊急信です。潜航をちょっと待って下さい。一通は受信済みですが、後の一通を受信中です」喉まで出かかった「ベント開け」の号令を、私はぐっと呑みこんだ。「航海長。最初の一通の翻訳を見てきてくれないか」

「はいッ」中川久二航海長は身軽に、タタタタッと鉄梯子をおりていった。まもなく、はち切れるような若い航海長の声が、伝声管から弾（はじ）きだされた。「艦長、空母発見です。第一報はすぐ持っていきます」来たッ——私は、心の中でそう叫んでいた。それから一分もせぬうちに、「受信終了。後に電報ありません」

「ベント開け」潜航に移ったときの私の胸は、つつみきれぬ喜びにふるえていた。

第一信の訳文は、航海長が片手につかんでもってきた。「発伊一八潜艦長、宛第一第二潜水戦隊。本文、敵レキシントン型空母発見。地点ムヨハセ、針路北西、速力一四ノット、十日〇二〇〇」読みおわった私は、勝ち誇ったように眉をあげて「航海長、とりあえず針路を二七〇度にかえよう。後の電報は予定どおりだろう」

五、六分したとき通信長が上がってきた。

「艦長、つぎの電報はこれです」見ると「発第二潜水戦隊司令官、宛第二潜水戦隊。本文、哨戒配備を撤し、捜索列つくれ。針路二六五度、速力一二ノット」第一電の地点は、その前の伊一七一潜の発見位置とたいして変わってはいなかった。

私たちが待望し、第二電で実現した『捜索列』というのは、一応説明がいると思う。それは、敵の艦船を捜索するために、味方の艦をある一定の間隔にならべて、網を張ったようにして進んでさがす方法なのである。

つねに一線にならんでいることと、その間隔が正しく保たれることが大切である。そして、その列線は進撃する方向に、直角にならぶのを常としたのである。また、その間隔は、各艦の視認距離を考えて適当にきめられるが、ふつう昼間なら三十浬であった。こうして捜索すれば、参加艦七隻（第二潜水戦隊は七隻であった）で、約二一〇浬の視認幅をもって進むので、その間にあらわれる敵艦を、味方の視野からとり逃すことは、まずないといえるのである。

幸運はついにきた――と私は思った。しかも二六五度という針路は、基地への帰航針路に近いのだ。まったくあつらえ向きであった。燃料問題は解決した。沈滞(ちんたい)していた士気もふるいたつであろう――と、私はひとり心の中でほくそ笑んだ。

海図にあたって、私たちは現位置からその捜索列の自艦の位置に乗るための針路と速力を割りだした。それによれば、今日は昼間潜航、夜になって水上十四ノットで進めば、明朝、日の出ころには、その位置につくことができるのであった。

レキシントンを発見す

昭和十七年一月十一日の夜はすぎ、十二日の昼は、水上進撃をつづけたが、めざす敵の空母は発見できなかった。そして、その日の日没が近づいていた。

そのころ伊六潜の乗員は誰も彼も、綿のように疲れていた。そのくせ、神経だけは針のようにとがって落ち着きがなかった。これ以上の重荷は、重大な錯誤のもととなるかもしれない、と私はひそかに心を痛めた。

幸いなことに、太陽はすでに西の水平線にまもなく触れようとしている。日没後になれば飛行機の心配だけはなくなる。そうなったら五分間でもよい、乗組員を上甲板にだして、外の風に当ててやりたい。五十幾日ぶりの外気を吸ったら、この疲労を多少ともぬぐい去ることができやしないか――と私は胸算用しながら、艦橋に立って四方に目をくばっていた。その私自身の目も疲労に充血して、気力だけで生きている人間のように見えたことであろう。

しかも、敵空母の存在する海面にすでに到達しているのだ。このまま夜になったら、視界ははなはだしく減少するので、敵をとりにがす可能性は非常に大きい。この捜索列のままゆくと、各艦の距離三十浬はすこし広すぎる。ちょうど真ん中を抜けられると、両側の潜水艦から発見できない。月のない暗夜だからである。

敵の空母を見過してしまったのではないかという心配は、日没が迫るにしたがって濃いものになってきた。やがて太陽が水平線に没したころは、その心配は、絶望にちかいものになった。

敵機をさけるために潜航したとき、相当ながく深々度にもぐっていたことがある。あのときに、もしかしたら、すれ違ったのではあるまいか——という後悔に似た気持に私はさいなまれていた。もっと先の方にいるのかもしれないぞ——と失せ物を探すときのような、かすかな希望を無理に思いうかべて、みずから心を慰めてもみた。

「砲術長」と当直将校の徳永正彦中尉を呼んだ。予定していた上甲板休憩のことを話そうと思って、私が二〜三歩、徳永中尉の方へ近づいたときであった。

「哨戒艇ッ、右三〇度！」天蓋のうえに立った見張員の一人が、絶叫した。それは頭のてっぺんから出たような、悲鳴に似た叫び声であった。またか？と私は、うんざりした。なんと思ったか徳永中尉は、すぐ「潜航急げ」の号令をかけずに、「待て待て」というと自分も天蓋に飛びあがって、双眼鏡の視線を、その敵にむけた。

伊６潜。昭和10年に駆逐艦と衝突、艦橋損傷。後にサイパン東方で消息不明

「……？」私が怪訝な顔を徳永中尉に向けたとたんに「艦長、レキシントンでーすッ」と砲術長の張りのある若い声が、確信にはずんで、私の耳にひびいた。そらきたッ！　艦橋当直員は、もうハッチから艦内に飛び込みはじめていた。

「潜航急げ！」徳永砲術長の報告と同時に、私はそう号令して、みなにつづいて艦内に入った。司令塔へのラッタルを踏んだときに、「ベント開け」と私は叫んだ。バタンと艦橋ハッチが締まったときには、艦内はすでに上甲板を水中に没しかけていた。

　このとき私は潜望鏡をあげて、初めてその空母を確認した。南方に向かって進んでいるレキシントンの、マストとあの特異な煙突の上端だけが見えていた。世界第一の航空母艦！　三万三千トンの巨体。いまそれを眼前に望み見たのだ。疲労も寝不足も一瞬に消しとんだ。

　戦場で敵にでくわした者が、誰でもそうであるように、ただ本能的な闘志のみが荒々しく息をしていた。私はくいいるように、潜望鏡をのぞいていた。

　艦が普通の潜航深度につくころ、私はようやく平静をとりもどして、それを艦内に知らせた。「レキシントン発見。魚雷戦用意……」

敵空母（この空母は後日判明したところでは、サラトガであった。しかし当時は、レキシントンである公算が多いと思われていた）発見は、ちょうど、日没後十一分たったときであった。正確には、日本時間の午後二時四十一分である。刻々変化してゆく情勢の波にゆられて、知らずしらずに押し流されている私自身を、どう取り扱ったらよいのか反省する余裕さえも、私はもたなかったのである。

太陽が西の水平線の向こう側に隠れてから二十分以上たっていた。西の空は、まだ昼間と変わらぬくらい明るかったが、潜望鏡をまわして東を見ると、大きなうねりのある海上には、すでに南海の黄昏（たそがれ）が、一秒ごとに黒く覆いかぶさってこようとしていた。

めざす敵空母に潜望鏡をむけると、まだマスト煙突だけしか見えぬ。ほとんど視線に直角になって、左の方に進んでいた。距離をはかってみると、三万メートルであった。このままの態勢で時間がすぎれば、伊六潜にとっては、姿を見せてもらったというだけのことで、魚雷攻撃など思いもよらなかった。というのは、伊六潜がもっている魚雷の性能が速力四十五ノットで、駛走距離は六五〇〇メートルであったので、三万メートルもの遠距離はとどかないからである。

伊六潜は、それでも水中速力六ノット（全速力にちかい）で、少しでも近寄ろうとする努力をつづけていたが、そのくらいの速力で、日が暮れてしまうまでに適当な射点——発射に適する位置に到達するなどということは、望む方が無理というものだった。言いかえれば、このままでは、襲撃の機会はないということである。

「魚雷戦用意よろし」発射準備の第一段階の出来あがったことの報告はうけたが、それから先の号令は、私の口から出る見込みがなかった。しかし、潜水艦の戦闘では、敵を見るものは艦長一人であって、その他の人は盲目にひとしかった。

「空母発見」と状況を知らされてからのち、敵情について、なに一つ知らされぬ乗組員は、自艦の速力から判断して、ぐんぐん敵に近接していると感じていたろうし、まもなく魚雷を発射するであろうと想像して、獲物をねらって忍びよる牝豹の獰猛さを、その闘志に、あるいはまた燃える眼の色にあらわしていた。汗と油と垢に黒光る顔。鬚面と鬚面が、一文字に唇をむすんだまま、寂として音もなく、互いの心臓の音を聞いているのではないかと思われるように、眼ばかり大きく見開いていた。

魚雷発射そして命中

敵の方から見た伊六潜の方位は東方であり、敵からは、すでに暗黒の世界に見えたであろう。したがって私の潜望鏡は、発見される心配がなくなっていた。（このころは米国もまだ電探を使用してはいなかったからである）否、少なくとも私は、そう確信していた。

水面に、にょきッと突き出された潜望鏡は、遠慮なく白波をたてていた。潜航してから三十分、日没から数えて四十一分たっている。南海の空は、薄暮が比較的みじかいことを知っている人々は「外は、もう真っ暗だろう。見失ったのではあるまいか」と待ちくたびれて、ささやき交わす声も聞こえた。

その不安は、司令塔の乗員に、いっそう濃厚であったように見えた。「遠いので襲撃はできなかった」と艦長が言いだしそうな気がして、落ち着けなかったからであろう。司令塔の全員は、いちように私に注目していた。息のつまるような切迫した不安が、私以外の司令塔に充満した。

「魚雷戦！」突如として私は号令した。「司令、こちらに変針しました」と胸をおどらせていった。

「ほう。よかったぞ。落ち着いてやり給え」それには答えずに、私は発射準備の号令をつぎつぎと命じた。そして、やがて照準発射を行なった。「用意ッ」「射てーッ」

ズシーン。ズシーン。ズシーン。三秒ほどの間隔をおいて、三本の魚雷が発射された。快い振動が艦を縦に流れた。ときに午後三時四十分であった。日没後まさに一時間を経過していた。発射管に故障があったので、前部発射管四門のうち三門しか発射できなかった。

射てた、これで俺の仕事はすんだのだ——と私は思った。発射した魚雷が命中するかどうか、ということなどは、私の念頭に浮かばなかった。ただ、射てた、という安堵だけで私は満足し、肩の荷をおろしたようにほっとしたのだった。

命中するとは予期しなかったが、それでも敵に向かって射った以上は、千に一つの命中を期待せぬというのではなかった。水中聴音機は魚雷のスクリュー音をとらえて、それにつけていたし、中川航海長はストップウォッチを握って、その秒針を見つめていたし、全艦が耳らぬ者はなかった。

　聴音室からの報告は、魚雷と敵艦との近接をつたえてきた。息をのんで一点を凝視する眼からは、血がにじみ出るのではないかと思われた。そんな眼が、あそこにもここにもあった。艦内神社の前にいた一人が、つと立ちあがると手をあわせて祈念した。発令所の隅で誰の声ともしれず、「南無阿弥陀仏」と、つぶやくように念ずるのがきこえた。

　そして、ストップウォッチの秒針は、予定の時間をすぎた。魚雷ははずれたか？　全員の期待を無惨にも裏切って？

　見つめていたストップウォッチの秒針から眼をはずすと、航海長は失望にくもった顔をあげた。

「艦長、時間が」と言いかけたちょうどその時であった。キン、グワーン、キン、グワーン。低くはあるが、明瞭な命中音であった。しかも、二つ。はっと息をつめた航海長が「あっ」と叫び声をあげると、急に眼をかがやかせた。

「命中、命中。艦長、命中ですッ」同時に聴音室から、はち切れるような声が司令塔にとんできた。「魚雷命中！　魚雷命中！　二本です。魚雷命中です！」

　艦内各区から、同時に起こった歓声。それが一つの大きなどよめきとなって、艦内の空気を振動させた。

「艦長、おめでとうございます」と航海長がいえば、司令塔にいた四、五人の下士官兵も口々に「おめでとうございます」と祝辞をのべた。どうも、あまりうまくゆき過ぎる——と、かえって面映い思いもした。

それに伊六潜は、まだ喜んだり安心したりする段階にはきていなかった。敵空母はその前方に、一万トン級の巡洋艦一隻を走らせ、その背後と両翼とに、それぞれ駆逐艦一隻をしたがえていたからである。その駆逐艦が、狂気のように高速力で、駆けまわっているのを聴音機で捕捉していたので、いつ爆雷攻撃がはじまるか分からなかったのである。

そうなれば、必ずしも生還を期するわけにはゆくまいと私は思った。そのとき伊六潜は、聴音されるおそれのある、すべての音を消して、いわゆる無音潜航に移っていたし、爆雷攻撃にそなえて深々度（百メートル）に潜入していた。そして最微速で、徐々に戦場を離脱しようとしていた。戦果の確認などできる状態ではなかったのである。

敵を見るまでは、発見したいと思う。発見すれば、これを射ちたいと願う。射ってしまえば命中を望み、命中したらその戦果をたしかめたいと願う。つきるところを知らぬ人間の慾望の強さに気がついた私は、そら恐ろしいものを感じて思わず身震いした。

さかんに駆けまわっているらしい駆逐艦の音も、しだいに遠ざかったようだ。うまく離脱しえたらしい、と思ったとたん、突然、予期しない猛烈な爆発音が起こって、艦体はぐらぐらとゆらいだ。何事？　なにが起こったのか？　なんの爆発か？　いろいろの臆測がいいかわされ、乱れとんだ。

「爆雷攻撃だ」「いや、空母の自爆だ」

が、ただ一回だけであったところから、後者の公算が大きいと結論された。

戦場離脱に成功した伊六潜は、その晩、水上航行にうつると、戦闘報告を司令官と第六艦隊長官とに打電した。そして空母攻撃の翌々日の夕食時であった。にぎやかな談笑が、士官室にみなぎっていた。

食事が終わりかけたとき、暗号員が電報をとどけにきた。なにげなくそれを受け取った司令の表情が、急にこわばったように見えた。無言で私に手渡された電報を黙読した。

『発軍令部総長、宛第八潜水隊司令、伊六潜艦長。（本文）伊六潜が敵レキシントン型空母を攻撃せる情況を奏上せるに、陛下には繰返し繰返し御嘉賞の御言葉を賜りたり。謹んで伝達す』

このような電報が、一潜水艦長に宛てられるということは、まったく異例のことであった。私は急に立つと、士官室を出て艦長室に帰った。こみあげてくる熱いものを、こらえかねたからであった。

こうして無事に、戦果をあげて基地クェゼリン島に帰ったわが第二潜水戦隊は、燃料補給ののち二月一日、横須賀に帰投したのである。

伊二六潜水艦ガ島ネズミ輸送出撃記

二十トン運貨筒の発進と水上機洋上給油のうえ洋上哨戒で軽巡撃沈

当時「伊二六潜」水雷科員・海軍上等兵曹 中野九十郎

昭和十七年八月三十一日、ガ島南東方サンクリストバル島の東方洋上を哨戒監視中の伊二六潜（伊号第二十六潜水艦／昭和十六年十一月六日竣工）は敵機動部隊を発見し、空母サラトガに魚雷を命中させて大破させた。しかし、護衛駆逐艦の反撃は凄まじく、百発以上の爆雷の嵐に、海中にひそむこと十七時間の長きに及び、ようやく無事に浮上して、わが南方基地トラックに向けて第三戦速（十八ノット）のスピードで帰航の途についた。

航行すること数日、ようやく艦首前方にトラックの島影が見えてくると、艦橋配備員はもちろん、艦内の乗組員たちも生きて帰れる嬉しさに喜びはかくしきれない。艦橋では横田稔艦長、山中修明航海長とも双眼鏡で何回となく機銃台の上から前方を眺めている。

中野九十郎兵曹

トラックの秋島と夏島の谷間にわが連合艦隊の旗艦大和のマストを確かめると、艦長がひとり言のように「わが連合艦隊健在なりや」と言いながら、航海長に向かって「入港用意、両舷前進原速、前後部ハッチ開け」と下命した。航海長はただちに見張台から飛び降りて、司令塔伝令に命じて、艦長命令を艦内に伝達させた。艦内では待っていましたとばかりに、前後部のハッチの開放準備をはじめた。軍医長は号令と同時にすばやく艦橋にのぼってきて、前方のトラックの島々を眺めて、生きて基地に帰れる嬉しさを丸出しにする。

「久しぶりに生の空気はお美味しいねー」そう言って配備員一人ひとりに語りかけ、子供のように喜んでいる。艦長が「軍医長はこんどの出撃で、爆雷攻撃がよほどこたえたようだ」と航海長と顔を見合わせて、笑顔でうなずいていた。

前後部のハッチが開放されると、油だらけの艦内作業衣のままの乗員が一人、二人とつづいて甲板に這い上がってくる。前部ハッチから掌水雷長が真っ先にのぼってきて、水雷科部員とともに、入港準備業を手ぎわよくはじめた。後部ハッチからは機関科部員が這い上がってくる。久しぶりに外気にふれ、赤道直下の太陽の光が照りつける甲板上に出て、棒立ちの姿のまま眩しそうに目に手をあて、前方のトラック基地の島々を懐かしそうに眺め、互いに笑顔をうかべている。久しぶりに吸う煙草もうまそうである。爆雷の雨のなかを無事に帰航できた嬉しさは、たとえようもない。

突然、夏島の飛行場から小型機が一機飛来して、伊二六潜に向かってきた。機は近づくにつれて翼を左右に振って、伊二六潜のまわりを二回ほど旋回した。搭乗員は機体から身を乗り出している。伊二六潜の無事の帰還を祝ってくれたのだ。

伊二六潜は、久しぶりに懐かしの第六艦隊（潜水艦隊）泊地にすべるように進み、母艦平安丸と工作艦浦上丸のちょうど真ん中あたりに投錨した。投錨と同時に艦隊司令部や母艦、浦上丸などから内火艇がつぎつぎと接舷してくる。在泊中の潜水艦からは「無事の帰還オメデトウ」と手旗信号が飛び込み、艦橋の信号員はてんてこまいの忙しさである。

ガ島輸送が下令される

トラック泊地は気分はゆったりするものの、艦内は暑くて狭い。そのため食事はいつも露天甲板上で行なうように、臨時の食卓ができていた。入泊して三日目の昼食中に、艦長が司令部の内火艇に送られて帰艦した。いつも乗組員の前では笑顔を見せている艦長も、このときばかりは憮然とした態度で、大きな角封筒を片手に無言のまま足早に艦内に入っていった。食事中の乗組員たちのなかには、艦長の様子から司令部で何かあったのでは、と気にする者もいた。

しばらくして「乗員全員前甲板に集合せよ」と号令がかかった。急いで食卓をかたづけて集合していると、先任将校（今井賢二水雷長）が艦内から上がってきて、「艦長から話があるから、全員その場に座って待つように」との指示があった。艦長の話は次期作戦行動についてであるらしかった。私も潜水艦用航空機カタパルトの上に腰をおろして待っていた。

横田稔艦長が乗組員に訓示するのは、これが二回目である。第一回目は、ハワイ奇襲作戦の先遣部隊の一艦として昭和十六年十一月十九日に母港横須賀を出港した翌日二十日の朝、金華山沖の洋上であった。機関を停止して全員を甲板上に集合させての開戦前の訓示であった。こんどが二回目だ。よほど重大任務の行動だろう、と私たちは艦長の現われるのを待っていた。

当時、戦局はガダルカナル島をめぐって激しい攻防戦がくりひろげられ、いわば太平洋戦の山場とでもいえる頃であった。ガ島は米国本土と豪州とを結ぶ線のはるか北の方に位置するが、わが軍の占領するラバウルに遠からず、米国にとって、日本に攻めあがるための戦略上、重要な基地である。そのガ島を不沈空母として建設して使用されれば、わが南方基地は、戦略的にも戦術的にも不利となる。一日も早くガ島を奪回しなければならない。

伊26潜(乙型)。開戦時アリューシャン方面偵察後、米西岸行動。18年12月～19年5月、インド洋通商破壊に従事する

わが軍は、陸軍三万と海軍陸戦隊三千の将兵をガ島に送り込んでいた。わが将兵は夜間を利用して、敵の占領した飛行場や敵軍の物資集積所などに特攻焼き打ち作戦をおこない、敵の進出を阻止していた。しかし、物量豊富の米軍は命知らずの日本兵と戦うよりも、いわゆる「兵糧攻め作戦」を強化して、わが軍のガ島への補給輸送船団を航空機の洋上攻撃により壊滅させようと図っているようであった。かくして、わが補給作戦は犠牲が増すばかりで、わが守備隊将兵の食糧弾薬は不足し、戦力は低下するばかりであった。

わが連合艦隊は、ついに艦隊の虎の子の高速駆逐艦を使用して、ショートランド基地からガ島ルンガ基地に向け、夜間を利用して高速補給「丸通作戦」を開始した。しかし、これもレーダーを活用した航空機と海上部隊の集中攻撃をうけて、犠牲艦が増すばかりである。わが軍のガ島への食糧補給は完全に遮断されてしまったのである。

ガ島のわが将兵のために、連合艦隊司令部としては、補給輸送作戦はなにがなんでも続行しなければならない。そこで、トラックに集結していた大型潜水艦にたいして、輸送作戦命令が下ったのであった。各艦の乗組員のなかには、輸送と聞いて「潜水艦で丸通さんをやるのか」「俺はごめんだ。それは水上艦隊にまかせて、俺たちは花の通商破壊戦に出撃させてくれ」「魚雷が呼んでいるよ」などとぐちる者もいた。

とはいえ、各艦は命令一下、さあーとばかりにドラム缶やゴムの防水袋につめ込んだ食糧を甲板上に山積みにし、また武器弾薬等は狭い艦内に搭載すべく、作業を開始した。

伊二六潜は、他の潜水艦とは作戦任務が異なっていた。すなわち、後部甲板上にガ島向けの約二十トンの物資をつめ込んだ運貨筒を搭載する。また、航空機格納筒内部に航空燃料を満載して、味方航空機の洋上給油作戦を行なう。そして、その後は敵の航路上の哨戒作戦を行なう。

——これらのことが艦長から知らされた。艦長の訓示が終わると、艦は錨を揚げて工作艦浦上丸の左舷に接舷した。後甲板上に運貨筒を搭載する架台取付工事と、航空機格納筒の内部に装備してある航空用燃料タンク、補給油のパイプ等の点検工事をはじめるためである。

各艦は一斉に補給物資の搭載作業をはじめた。甲板上に山積みにして出撃準備を完了した艦は、夕闇があたりを包むころ、トラック基地をあとに一艦ずつ出撃して行った。私たちは出撃して行く艦を見送りながら「ガ島の姿なき敵に注意せよ」「頑張ってまたトラックに帰ってこいよ」と祈るような気持で見送った。

そのころ、伊二六潜は、運貨筒のテストと発進訓練のため、出撃艦のあとを追って夜間、秋島の沖に出て、静かに停止潜航を繰り返して訓練を実施した。航空機への洋上給油訓練は、水上機の代役に司令部の内火艇を使用して、何回も行なわれた。

ルンガの沖合に接近

甲板上には約二十トンの食糧弾薬を満載した運貨筒一基を搭載、格納筒内には航空燃料を、また発射管室には母艦で調整した魚雷を積み込み、出撃準備は万端完了した。

当時は、潜水艦乗り仲間では縁起をかついで「3(さん)」というと凶、「6(ろく)」というと吉という者がかなりいた。艦名は伊二六、出撃日は十月六日午後六時、出撃は六番目とすべて吉である。乗組員のなかにはこんな縁起をかついで、補給作戦が終わったら、ガ島方面で敵さんを六隻とはいわないが、数隻を海底に葬って、それを土産に母港横須賀に帰るぞと、艦内は明るいムードでの出撃であった。赤道直下の真っ赤に照りつける太陽も西の海に沈み、南方の夜空に低く輝きはじめる南十字星につづいて星がまたたきを増すと、吹きよせる海風もさわやかに感ぜられ、涼しさが身にしみるようだ。

横田艦長の「出撃用意」の号令が艦橋から高らかに飛んでくる。伊二六潜は見敵必殺の闘魂をかきたてつつ、トラック基地をあとに波濤をけってガ島方面へと進撃を開始した。艦は第三戦速(十八ノット)で進撃をつづけ、艦首からメインタンクの外側を流れる波も、夜光虫の燐光で七色の虹となって、艦尾へ小川のようにまばゆく流れていく。当時のガ島方面の制空権は米軍が握っていた。昼夜に航空レーダーを使用して、その姿なき監視哨戒網を洋上沖合までひろげ、夜間にはルンガ泊地付近に高速哨戒艇が見張って、番犬のように頑張っている。日本潜水艦部隊の輸送作戦は、その哨戒線を突破してガ島にたどり着かなければならない。各潜水艦長にとっては、この作戦は場所が場所だけに、慎重のうえに慎重をかさねた作戦であったであろう。

トラック基地を先に出撃した潜水艦からは、なんの連絡もない。伊二六潜は、出撃して二日目から昼間潜航、夜間は水上航行で進撃をつづけた。艦長からは艦橋配備員にたいして「敵には先を越して発見されないよう、しっかり見張れ」と檄(げき)が飛んだ。

艦橋配備員はとくに対空見張りを重視して進撃した。四日目に、予定地点のガ島ルンガ基地の沖合に着いた。夜間、基地近くに潜入して聴音哨戒と、ときどき潜望鏡を出す露頂潜航で、敵の哨戒行動を綿密に観察してみると、哨戒は二時間ほどの時間をおいて、高速哨戒艇二隻でやっていることがわかった。艦長は反転して夜半のうちに沖に出て、補充電と高圧空気の取り入れ等を十分に行なった。

早朝から潜航をつづけ、艦長は夜間の作戦計画を練った。そして運貨筒の搭乗員としてトラックから便乗してきた宮下兵曹を士官室に呼び、掌水雷長をかたわらに運貨筒発進についての種々の状況説明や注意事項をあたえた。発進時間は当夜午後九時、発進点は基地海岸より約千メートルのこの地点、針路はこの方向と、海図をひろげて詳しく説明した。また宮下兵曹には、身のまわりの整理をしておくようにとの指示もあった。

ルンガ基地に直進する運貨筒

夕食は早めにして、午後七時には「総員配置につけ」の号令と同時に「深さ一八（メートル）、潜望鏡上げ」艦長は露頂して異状のないことを見届けたのち、浮上した。約三十分ほど補充電を行ないながらルンガ基地に向かった。ガ島が暗雲のように浮かんで見えたが、潜航して露頂と聴音哨戒をつづけて、運貨筒発進地点に接近していった。

午後八時三十分にようやく発進地点至近に到達し、夜間潜望鏡を通して発光信号をもって、ルンガ基地に向けて信号を送った。すると青灯を上下して、味方識別信号が返ってきた。

艦長はただちに「運貨筒発進用意」を命じた。準備員は発令所に集合して、次の号令を待っていたが、「発進準備よし」と掌水雷長が報告する。引きつづいて「発進作業員と宮下兵曹、司令塔にあがれ」と下令された。宮下兵曹は発令所にいる潜航指揮官たる先任将校の今井大尉をはじめ、発令所の配備員に、「便乗中お世話になりました」と挨拶を残して、掌水雷長の後につづいて司令塔に昇った。浮上する前に暗い司令塔に入れて、暗中の甲板作業にあらかじめ慣れるように、司令塔に集合させたのである。

潜望鏡であたりを見回してみると、敵影はなく海も静かだ。艦は発進地点で静かに反転した。ルンガ基地に艦尾を向け終わって、ただちに「メインタンクブロー、浮き上がれ」と号令された。

伊二六潜は、イルカのように暗夜の海面に浮上した。私たちは浮上と同時に「艦橋ハッチ開け」の号令とともに飛び上がるように艦橋に出たが、艦はまだ浮上の途中で、海水が大きな音をたてて流れていた。見張台から「異状なし」と矢つぎ早に届けると、「両舷停止、発進準備作業員上がれ」と命じた。

宮下兵曹と、掌水雷長を長とする作業員は、艦橋から暗夜の甲板に飛び下り、作業員は運貨筒の固定バンドを取外(とりはず)し作業をはじめる。宮下兵曹は運貨筒の中央にある搭乗席にはい上がり、運動装置を手探りで調べている。作動は正常だ。固定バンド取外しは、約三分で終わった。

掌水雷長が艦橋に向かって「発進装備よし」と大声で報告すると同時に、作業員は艦橋に

特型運貨筒。全長23m直径1.8m航続6.5ノット2000m。甲標的に似た小型潜水艇型式で魚雷動力部を推進操置に利用。潜水艦上甲板につみ目的地付近で発進、中央の操縦筒を露出して進む

飛び上がり艦内に入る。艦長が運貨筒の宮下兵曹に向かって大声で「いまから潜航する。いま向いている方向にそのまま直進しろ、しっかり頼む」と言いながら司令塔に入る。潜水艦は停止のまま静かに水平のまま沈んでゆく。艦が海面下に没すると運貨筒は水面に浮き、泊地に向けて発進していった。

聴音室からは運貨筒の推進器音をとらえ、筒は無事にルンガ基地に直進していると報告があった。艦長は「深さ三〇、両舷

前進原速」を下令して、沖合に向かって潜航をつづけた。約三十分ほど過ぎると、聴音室から「右三〇度、スクリュー音源二つ、感二」と報告が入った。艦長が「昨夜の時間どおりのお客さんが来たぞ」と言いながら「深さ七〇、潜航急げ、両舷前進微速」を下令した。

深さ七十に潜入したころ、先の哨戒艇が頭上を右から左へ高速で航過していった。艦長は「敵は真上を通りながら爆雷ひとつも落とさないのは、気づいていない証拠だ」といって、ホッとした風であった。敵の定時哨戒の裏をかいた作戦が図に当たり、運貨筒輸送が無事に成功したのであった。

第一の目的を達成して肩の荷をおろし、身軽となって危険海域を脱したころ、さあ、こんどは補給油作戦だと浮上して、味方航空機の補給油海域に向けて、夜間水上航行をつづけた。

座礁したリーフからの離脱

第二作戦の、水上機給油作戦海域に指定されたガ島南方レンネル島南方沖のインディスペンサブル礁に近づくにつれて、航海長は艦位測定に忙しい。艦橋で天測をしては士官室に降りて計算し、また艦橋に上がって天測をくり返している。翌日には指定された地点に味方機が飛来してくるので、今夜中にしっかり位置を確認しておかなければならない。

艦長が心配そうに艦橋に上がってきて、航海長に向かって「位置は間違いないか」と尋ねた。そして海面を眺めて「これは相当に浅いぞ」と言うや、危険と見たのか、両舷微速と減速して、急いで艦内に飛び降り、士官室にひろげてある海図に見入っている。航海長も、まわりがあまりにも浅いので心配しているようだ。

そのとき、前方見張りの信号長が大声で「艦首にリーフ」と報告した。航海長はとっさに艦橋ハッチから「両舷停止」を命じたが間に合わず、艦はリーフにドドドと音をたてて乗り上げてしまった。

艦長は艦橋に飛び上がってくると、航海長にはなにも言わずに、艦首方向をチラッと見ただけで、怒声をもって「電動機後進一杯」と号令した。本来ならば、離礁するには少しでも艦を軽くして、後進をかけるのが当たり前なのだ。しかし、艦長も敵陣のど真ん中に艦をさらし、乗組員八十二名の命をあずかる最高責任者として、気が動転しているのだ。無理はなかった。

艦長の興奮を静めるように私は大声で、「左舷異状なし」と報告をした。艦はまったく動かない。艦長は海面を見つめながら「ネガチブブロー、釣合後部に移水」を命じた。電動機による全速後進がかかっているが、海水だけが艦尾から艦首に急流となって流れていくだけで、艦はビクともしない。それを見た艦長は、こんどは「前部の燃料タンクのブロー」を命じた。

「前部燃料ブロー」を聞いて、艦内から機関長と先任将校（水雷長）が艦橋に昇ってきて、「燃料ブローする前に主機関（ディーゼルエンジン）で後進をかけてください」と艦長に進言した。

艦長は、ただちに主機械による後進を命じた。横山春夫機関長は機関室にいそいで戻り、主機械を発動した。主機械が急速に回転を増してくると、艦尾から艦首に向かって海水が奔流のように艦底を流れ、艦の震動は激しく、艦橋に取り付けてある固定眼鏡台がいまにもバラバラになるのではないかと心配するぐらいであった。

機関室では、これでもかこれでもかと回転を増している。排煙口から吹き出る煙はもうもうとして、艦全体が黒い雲に包まれたようになった。

艦底がジジーと音をたてて一瞬動いたと思うと同時に、離礁した。私は左舷配備についていたが、思わず「やった」と叫んでしまった。ちょっと動きだすと、急速に後退するので、艦長は速度をゆるめ、さしもの振動もおさまった。

ようやく離礁に成功して、安全海域に出ることができた。やっぱり伊二六潜を神は見捨てなかった。艦長は、各区画ごとに艦底部に浸水箇所がないか調査を命じた。とくに発射管室の艦底調査には、掌水雷長を特命した。

各区から「艦底異状なし」とつぎつぎと報告が艦橋に届くと、艦長もやっともとの自分に返ったのか、右舷見張りの鈴木兵曹に、右の黒いものはどうしたと尋ねた。「はい、あれは海面につき出たリーフです」と東北弁で報告すると、航海長がそばで「ちょうど干潮時でしたから」とつけ加えた。

「いまのうちに洋上に出て、潜航して漏水テストをする」といって艦長は「前進原速、取舵（とりかじ）一杯、二三〇度ヨーソロー」と声高らかに号令した。約二十分ほど水上航行してから潜航深さ四十メートルにして、各区の浸水個所の有無を調査した。各区から「異状なし」の報告が入ると、すぐ浮上して水上航行をはじめた。

艦長は先任将校を艦橋に呼んで「明朝十時には味方機が来るから、航海長を援助してやれ」と言っていた。先任将校も天測をはじめ、互いに士官室にひろげてある海図で指定給油地点を調べてみると、約十浬の誤差があることが確認できた。それを艦長に報告して、指定地点に向かった（当時の南海僻地の海図には正確のものがなかったようだ）。

指定海面に着き、夜間は浮上のままで、夜明けと同時に潜航して、味方機の来るのを待つことになった。艦長から「十時の一時間前に浮上するから、発射管の門扉に異常がないか外部から調査せよ」と水雷長に命じた。掌水雷長が朝食時に発射管室にやって来て、「いまから浮上して、補給油前に発射管の門扉を外部より調査するが、誰か泳ぎの達者なものはいないか」と尋ねた。

すると真っ先に北海道出身で、横鎮では水泳の選手で鳴らした庄司兵曹が「俺が潜る」と名乗り出た。そして食事もそこそこに掌水雷長と士官室に入っていった。庄司兵曹は艦長から外部調査の命を受けて、浮上を待った。

水上機への給油成功

十月十八日午前九時、総員配置の号令がかかり、潜望鏡で洋上異状なしを見届けて「浮き上がれ、メインタンクブロー」で、伊二六潜は朝日の照りつける南海洋上に浮上した。発令所で待っていた掌水雷長は手に命索を持って、また庄司兵曹は長袖の作業衣に真新しい軍手を持って、艦橋に上がってきた。

艦長は「両舷停止、後進」を命じて、艦の行き足を止めた。二人が艦橋から甲板に下りて前甲板の方に歩きはじめると、艦長から「もし敵機来襲の場合は、すぐ潜航するから、二人はこの場で泳いで待っているよう」と指示すると、二人は片手を上げてこれに応え、艦首に歩いていった。

掌水雷長が庄司兵曹の作業衣の上から命索をしばりつけると、庄司兵曹は艦首右舷甲板上から海に飛び込んだ。掌水雷長は潜った庄司兵曹を甲板上からのぞきこんで、右舷から左舷へまわってゆく。艦橋では艦長が心配そうに見ている。庄司兵曹はなかなか頭を上げない。やっと左舷艦首に顔を出すと、掌水雷長がニッコリ笑いながら、艦橋に向かって片手を上げて合図を送った。艦長も安心したように「急いで上がれ」と叫んだ。

庄司兵曹は掌水雷長の投げ降ろした舫索(もやいづな)で甲板に上がり、二人は急いで艦橋に上がってきた。そして艦長に、発射管の下部の門扉がペチャンコにつぶれていることを報告して、艦内へ入った。艦長はまだ味方機が来るまで四十分もあるから、いまから潜航するといって「深さ三〇」と命じ、艦は海面下に没した。

潜航すると庄司兵曹を司令塔に呼んで、門扉の破損状況を細かく聞いた。六本の発射管のうち、下部発射管が使用不能となっているのがわかった。ついに伊二六潜の攻撃力が半減してしまったのだ。

しばらくして潜望鏡を通して、左舷五十度方向に味方機らしき機影を発見した。この二機は低空飛行をしながら翼を左右にバンクして、味方識別信号を送っている。艦長はただちに「総員補給油準備用意」「浮き上がれ、メインタンクブロー」を命じた。

艦が浮上すると、味方機は艦の後方に着水して、艦からの指示どおり右舷に接舷した。補給油作業はトラック基地で訓練したとおり、補給油部署にしたがって掌水雷長の作業指揮で、手ぎわよく給油作業を開始した。二番機は後方でエンジン発動のままで、プロペラだけをブルンブルンと静かに回転させて、敵機来襲にそなえて待機している。給油中の搭乗員は身体を乗り出して、潜水艦から渡されたサイダーを飲みながら、握り飯をほおばっている。

一機の給油時間は約十五分間で、二機目が給油を開始すると一番機はエンジンをかけて、二番機と同様に敵機の来襲に備えている。二番機の給油終了間際に、後方見張員が「敵機」と叫ぶと、「給油やめ、潜航急げ」の号令があり、一番機は同時に飛び上がり、敵機に向かう。艦はすばやく舫索を切断し、二番機も急速離水して、一番機の後を追っていく。伊二六潜は急速潜航したが、敵機は本艦の上空まで近寄らず、二機の味方機の低空からの攻撃態勢を見て、大きく左に旋回して遠ざかってしまった。

三十分ほど潜航して、潜望鏡で十分に空を見渡してみると、敵機も味方機も見えない。艦長は「ここに長居するのはごめんだ」と急速浮上して、真っ昼間ではあるが、総員配置のまま第三戦速のスピードで東南に向けて、一時間半ほど走りつづけた。

潜航しての昼食後は、昨夜からの座礁やら給油作戦等で疲れもたまり、体力も消耗しているため、聴音哨戒だけの無動力潜航に移って、休養することになった。

米巡洋艦ジュノー撃沈

日暮れを待って浮上して、こんどは第三作戦任務、ガ島南東方サンクリストバル島の洋上監視哨戒作戦の海域に向かった。航行中、左舷前方、ガ島の方向にときどき閃光が見える。艦長が「敵さんもなかなかやってるなあー」と双眼鏡を目に当てたままで「明日は大きな獲物が網にかかるかもしれないぞ」と独り言をいっているのが聞こえた。

伊二六潜はトラック出撃以来、運貨筒の輸送やら給油作戦やらで苦労したが、いわば花の咲かない作戦ばかりだった。乗組員としては、とくに水雷科部員としては、魚雷の一本も発射しないでは帰れない。もっとも、せっかく獲物がかかっても、六本の全発射はできない。座礁したことがなんとしても残念でならない。

伊二六潜がようやくサンクリストバル島の沖に近づいてくると、敵が来ると思われる東方洋上の水平線がはっきりと浮かんで見えてきた。水上航行をやめ、潜航に移る。この同じ海域には伊一五潜が昨日まで哨戒していたというが、なんの連絡もない。

潜航後、しばらくすると、爆雷音らしきものを二、三度聞いたと聴音室から報告があった。艦長は「深さ四〇、無動力潜航」を命じて、「艦内は三直配備とし聴音哨戒をつづけて非番直の者はできるだけ休養に務めるように」との指示があった。これも艦長の思いやりの号令だ。ベッドに横になる者もいれば、碁、将棋をやる者もいた。艦内は各区画のモーターが停止しているので、静まりかえっている。

十一月十三日午前十時三十分、聴音室から「左三〇度、感二、集団音」と報告があった。艦長はただちに「無動力潜航をやめ両舷前進微速、総員配置につけ」と号令した。

「深さ一八、潜望鏡上げ」艦長が潜望鏡で海上を見ながら「巡洋艦らしきマスト三、駆逐艦三」と呼号した。海上はさざ波程度の、魚雷攻撃にはまことによい情況である。艦長は自信満々で潜望鏡をのぞきながら「獲物には不足はないぞ」と言いつつ「魚雷戦用意」を命じた。

「発射雷数二、一、四番管注水」つづいて方位角、敵速、距離等が司令塔より発射管室につぎつぎと通報される。艦長としては、このような敵機動艦隊発見の攻撃時に、全発射ができないことは、さぞかし残念なことであろう。座礁さえしなければ、全発射六本の魚雷で二、三隻は葬ることができたであろう。しかし、いまは二本の魚雷に全精魂を集中して、「発射用意、テー」を命じた。二本の魚雷はズスーンと発射管から飛び出していった。

艦長は発射と同時に「深さ七〇、爆雷防禦」を下命。艦はダウン十五度の潜入角度で深々度に潜入していった。聴音室からは「魚雷は二本とも直進している」と報告が入り、艦長をはじめ全員は、命中音を固唾をのんで待っていた。

艦長は、敵サンフランシスコ型巡洋艦に距離一五〇〇の射程で発射したものの、命中時間を過ぎても音沙汰がないので、残念そうだ。張りつめた肩の力が抜けたように、司令塔の椅子にどかっと座りこんでしまった。

そのとき、カーンゴーンと二つの命中音が艦内に響き渡った。艦内では待ちに待っていた命中音とあって、どっと喚声が上がった。二本の魚雷は照準を合わせたサンフランシスコ型巡洋艦ではなく、さらに遠距離にあった巡洋艦ジュノーに二本とも命中したのである。ジュノーは一瞬にして轟沈したらしい。他の敵艦はジュノーの乗組員を一人も救助せずに、南方に全速力で逃走したようだ。

伊二六潜は深さ七十メートルまで潜入したが、一発の爆雷も受けないので、二十分後には深さ十八に浮上して、潜望鏡を出して観測してみた。敵の姿は何も見えない。伊二六潜から発射した酸素魚雷の破壊力が、いかに絶大であったかを示す一場面であった。艦内では巡洋艦轟沈の戦果で、食卓には赤飯の缶詰料理がならび、酒も出ての祝いとなった。

伊二六潜は、やがて日没を待って浮上し、第六艦隊司令部に巡洋艦撃沈の報告電を発した。なお戦後、米国では日本潜水艦に撃沈された巡洋艦ジュノーの乗組員を一名も救助せずに逃走したかどで、各艦の艦長が軍法会議で問題になったと聞いた。

ともあれ、六艦隊司令部より「伊二六潜はトラック基地に帰投せよ」との返電があり、十一月二十九日、トラックの潜水艦基地に帰投した。入泊すると六艦隊司令部から信号がきて、運貨筒は無事にガ島ルンガ基地到着、また給油した二機の味方機も任務を完了して、無事にショートランド基地に帰還したことを知らされた。

伊二六潜は、発射管の修理と艦の整備のため、「横須賀に帰航せよ」と命ぜられ、十二月三日、トラック基地を出発して母港横須賀に向けて帰港の途についた。そして横須賀でドック入りした伊二六潜は、約一ヵ月の修理整備ののち、明くる昭和十八年一月十五日、ガ島危うしの悲報を聞きながら、ふたたびトラック基地へ向けて出撃したのである。

東部ニューギニアと潜水艦作戦輸送

米軍オロ湾上陸から十九年六月まで十八軍支援の潜水艦苦闘の全容

当時「伊一七七潜」艦長・海軍少佐　折田善次

折田善次少佐

日本をあとにして太平洋を南下すると、内南洋のマリアナ群島、カロリン群島を経て、赤道にいたる。その赤道をまたいで南半球に入ると、すぐソロモン諸島、並んでニューギニア島が、まるで首を西にした「大とかげ」が巨大な尻尾で立ちあがった恰好みたいに横たわっている。わが東京から直距離してラバウルまで約四千キロ、ニューギニアのポートモレスビーまでは、さらに約六百キロも彼方にある。

このニューギニアに関係する主な事柄を、以下に書き記してみる。

昭和十七年一月二十三日——R（アール）攻略部隊がラバウルを占領。これに南洋部隊潜水艦の呂六四潜、呂六五潜、呂六七潜、呂六八潜が協力。

三月八日——SR攻略部隊がサラモア、ラエを無血占領。つづいてマンバレー、ブナに進出準備。

四月二十日、二十一日——ポートモレスビー作戦準備のため、呂三三潜、呂三四潜はニューギニア最東端の水路偵察。

五月七日、八日——珊瑚海海戦。呂三三潜、呂三四潜がモレスビー沖哨戒配備。ポートモレスビー作戦延期となる。

六月五日、六日——ミッドウェー海戦に大敗北。この大失敗で、米豪軍の虚に乗じたわが南東方面への進出は、阻止されたばかりでなく、すでに進出ずみの外線要域の確保強化が最重視される事態となった。

また、ガダルカナル島の基地設営促進とともに、東部ニューギニア方面では(1)ラエ基地、とくに大型飛行基地設営、(2)モレスビー陸路攻略の作戦路探索、(3)ラビ(ミルン湾)攻略作戦準備、などが急がれた。このうち、モレスビー陸路攻略作戦としては、七月二十一日に陸軍南海支隊、海軍佐世保第五特別陸戦隊(佐五特)がブナに進出して、陸路探索作戦(リ号作戦)を開始する。

八月十四日、モレスビー陸路攻略作戦が開始され、南海支隊がバサブアを発進した。そして八月二十三日、ココダを占領。なおもポートモレスビーに向けてジャングル内を進撃した。九月十六日、ついにモレスビーを望むイオリバイワに到達したが、補給が杜絶し戦力低下のため作戦は中止となる。そして、ふたたび往路を逆にブナに向けて後退する——といった経過をたどる。

ブナ・マンバレー輸送

さて、ニューギニアの最東端をしめるミルン湾ならびにグッドイナフ島などを占領するはずであったラビ攻略部隊のわが作戦が、満を持していた米豪軍の反撃で頓挫すると、敵は手をゆるめることなく、ニューギニア北岸を逐次西進しはじめた。

また昭和十七年十一月十三日、わが第三十八師団のガ島揚陸不成功は、同方面の勝敗を決定づけた観があった。十一月十六日、大本営陸軍部は第十七軍（ソロモン方面担当）および新編の第十八軍（ニューギニア方面担当）をもって第八方面軍を編成し、南東方面の態勢強化をはかっている。

皮肉にもその同じ日、マッカーサー麾下の大部隊が、ブナの南東わずか七浬のオロ湾に奇襲上陸を行なった。また、いつの間にか、ブナ周辺には小型飛行場が三ヵ所も完成していることも判明した。このため、いままでの海トラによる蟻輸送も、駆逐艦による夜間の鼠輸送も、敵の飛行機や魚雷艇などの妨害をこうむり、甚大な被害が続出するにいたった。

そのため、ブナ方面所在の陸軍南海支隊二八〇〇名、海軍陸戦隊員六〇〇名、その他設営隊員の戦力保持が、当然のごとく焦眉の課題となってきた。

「ブナ地区で奮戦中の将兵を見殺しにするな」とばかりに十二月三日、中攻隊による物糧投下が行なわれたが、〝焼け石に水〟であった。八日には上陸正面のバサブア守備隊が玉砕した。駆逐艦輸送は被害が大きいため、中途でとりやめとなった。十日にもふたたび投下が行

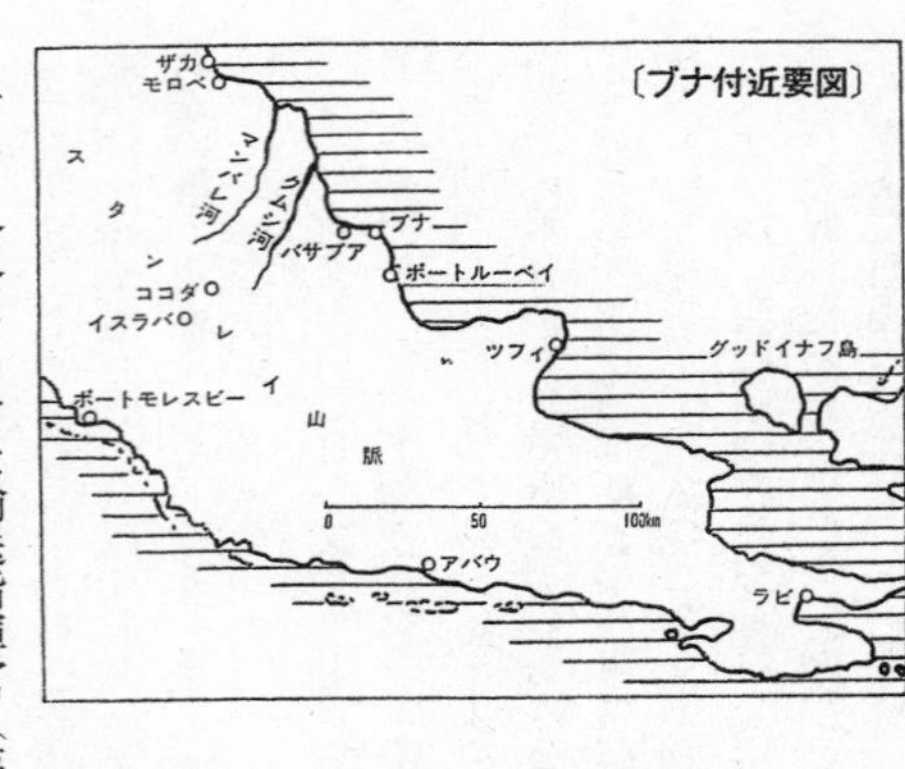

なわれた。

　十二月十一日には、第十駆逐隊司令指揮のもとに駆逐艦夕雲、荒潮、風雲、磯波、電の五隻が挺身輸送隊を編成、山県兵団の陸兵約八〇〇名のほか弾薬糧食を搭載して、救援と補給のためラバウルを出撃した。同隊は十四日未明にブナ進入の予定であったが、その前日に敵機の触接と攻撃をうけて、またも目的は達し得なかった。陸軍側の一部では「ガ島を捨ててもブナを確保せよ」との強硬論もあり、ここにおいて第八方面軍司令部は、艦隊司令部に対して「駆逐艦輸送が行き詰まりとなれば、現在ガ島方面で連日成功しつつある潜水艦輸送を、ブナ方面においても実施されたい」と要望した。

　新しく命令をうけた輸送指揮官（第一潜水戦隊司令官三戸寿少将）は、ガ島東方海域を作戦行動中であった潜水部隊までもラバウルに召還して、ブナ輸送任務部隊に編入し、当方面所在の潜水艦の全力をあげて、ガ島およびブナ向け緊急輸送を行なうこととした。ブナ方面輸送計画は、つぎのようなものであった。

一、十二月中旬以降に開始する。

二、輸送潜水艦の配分は、二日ないし三日に一隻の割合とする。
三、補給用糧食・弾薬等の搭載地はラバウルとし、揚陸地点はワードフント岬西方のマンバレー河口とする。ブナ方面に対しては同地よりクムシ河口を中継して、陸軍側の小舟艇によって前送する。
四、輸送方法は、大部の食糧は艦内搭載のほか、ドラム缶に入れて上甲板に固縛し泊地にて大発に渡して曳航させる。
五、復路便乗者は約七十名以内とし、要介護の重患をのぞく。

ブナ向け輸送の第一便は、伊一七六潜（艦長田辺彌八少佐）であった。米軍のガ島増援を阻止するため、ガ島南東方サンクリストバル島の東方海域に配備中であった本艦は、任務変更により撤哨して、昭和十七年十二月十二日、ラバウルに入港した。ただちに糧食・弾薬・医療品などを搭載して、十四日午前、目的地に向かった。

海域の大半が白紙に近い未測量のソロモン海を、一路、南西に隠密進出し、十六日の昼近くには、わずかな水路案内の資料をたよりにマンバレー河口に到着した。そして約束の揚搭点を求めて潜航進入中、突然、艦首に衝撃音を感じ、そのまま座礁してしまった。

苦心の末、ようやく後進潜航で離礁した。こんどは場所をかえて進入すると、また艦首衝撃で後進離脱。三度目の進入もドシンと衝撃がある。どうやら案内図にもない不明の環礁に入ったものと判断した艦長は、ジタバタするのをやめ、入礁針路を逆航して、辛（かろ）うじて安全地帯へ脱出した。しかし、陸上側との連絡はとれず揚搭を延期した。

明くる十二月十七日、慎重に水路探索のうえ河口の揚搭点直前に浮上して、搭載物件約十四トンの引渡しに成功した。二十日にラバウルへ帰投したが、揚搭点付近のスケッチなどの水路資料や報告は、後続艦にとって貴重な資料となった。

第二便は伊四潜（艦長上野利武少佐）であった。前の伊一七六潜の苦戦を知る由もなく、十二月十六日にラバウルを出発した。十九日、マンバレー河口に到着したが、陸上側と連絡がとれず「揚陸を断念して帰路につく。二十一日ラバウル帰着の予定」を発信したのち、消息不明となった。米側資料によると、ラバウルの南東方において二十日、米潜シードラゴンの雷撃により沈没とある。

さらに十二月二十日、伊二五潜（艦長田上明次中佐）もマンバレー河口に到着した。揚搭作業中に敵魚雷艇を発見したが、そのまま作業を続行した。約八トンほど揚陸したところで、敵近接のため揚陸を打ち切り、潜航避退した。同艦は次回の二十八日の輸送でも、魚雷艇の妨害により揚陸を断念している。

このほか十二月中には、伊三二潜（艦長池沢政幸中佐）が二十四日に、伊一二一潜（艦長島田武夫少佐）が二十六日に揚陸に成功している。その輸送全量は約八十トンであった。なお戦史によると、大本営では重囲下のブナ守備隊にたいして十二月二十八日に撤収を発令し、同じくガ島も一月四日に転進を決定している。

昭和十八年一月二日、ブナ守備の海軍・安田部隊は善戦したが、ほぼ全滅状態となった。

マンバレーとブナ北方バサブア東方のギルワに集中していた部隊にたいしては、ラエ地区への陸路転進に備えて、潜水艦輸送が続行された。

一月三日——伊二一潜（艦長松村寛治中佐）糧食二〇トン、帰途便乗者三七名。一月七日——伊二五潜。二〇トン、七〇名。帰途、日竜丸乗員一一七名を救助収容。一月九日——伊三二潜。二五トン、四三名。

一月十一日——伊二四潜（艦長花房博志中佐）二五トン、七五名。一月十三日——伊二五潜。二五トン、三七名（ギルワ、マンバレー地区の転進決定）。一月十四日——伊三二潜。二二トン。一月十七日——伊三六潜（艦長稲葉通宗中佐）二〇トン、四七名。一月十八日——伊二四潜。二〇トン、五八名。

一月二十四日——伊三六潜。二〇トン、三九名。一月二十六日——伊二四潜。二三トン、六四名。

二月一日——伊二四潜。二四トン、四五名。二月五日——伊三六潜。一八トン、四〇名（二月七日、転進部隊マンバレー集結）。二月十日——伊二四潜。一六トン、一七名。

このブナ輸送の統計は、参加潜水艦が延べ二十一隻（うち成功十八隻）で、補給物件は弾薬・糧食・医療品約三八〇トンであった。

ラエにたいする輸送

かくして東部ニューギニア方面ブナ地区の引揚げは、ソロモン方面ガダルカナル島の撤収と同時期に、苦闘のうちにも終了した。これより先の昭和十八年一月七日には、陸軍第五十一師団の一部、岡部支隊約五千名が、船団輸送によってラエに上陸しており、サラモア南西のワウとその東方ムボ地区の豪軍と対峙中であった。

つづいて、師団主力をふくむ有力兵団の増派が予定された。このラエ方面の部隊にたいする人員・兵器・糧食・弾薬・車輛・被服・燃料・医療品など、厖大な物資の常時円滑な補給こそが、ラエとサラモアを中核とするニューギニア東部地区に、優勢を確保するための鍵となるものであった。これにたいし、蜥蜴(とかげ)の尻尾(ニューギニア東端部)の北岸を西進中の米豪軍は、着々と海陸の基地を整備し、地の利を生かして小型機と魚雷艇をもって、わが補給艦船を積極攻撃しては妨害していた。

当方面には、人員器材のおくれで海軍機は常駐しておらず、その上空直衛にはわざわざラバウルの航空隊に依存せざるを得ない状況にあった。したがって、主要作戦以外は局地防空となり、とくに陸戦協力や船舶の護衛は兵力不足のため、その実施は限られていた。そのため、ラエ向け一般輸送の損失は、日をおって上昇する状況に立ちいたった。そこでマンバレー輸送にひきつづき、ラエにたいしても暫定的に二月末まで、潜水艦輸送が行なわれることになった。

つぎにあげる五回の輸送がそれである。

一月三十日——伊三六潜?　二月十六日——伊三六潜。四五トン、九〇名。二月十七日——伊二四潜。三二トン、七二名。二月二十二日——伊三六潜。四〇トン、七二名。二月

二十三日——伊二四潜。三八トン、六四名。

以上の輸送をもって、東部ニューギニア方面にたいする潜水艦輸送は終了し、各艦はラバウルを発ってトラックに帰投した。しかし、後述する八十一号作戦の失敗により、ラエ方面にたいする潜水艦輸送の要望はますます大となった。三月中旬には、ついに大型潜水艦の一部が南東方面部隊に編入され、常時、補給を実施することになるのである。

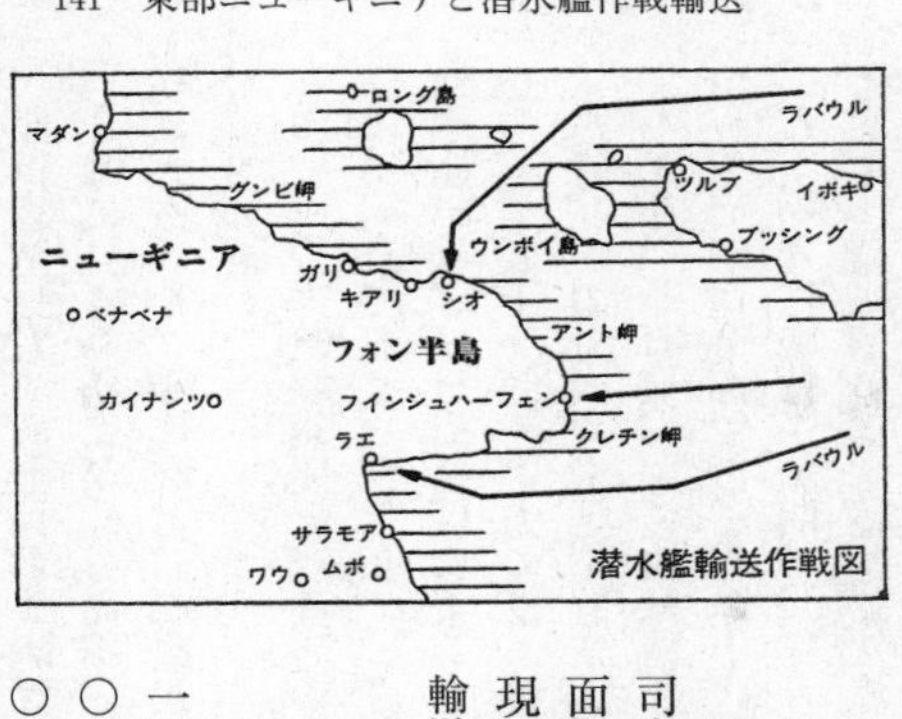

潜水艦輸送作戦図

八十一号作戦失敗す

昭和十八年二月二十一日、陸軍側＝第八方面軍・第十八軍司令官・第五十一師団長・第六飛行師団長と海軍側＝南東方面艦隊・第十一航空艦隊司令長官・第三水雷戦隊司令官の、現地実施部隊指揮官が協定した「八十一号作戦」（ラエ船団輸送）の骨子は、次のようなものであった。

一、行動＝二月二十八日ラバウル出撃、三月三日ラエ揚陸。

二、輸送船団＝運送艦野島および輸送船七隻、計八隻。

三、輸送物件＝陸軍＝人員六九一二名、火砲四一門、車輛一三〇輛、大発三八隻、燃料ドラム缶約二千本、弾薬一二四〇立方メートル、軍需品六三〇〇立方メートルなど、約二五〇〇トン。海軍＝人員約四百名。

四、護衛兵力＝海上兵力＝駆逐艦白雪ほか七隻。上空直衛＝海軍・零戦約九十機。

これに見るように第八方面軍、第十八軍、出港が二月二十八日、輸送船団八隻、駆逐艦八隻による八十一号作戦と、末広がりのラッキーナンバー「八」のオンパレイドと、縁起をかつぐものもいた。

作戦成否の鍵は船団上空直衛の確保にかかっており、海軍では敵小型機の攻撃圏内の行動には不同意であった。そして、さらに西方のマダン・ウエワク方面への輸送を提案した。しかし陸軍は、ブナ引揚げによるラエ・サラモア地区の兵力集中を急ぐ必要から、危険をおかしても第五十一師団主力のラエ揚陸を主張した。

当時、この方面の米豪軍航空兵力の見積りは、B17など大型機は十五ないし二十機、戦闘機七十ないし百機、中型攻撃機など約四十機で、われとほぼ同等と楽観的なものであった。第八方面軍司令部では、ラエ上陸の成功率は最悪の場合でも五分五分、とみていたという。

八十一号作戦輸送船団の、三月一日より三日にわたる大惨状については他の記述にゆずるとして、結果的には、輸送船八隻とも沈没、駆逐艦も四隻が沈没した。陸兵七千名のうち、救助収容された者は約二四〇〇名であった。

第五十一師団長は二日朝、乗船旭盛丸(沈)の陸兵約千名とともに駆逐艦によりラエに上陸した。また三日の戦闘間に第十八軍参謀は、護衛指揮官に残存陸軍部隊のフォン半島北岸シオまたは東岸のフィンシュハーフェンへの上陸を要望した。しかし、兵器弾薬のみならず、糧食も失った現状では、丸裸でニューギニアに上陸しても戦力とならず、かえって各部に迷

17年10月末の竣工時から18年８月まで折田少佐が艦長をつとめた呂101潜。急速建造の離島防禦用として設計された小型(潜小)で、水上12ノット3500浬、水中３ノット60浬と航続力は短い

惑をかけるから、このさいラバウルに帰り、戦力回復ののち再進出を企図するよう説得された。また、マダン上陸を折衝した第十八軍司令官も、駆逐艦初雪に乗艦してラバウルに帰投した。

船団大被害発生の報に、当方面に行動中の潜水艦は、命令により遭難者の漂流現場に急行し、敵機の執拗な監視妨害をかわしつつ救助にあたった。すなわち、伊一七潜（艦長西野耕三中佐）は四日に三十四名、六日に一五六名を、また伊二六潜（艦長横田稔中佐）は六日に二十名、八日に四十五名、九日に四十名を救助収容して、ラエに遭難者を揚陸した。呂一〇一潜（艦長折田善次少佐＝私）は、七日に野島艦長以下四十名を救助して、ラバウルに帰投した。

とにかく、八十一号作戦の失敗は、陸

軍側がニューギニア方面作戦の必要性を優先するのあまり、(一)ガ島撤収の成功にならい、断じてこれを行なえばと、天佑神助的な僥倖を期待しつつ、(二)希望的観測に立った彼我航空戦力についての誤判断をおかして、(三)原始的な船団方式の上陸作戦を短気にも強行した結果であった。

このため、わが軍は輸送艦船八隻全滅、護衛駆逐艦群は半数の四隻が沈没し、軍と師団の主力も約三千名の将兵を失った。ラエに上陸したのは五十一師団長以下、わずかに八七五名にすぎなかった。そして、第十八軍司令官以下の約二八〇〇名は、むなしくラバウルに帰投した。

この作戦終末の時点でラエ方面には、ラエに約八千名、マンバレーに(転進中を含む)約三千名の陸海軍部隊があった。これにたいする食糧、弾薬、医療品、被服、設営資材などの輸送が緊急の事態となった。在ラバウルの陸海軍が折衝した結果、今次の経験に鑑(かんが)み、ラエ方面向けの駆逐艦による輸送は後退し、潜水艦による隠密輸送を再興する。それと同時に、作戦指揮を明確にするために、輸送潜水艦群は先遣部隊からの派遣でなく、地元の南東潜水部隊に編入となり、その指揮下にあって、本格的に作戦輸送に従事することになった。

大型潜水艦の投入

昭和十八年三月の輸送としては、十三日、七〇五空の陸攻五機が、二五三空の零戦九機掩護のもとに、ラバウルからラエに燃料と弾薬を輸送した。潜水艦の輸送としては、三月中旬以降、なるべく早急に再興し、輸送量は三月中に二〇〇トン、四月中に五〇〇トンという要望であった。

いままでの輸送実績から単純に計算しても、基地における物資搭載から出港・揚搭・帰着までの一輸送パターンを、最小限六日としても、三月には延べ七隻、四月には延べ十三隻。つまり大型潜水艦三ないし五隻が、本来の任務を放棄して、常時、輸送に貼りつけとなることである。当時、先遣部隊の南東方面所在潜水艦の状況は、ガ島撤収作戦の終了にともなって、大半が内地で整備中であった。そこに突然のこの要求であった。したがって、重要作戦である米豪間交通線遮断には、ニューカレドニア方面に二隻だけを残し、あとの可動潜水艦全部を、ラエ輸送に転用しなければならない苦境にあった。

その輸送第一便には、ブナ輸送に経験豊富な伊一七六潜があたった。三月十二日、前線向けの物件を搭載してトラックを出発し、十六日にラバウルに到着した。ここで現地状況などを打ち合わせたのち、即日に出港し、ラエに向かった。

三月十九日の薄暮にラエの揚搭点に達着した。揚搭作業がなかば進んだとき、突如、陸上信号所から緊急を知らせる赤色火箭（かせん）が数発、打ち上げられた。同時に山かげからA20五機が飛来して、航過急襲した。この攻撃で伊一七六潜は、後甲板に命中弾二発をうけた。また、銃撃により操舵手が即死した。船体の破孔により浸水し、左に傾斜して沈降がはじまった。

艦長は胸部に瀕死の重傷を負っていた。応急作業員は、必死に浸水と戦う。このままでの潜航浸水は死につながり、もちろん、敵前浮上も同じく死を意味した。先任将校の荒木浅吉

伊176潜。新海大型1番艦で1630トン、全長105.5m、速力水上23.1ノット水中8ノット、発射管は6門、魚雷12本

大尉は「海岸に突進、乗り上げ」を決断した。さいわいに艦首一部と艦橋を水面に残した状態で、うまい具合に河口に座礁することができた。そして、この一部始終を傍観していた陸軍の大発に、艦内の糧食・弾薬類を引き渡して任務を終了した。それから漏水個所の応急修理を行なったあと、二十日夕刻に現地を出発し、潜航不安のまま帰路についた。

明くる二十一日の昼ごろ、PBY飛行艇の触接をうけたが、その爆弾二発を完全に回避し、果敢な対空戦闘によってこれを撃退した。二十二日、船体に銃爆撃の跡も生々しくラバウルに帰着した。ただちに重傷の艦長を病院に送り、新艦長（板倉光馬少佐）をむかえて二十七日ラバウル発、トラック経由で四月七日に呉に入港した。なお、このときの重傷を負った艦長田辺少佐とは、前年のミッドウェー海戦において空母ヨークタウンを撃沈したあの勇士である。胸部重傷は、心臓のわずか一ミリほど前で弾片が止まっていたという。まことに武運強い方で、健在で終戦を迎えられた。

伊一七六潜につづいて、左の艦が輸送を行なった。

三月二十一日――伊二〇潜（艦長工藤兼男少佐）、糧食弾薬等三七トン他。二十七日――伊二〇潜。二十九日――伊五潜（艦長長関戸好蜜少佐）。三十日――伊一二三潜（艦長力久松次少佐）。このほか、駆逐艦五隻が三十日に陸軍約八〇〇名、糧食弾薬約八〇トンをフィンシュハーフェンに揚陸し、約六〇〇名の後送者を収容した。その帰投中、B17機の銃爆撃をうけている。

四月に入って二日に駆逐艦三隻、七日に四隻、十日に四隻が、折からの「い」号作戦のY攻撃に関連して、フィンシュハーフェン輸送を企図した。しかし毎回、敵機の触接攻撃をうけて被害があり、揚搭を断念するか、あるいは揚搭を対岸のニューブリテン島西端ツルブに変更して、ラバウルに帰投している。戦史によると『航空兵力並ニ艦艇惜愛ノ余リ、海軍ノニューギニアニ対スル作戦ノ積極的ナラザルモノアルヤニ看取セラレ……云々』と、陸軍側の焦燥がうかがわれる。

激闘の揚搭作業

駆逐艦輸送がラエまで届かないとなると、規模こそ少量であるが、成功率の高い潜水艦輸送が、当然のごとく、第十八軍の戦力を維持する主補給線となった。

艦長重傷の伊一七六潜に代わって、豪州東岸作戦から伊六潜（艦長井筒紋四郎少佐）が、また内地から伊一六潜（艦長中村省三少佐）が編入となった。こうして新局面をむかえた輸送任務群の司令部は、ガ島、ブナ輸送の実績を集録して、各艦が準拠すべき揚搭要領を示し、従来の自嘲的「マル通」意識をすてた輸送思想の統一をはかった。

輸送任務の潜水艦は、長期作戦用の十数本の予備魚雷をはじめ、弾薬、貯糧品、軍需品および余分の燃料潤滑油も陸揚げした。そして居住性もぎりぎりまで犠牲にして、水中浮力と前後釣合の許容範囲まで、艦内を輸送用に全幅提供したのである。

艦内への搭載は、各ハッチ（径六五センチ）ごとに、手送り作業に適する形状重量とし、綿密な重量配分計画にもとづいて搬入配置された。べつに潜水艦特有の条件として、水中重量がゼロになるような荷姿の物件ならば、上甲板に積載して水上・水中とも運搬可能であり、これによって輸送量は倍増したのである。

このため、最初のころは米麦輸送用として、中を洗浄したドラム缶が利用されたが、あとでは水中重量ゼロに調整した、取扱いの容易なゴム製の米袋（約二十キロ入り）が使われた。これを後甲板に積み重ね（たとえば二十袋×二十列×五段）、それを網で一群ごとに包括し、その上からまとめてロープをかけ、上甲板の金具に固縛しておく。現地に着いたら、この固縛を解いて潜航すれば、ゴム袋の山はそのまま潜水艦を離れるので、受取側がこれを曳航して帰り、揚収すればよい。積込みは、艦内全区に約四十トン、上甲板後部にゴム袋梱包約三

伊16潜。15年３月竣工の丙型巡潜で、甲型乙型とちがい水偵を搭載せず発射管８門、艦橋前方に主砲。開戦時には後部に甲標的１基を搭載、伊18、20、22、24潜と共に真珠湾へ向かった

十トンほどで、空襲の間隙をぬって、昼夜三日間を要して準備を完了させるのである。

輸送第一日は、ラバウル港外で試験潜航をおこない、慎重にバラスト調整と積荷の状態を確認する。その夜は水上航走でニューブリテン島南岸沿いに、できるだけ航程を稼いでおく。第二日、第三日は昼間は潜航進出し、日没までに第四日目は揚搭日である。午後から準備作業に入り、日没までに打合わせの揚搭点（島影の入江）に到着して待機する。

潜望鏡を数回上下して〝われ準備よし〟を陸上の見張所に連絡すると、青点灯で〝確認異状なし〟が返ってくる（紅灯または応答なき場合は、異状ありを意味する）。物件受取の舟艇隊が陸発するのを視認して、潜水艦はメインタンクブロー、ただし半浮上でとめる。

受領艇の舷側着を待ちかまえて、四ヵ所の全ハッチを開放すると、内外、上下総員で一気に艦内物件の手送り搬出に邁進する。後甲板の梱包群の固縛を解くもの、重要書類を受渡しするもの、便乗者の入れ替えを指図するもの、舟艇に燃料を補充したついでにポケットの煙草や甘味品を投

げこむもの、また艦内では分きざみのツリムを調整するためにポンプに付きっきりのものなど、一秒を争う突貫作業である。

移載が終了し、上甲板の作業員が艦内に消え全ハッチが閉鎖するまで、わずかに二十分間である。「各区作業終了。潜航用意よし」の報告で、「ベント開け。メインタンク注水」が令される。上甲板が浸洗状態になって梱包群が自力で漂泛、潜水艦を離れたところで激闘の揚搭作業は終了する。

肩の荷をおろした気分で再浮上し、「潜水艦ありがとう。また頼む」の声をあとに、闇にまぎれて高速で現場を去る。復航も警戒は同じである。七日目の朝にラバウルへ帰着して、輸送任務一回の終わりとなる。

四月の輸送実績は、五隻で延べ十四回おこなわれた。その内訳は、伊一六潜が一回、伊二〇潜が三回、伊六潜が五回、伊五潜が三回、伊一二二潜が二回であった。輸送物件としては兵器、弾薬、糧食が約四百トン、ドラム缶四七八本（糧食約九十六トン）で、人員は往航約三百名、復航約五百名であった。

なかでも、伊六潜の活躍はめざましいものがあった。すなわち、五日に兵器類四トン、衣糧二十二トン、糧食ドラム缶七十七本、往航に三十名、復航に三十九名を輸送した。その五日夜、ラエを出港後まもなく、敵の魚雷艇らしきものを認め、急速潜航している。

十一日には兵器五トン、衣糧十九トン、糧食ドラム缶七十七本、往航二十六名、復航四十二名を運んだ。三回目の十七日には兵器四トン、衣糧十七トン、糧食ドラム缶七十七本、往航二十八名、復航三十九名で、揚陸を終了して帰投時に、敵魚雷艇を発見して回避している。二十四日には、衣糧十六トン、糧食十六トン、往航二十名、復航四十二名であった。最後の三十日には兵器類三トン、衣糧十九トン、糧食ドラム缶七十七本、往航三十名、復航四十一名で、三十日の黎明前に敵魚雷艇を認め、一時反転している。

新案〝運砲筒〟の搭載

四月の「い」号作戦におけるX攻撃（ガ島方面）・Y攻撃（東部ニューギニア方面）の戦果にもかかわらず、ソロモン海の敵艦艇、飛行機の脅威は増加しつつあった。この戦況下にあって、ラエ・サラモア方面に直接輸送ができたのは潜水艦だけであった。この間の輸送実績としては、六隻、延べ十八回にのぼった。すなわち伊五潜が五回、伊二〇潜が二回、伊一二二潜が三回、伊六潜が四回、伊一二一潜が二回、伊三八潜が二回であった。

また、輸送物件としては、糧食約四三〇トン、兵器（高角砲など）十三門、弾薬九十七トン、その他、特用大発二隻をふくみ九十五トン。人員は往航に第十八軍司令官その他を運び、復航は四二一名であった。余談ながら、ラバウル帰着後の艦内消毒（のみ・しらみ駆除）には、潜水艦乗員の苦情が続出した。

とくに伊五潜は、南東の強い季節風にもかかわらず、一日に糧食二十八トン、山砲・弾薬など七トン、往航二十二名、復航四十名を収容した。九日には精米二十二トン、副食物と調味料六トン、高角砲・弾薬七トン、衛生材料など三トン、往航二十三名、復航三十九名を輸

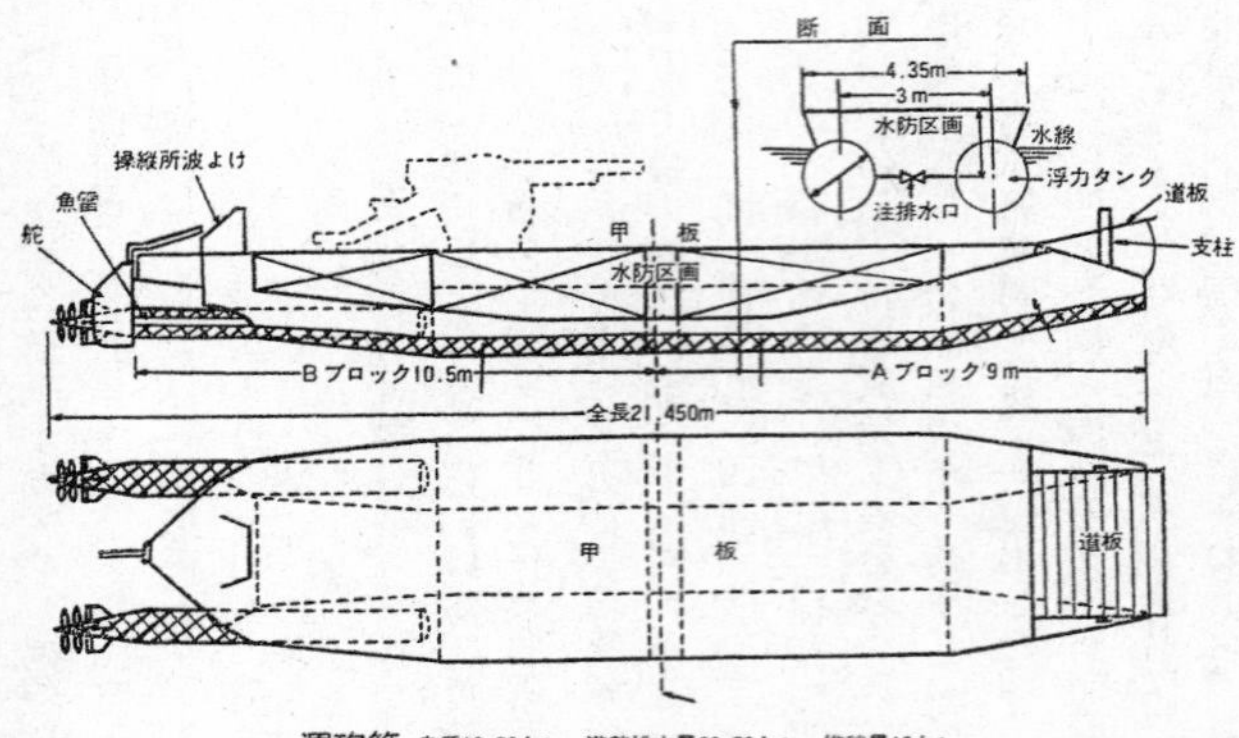

運砲筒 自重19.73トン、満載排水量36.73トン、搭載量15トン

送した。十六日には糧食三十二トン、砲弾二トンのほか戦車地雷、海軍用高角砲一式、往航二十二名、復航十名であった。なお十五日には、オロ湾攻撃の不時着陸攻搭乗員を救助している。十六日には、伊一六潜も同じく救助にあたっている。

二十四日には精米八・六トン、携帯口糧四・八トン、副食・調味料二・八トン、通信器材等二・三トン、重油二トン、海軍用大発一隻、往航二十四名、復航三十七名を輸送している。最後の三十一日には糧食十八トン、弾薬、衛生材料など四・三トン、海軍用大発一隻、往航二十三名の輸送実績をあげた。しかし、三十一日付で伊五潜は伊六潜とともに原隊復帰を命ぜられ、トラックに向かった。

五月中旬、大本営陸軍部では、ウエワク進出中の陸軍航空部隊偵察機による「マダン、ラエの背後を扼するスタンレー山脈の北麓一帯には、完成または造成中の飛行場十数ヵ所にもおよび、各要地間の自動車道も概成または建設中」との報告を、わが側背にたいする重大な脅威と判断し、「速やかに空挺部隊をふくむ空地部隊をもって周辺飛行場を占領する。ラエ・サラモアを徹底的に要塞化する」を骨子とする作戦指導（案）を示してきた（六月末の米豪連合軍のレンドバおよびサラモア南東ナッソウ湾来攻により、この新作戦は画餅に帰したのだが）。

一方、現地ではどうだったか。ラエ・サラモア地区の陸軍第五十一師団の兵力は、約八千名といわれ、周辺の豪軍と小競合（こぜりあい）をつづけてはいるが、栄養失調とマラリアのため大半近くが病人同様で、潜水艦による補給を唯一の頼みとして、かろうじて戦力を維持している状態であった。

さて、六月の潜水艦輸送は三隻、延べ十回におよんだ。伊一二一潜は三日、十日、二十三日の三回で、揚陸物件は各回とも糧食、弾薬等二十六・五トン、人員十五名であった。伊一二二潜も五日、十二、二十三日の三回で、揚陸物件は、各回とも糧食、弾薬など約二十三・五トン。人員は十五名ほどであった。

五月八日に呉を出発した運砲筒搭載の伊三八潜（艦長安久栄太郎中佐）は、五月十八日にラバウルへ到着し、輸送部隊に編入された。その最初の任務は六月四日で、ラエに陸軍用の大砲と弾薬を揚陸した。十一日にはサラモアに運砲筒などを揚陸した。ついでラエに回航して、物件を揚陸した。二十一日には運砲筒、糧食、弾薬など約五十トンを、また二十八日にも、前回同様の輸送を行なった。

なお、運砲筒とは、陸軍用の大砲を潜水艦に搭載して輸送揚陸するための特殊舟艇（双胴、

魚雷推進装置二基を装備)。自重約二十トン、搭載量約十五トンで、平水速力は約五ノット
であった。孤立した味方基地への輸送用で、ラエではじめて使用された。一五センチカノン
砲ならば一門、同榴弾砲なら三門を積載して潜航できた。現地に着くと、浮上して筒の開口
部をしめ、艦との固縛をとき、操縦員を乗艇させる。艦は潜航、艇は浮泛するので、操縦員
が陸岸へ向進する。ほかには、ニューブリテン島中部南岸のスルミにも本艦で数回揚陸して
いる。

伊一七六潜の幸運

昭和十八年六月三十日未明、中部ソロモン方面ではレンドバ島に米軍が、東部ニューギニ
ア方面ではサラモア南東ナッソウ湾に米豪軍が奇襲上陸してきた。在ラバウルのわが陸海軍
司令部は、敵の反攻開始はおおむね八月上旬ごろと予想していたが、海軍側は午前五時三十
分、第一邀撃配備を下令。航空部隊、潜水部隊は可動全力を集中して攻撃。水上部隊は夜を
期して夜襲強行を決意した。

一方、陸軍側は現地守備部隊に戦線固守を命じ、午前六時三十分、麾下の第六飛行師団長
に、主力をもってナッソウ湾上陸の敵軍の攻撃を発令した。ナッソウ湾方面警備隊長の状況
報告は、つぎのようなものであった。「敵は特大発約十三隻をもって上陸、河口付近椰子林(やしばやし)
中に集結中のごとし。わが隊はこの敵を攻撃中なるも……。当方面天候不良にして飛行機
の活動を許さず」

七月一日、大本営陸海軍部より「御言葉」の伝達があった。「この度上陸せる敵に対し陸海軍は全力を集中克く協同して徹底的に之を撃滅その企図を破摧せよ」恐懼のあまり、奪回策は計画しても、具体的手段となると、陸海、とくに航空兵力の不足のため実動困難であった。わが勇戦にもかかわらず、七月五日のコロンバン東岸沖クラ湾夜戦、十二日のコロンバンガラ沖夜戦をふくみ、ソロモン・ニューギニア両方面とも情況はわれに不利、戦線の後退縮小がつづいた。

ラエ潜水艦輸送は、敵魚雷艇や中小型機の妨害をおかして、四隻が延べ八回強行し、糧食弾薬など約二五〇トンを揚陸している。すなわち、伊一二一潜が七月七日と二十七日の二回、伊一二二潜が二日と九日、伊三八潜が十九日、二十六日、三十日の三回、伊一七六潜が二十三日の一回である。

伊一七六潜（艦長山口幸三郎少佐）は、ラエ輸送を終えて帰航中の七月二十五日午前三時ごろ、スコールのなかを突如、照明弾が輝き、哨戒機が頭上をかすめた。あわてて〝急速潜航〟を令して、沈降をはじめたが、そのとたん、艦橋にバーンと叩く音が二発、ついで深度計が二十五メートルを指したとき、軽い爆発音があった。ギョッとしたが、別に異状はない。

そのまま潜航をつづけ、黎明時に浮上してみると、艦橋天蓋がつぶれデッキには長さ八十センチ、直径二十センチぐらいの円筒物体が二本転がっており、一帯は黄色の泥でべとべとしている。よく見ると、英語で「爆雷」と書いてある。黄色の泥は爆雷の炸薬であった。投下された爆雷は、沈みかけた潜水艦の艦橋を破って転がりこみ、この衝撃で爆雷は缶体が壊れ、炸薬は濡れてしまった。しかし信管は生きていた。潜水艦と一緒に調定深度まで沈降して発火したが、濡れた炸薬は泥のように散らばったのであろう。

正午すぎにラバウルへ入港した。敵さんの航空爆雷を積んで帰ったとは、前代未聞のことであった。しかしながら、もしあのときの急速潜航が、もたつかずにスマートにいっておれば、爆雷は正常に着水して、直上に命中して爆発していたはずである。

伊一八〇潜（艦長日下敏夫中佐）は、七月二十二日に、伊一七七潜（艦長中川肇中佐）は二十四日に、新編入によりそれぞれラバウルに到着した。伊一六八潜（艦長中島栄中佐）は、編入のため進出中に消息を断った。米潜スキャンプによって七月二十八日、雷撃撃沈されたものである。伊一七九潜（艦長湯浅弘少佐）は内地訓練中の七月十四日、夜間揚搭作業訓練で錯誤により艦内に浸水して沈没した。総員殉職であった。

ラエ最後の夜の揚搭

東部ニューギニア北岸を西進中の米豪軍にたいし、ラエ・サラモア地区のわが軍は、極力持久の方針にもとづき、第五十一師団が主力となって、その外郭陣地を堅持していた。しかし、苦戦を強いられ力およばず、逐次、戦線を縮小中であった。この状況下に潜水艦は七隻が、黙々としてのべ十六回の輸送に従事した。

すなわち、伊一二一潜が八月三日と二十日の二回、伊一二二潜が十日、伊三八潜が一日、八日、三十日の三回、伊一七六潜が六日、十二日、二十二日、二十九日の四回、伊一七七潜が九日と二十四日、伊一八〇潜が四日と十日、伊一七四潜が十七日と二十六日の二回である。

九月に入ると敵の進攻は早まり、四日、ラエ東方に新部隊が上陸、翌五日にはラエ西方に落下傘部隊が降下した。包囲を看破した第十八軍司令部は「持久作戦」を、ダンピール海峡沿岸要地に向け「転用」、ラエ撤退やむなしと決定した。そして、潜水艦による輸送物量を受領しだい、梯団ごとにシオに向けて転進すべく発令した。

このときの輸送は、伊一七四潜が九月二日と九日の二回、伊一七六潜が六日、伊一七七潜が三日と十二日の二回、伊三八潜が十二日（ブインに帰投）の一回実施している。とくに伊一七七潜は、艦長折田少佐（私）の着任初の輸送であり、また、ラエ輸送の最終便であった。

九月十二日の薄暮、マーカム河口の指定揚搭点に浮上すると、陸上は数ヵ所が炎上中で、ラエ最後の夜を思わせた。連絡艇二隻が接舷すると、最大の努力で積荷を移載し、入れかわりに白箱十数個と転進に随伴できない重傷病者約八十人を収容した。

手間どっていると、陸上から砲撃をうけ、艦のまわりに水柱があがった。ようやく作業が終了し、現場を離れて五分も走らぬうちに、右前方に魚雷艇を発見した。急速潜航でこれをかわして浮上、さらに五分もたたぬうちにまた魚雷艇二隻を発見して潜航すると、今度は水中聴音によって、五隻（？）横隊の駆逐艦をキャッチした。揚搭時間が長かったので、陸海両方から発見され、包囲されたらしい。後送患者の群れを艦内一杯に詰めこんだ状態では、戦闘も防禦も、応急もおぼつかない。最後の肚（はら）をきめ、最大深度にして息をひそめる。

「左右推進器音近づく、感五……推音大、直上……通過……感四」

まさに運命の数十秒であった。しかし、爆雷投下はなかった。駆逐艦群は海中の潜水艦にはふり向きもせず、陸地の方向へ去っていった。駆逐艦のソーナー員の油断かミスのためか、とにかく包囲網を脱出して、生命びろいをした。

サラワケット越え部隊への補給

つぎの輸送揚搭地は、ラエの東方約六十浬の、クレチン岬を北にまわりこんだ小湾のフィンシュハーフェンと指定された。ここはラバウルからニューブリテン島西端のツルブ、ダンピール海峡を経て在ニューギニア部隊にたいする兵力前送と補給のための舟艇の中間基地で、陸軍の船舶団と海軍の警備隊が配備されていた。

伊一七六潜（九月十七日揚搭）と、伊一八〇潜（九月十九日）は順調に任務を遂行した。伊一七四潜は、九月二十一日に揚搭を終えたが、その帰途、緊急命令により反転し、フィンシュハーフェン北方アント岬の配備点に待機した（二十四日解除）。私が乗艦の伊一七七潜は、輸送途中で電令により、アント岬付近の敵攻撃に向かった。上甲板の物糧を海中に投棄して、敵上陸点に進撃したが、あとの祭りで敵を発見できなかった。そこで九月二十四日に揚搭を強行、二十五日まで待敵哨戒を行なった（二十七日解除）。

二度目の輸送にあたる伊一七六潜は九月二十六日、揚搭地点に達したが、彼我交戦中で陸上と連絡がとれず、揚搭を延期して待機していた。しかし、十月一日夜についに成功した。また、伊一八〇潜は九月二十七日夕、「敵至近にあり」の信号で退避待機し、二十九日夜に

折田少佐の伊177潜と同型の伊180潜。昭和19年には北方に転じ４月27日沈没

揚搭を終えた。きわどい成功であった。

九月二十二日、アント岬付近に上陸した敵は、連日、猛烈な砲爆撃をくりかえした。それにたいし、わが方は兵力を消耗し、死守防戦もおよばず、陣地を縮小するにいたった。それにともなって潜水艦輸送も伊一七六潜の輸送を最後に、つぎの基地は、さらに北西方六十浬のシオに設定された。シオはラバウルから西へ直距離にして約三五〇浬、ニューブリテン島西端のツルブとはダンピール海峡をはさんで、ひととびの七十浬にある。その小入江は輸送舟艇の基地に、また背後の平坦な椰子林は物資集積に適していた。

ラエを出発してシオに向け転進中の部隊約八千名は、サラワケット山系（標高約三千メートル）の大森林地帯を伐開しつつ難行軍をつづけた。そして餓死、凍死傷者などの落伍者があいつぎながらも、十月中旬ごろより逐次シオに到着中であった。輸送潜水艦は、ニューブリテン島の北方航路をとってシオに先行して、軍需品の蓄積を行なった。また到着部隊にたいしては、糧食を補給し、かつ身体衰弱者の多数を後送した。

この輸送にあたったのは、伊一七四潜が十月二日と十一日の二回、伊一七六潜が十月十二日と十九日、三十日の三回、わが一七七潜が十月四日、十日、二十一日、二十八日の四回、伊一八〇潜が十月七日、伊一六潜が十月十七日と二十五日、伊三八潜が三十一日の一回とスルミ輸送の二回である。

そのほか、呂一〇八潜は十月三日朝、ラエ沖合で駆逐艦ヘンリーを攻撃して撃沈、溜飲を下げた。しかし、十二日のラバウル空襲では伊一八〇潜が直撃弾をうけ、先任将校戦死のほか重傷三名を出し船体も損傷したので翌十三日、トラックへ後退した。代艦として伊一八二潜が指定されたが、トラックを出発後、消息を絶った。また、この同じ日の空襲で、潜水艦で曳航する大型運貨筒を整備中であった河東造船大尉が爆死した。このようにラバウルとても、日増しに緊迫の度が加わりつつあったのである。

戦功抜群の伊三八潜

十一月一日には、米軍はブーゲンビル島タロキナに上陸し、新しい局面をむかえた。潜水艦輸送にとっては、往復の航路も、あるいは揚搭地にしても、魚雷艇や砲艇、小型機の妨害がひんぱんとなった。このため潜水艦側は迂回航路をとり、夜間も極力潜航する。深夜の揚搭、交戦も辞せずといった揚搭強行など、新たな対策をもってのぞんだ。

この十一月中の輸送としては、伊六潜が十六日、伊一六潜が二日と二十七日、伊三八潜が七日と二十五日（他にスルミ一回）、わが一七七潜が四日、十一日、二十二日の三回実施している。なお、伊一七六潜は、シオ輸送の帰途、ブーゲンビル島沖海戦で沈没した軽巡川内の司令部の収容命令を受けて現場に急行したが、その途中、敵機に急襲され、左舷に至近弾をうけて損傷した。やむなく帰投することにし、原隊復帰となってトラックに向かった。

十一月十六日、トラック島南水道から三百浬の地点にいたって、月明下に潜水艦を発見した。潜航しつつ接近してみれば、なんと敵潜である。そこで、さらに肉薄して魚雷二本を発射した。みごとに命中、撃沈であった。十七日の午前零時二十分のことであった。この米潜はコルビナと記録にある。わが潜水艦の被撃沈記録十六隻にたいし、逆にわが潜水艦がアメリカ潜水艦を撃沈したのは、この伊一七六潜の殊勲ただ一回だけである。

さて、十二月初めからダンピール海峡南口付近を蠢動（しゅんどう）中であった敵は、十五日早朝、ニューブリテン島マーカス岬に上陸。さらに二十六日にはツルブに上陸した。これで潜水艦のシオ輸送は要路を扼（やく）された格好となった。そのうえ、機関砲や魚雷、爆雷で武装した高速魚雷艇が跋扈（ばっこ）し、ますます困難な状況となった。それでも黙々としてシオへの輸送はつづけられた。すなわち、伊六潜が十二月四日、十八日、二十七日の三回、わが伊一七七潜が十二月五日、十七日、二十五日の三回、伊一八一潜が十二月九日（他にブカ一回）、伊三八潜が十二月二十二日（他にスルミ二回）、そして伊一六潜がニューギニア中部北岸のウエワクへ一回である。

ことに伊三八潜は、昭和十八年五月から十二月までのラバウル進出の間に、ラエ方面に十一回、ソロモンに二回、スルミに六回、シオ向け四回と、合計大小二十三回におよぶ抜群の働きをみせた。この間の輸送量としては、糧食・弾薬など七五三トンを前線に揚搭したほか、運砲筒三回、大型運貨筒二回の特殊輸送にも成功している。さらに同艦は、昭和十九年四月には、パラオ～ウエワク間の輸送を二回成功させている。

なお、この大型運貨筒とは、物資をいっぱいに積み込んで、潜水艦で曳航していく潜水貨物艇のことである。昭和十八年五月に実用可能となったが、アッツ島の輸送に間に合わなかった。しかし、十月にはラバウルへ進出し、現地実験を重ねたのち、伊三八潜が第一隻目をスルミに、二隻目をシオに曳航、成功させている。

安達司令官一行を移送

昭和十九年元旦のラバウルは、遙拝式の最中に空襲警報が発令された。在港中のわが伊一七七潜は得意の錨泊沈座をやって、海底で屠蘇を祝った。港内には潜水艦がポッンポッンと停泊しているだけである。それも警報が出ると潜没するから、船らしい船は一隻も見当たらなくなる。二日深夜に急使があり、私が南東方面艦隊司令部に出頭すると、草鹿任一長官から直接に命令をうけた。

「本朝来、敵有力部隊はシオ西方のグンビ岬に上陸中である。彼我戦力を大局的に判断した結果、シオ付近の持久を解き、陸海軍部隊をあげてこの敵を撃破突破して、グンビ岬西方マダン地区に集結することに決した。この転進にあたり、第十八軍司令部と第七根司令部が陸路、ジャングルを踏破してマダンに向かった場合、ラエ～シオ間転進の戦訓によるまでもなく、在ニューギニア部隊の作戦指揮が約二ヵ月近く中断するは必定であるので、潜水艦による海路移動をとることとした」と差し迫った情況の説明があったのち、「伊一七七潜はシオに急行、物資揚搭ののち現地軍首脳一行を収容し、これをマダン地区に送致せよ」との指示も受けた。

同時にシオは昼夜とも敵機や魚雷艇の哨戒が厳重であるので、警戒するようにとの指示も受けた。去る九月のラエについで、またもや陥落寸前の最終輸送便である。そのうえ、こんどは陸海軍司令部一行を敵前に収容し、敵中突破の転進援助の重責がかかっている。

昭和十九年一月三日午後、補給物資を満載し、「成功を祈る」の激励を背に、シオに向けて出撃した。六日の日没後二十分、揚搭点に到着して浮上すると、一行を乗せた艇が見えるまえに、東方から敵の魚雷艇二隻が驀進してきた。そこで急速潜航すると、魚雷艇は小型爆雷二発ずつの威嚇投射を行なった。そのうえ、頭上を執念深く走りまわって離れないので、この夜の作業を断念し、沖合三十浬付近で待機した。

明くる七日の夕刻、予定の時刻に予定地点に到着した。そして、陸上からの青灯（異状なしの信号）を確認して浮上をはじめたが、その途中、またもや魚雷艇が出現した。ただちに潜航して、魚雷艇が退去するのを期待しつつ、深々度で現場付近を旋回していた。その間、爆雷四発を見舞われ、アンテナ引込筒、その他に微損をうけた。やむなく、明日を期して沖合に出て、安否を気づかっているのであろう友軍に、「明八日、日没直後に浮上、揚搭強行」と発信した。これ以上の遅延では、収容どころか陸路の転進さえも時機を失するであろう。

三日目、揚搭および砲戦準備をしつつ、陸岸至近に浮上した。そこへ武装発動艇二隻を先行として大型発動艇が現われ、わが潜水艦へ接舷した。ただちに特急の早わざで、補給品の移載と燃料・灯油の供給をおこなった。同時に安達軍司令官と工藤七根司令官、随行の参謀などの乗艦も確認した。うす汚れた戦陣服に巻脚絆、地下足袋といったやつれた姿ながら、さすがに両司令官には凛(りん)とした威厳が感じられた。

作業のなかばにして案の定、水平線上に敵魚雷艇三隻が出現した。交戦距離になるまであと二分間とふんで、艦首を敵に向けて魚雷回避にそなえつつ作業を督励する。警戒艇は果敢に敵方へ突進していく。野戦行李(こうり)をとりこみ、「作業終了」と同時に、「潜航用意」「有難う」「頑張れよ」のかけ声ももどかしく離脱する。艦橋側鈑にカンカンという敵機銃の命中音を耳にしつつ、「潜航急げ」を令する。いっきょに深々度に潜入して、針路をニューギニア北岸グンビ岬西方のマダンにとる。警戒艇の挺身的な阻止行動により、その後、魚雷艇の追躡もなかった。

総員配置を三直配置にかえたあと、士官室の第十八軍司令官安達二十三中将、第七根拠地隊司令官工藤久八少将の一行に挨拶した。両司令官にしても、久しぶりの電灯の下、連日の心痛苦闘を脱した歓喜は、またひとしおであったものと思われる。固い握手のあと、ラバウルの陸海両長官から託された数々の見舞品をならべて、感銘のうちに乾盃した。

艦は深夜になって浮上した。海上にはこの地方特有の烈風、豪雨、雷鳴、閃光のうずまく大スコールであった。そこで、好機とばかりに水上高速で突進して、黎明にふたたび潜航した。艦内では軍医長の提案で、まずシャワーを浴びてもらい、つぎに健康診断、さらに下着類の交換でサッパリしてもらった。そのうえで一服進呈し、喫煙、飲酒など特別の配慮で、できるかぎり寛いでいただいた。

一月九日昼すぎ、マダン沖に達着した。上空をP38数機が乱舞しているのを、潜望鏡で望見する。機影が去るのを待って進入する。そして軍首脳一行を連絡艇に移しおえて、ようやく任務の終了である。十一日夕刻、無事にラバウルへ帰着した。

シオ輸送は、この伊一七七潜をもって最終便となった。しかし、マダンに向けて転進をつづける部隊に対しては、さらに呂一〇四潜と伊一七一潜が輸送に任じ、かろうじて途中での補給に成功した。だが、伊一八一潜は二月十八日、シオ西方ガリへの揚搭のあと消息を断った。

また、潜水艦輸送の需要は、そのほかニューブリテン島の中部南岸スルミと西部北岸イボキ、イボキ北方沖のガロベ島、またブーゲンビル島の南端ブインと北端ブカの各拠点にまでおよび、魚雷艇や哨戒機の妨害、敷設機雷、複雑な水路などに悩まされながら、細々と続行された。しかし、ラバウルの基地機能低下にともない、三月上旬までには伊号型も呂号型も、ラバウル引き揚げを余儀なくされるにいたった。代わってトラックを基地として、大型艦が南東方面部隊にたいして輸送任務にあたった。とはいえ、伊四一潜（艦長板倉光馬少佐）が苦心惨憺、ブイン向け輸送に二回成功しただけで、三月下旬に伊四二潜、四月に伊二潜、五月中旬に伊一六潜と伊一七六潜があいついで喪失した。この状況から、昭和十九年六月をもって中止となり、対南東方面潜水艦輸送はついに再興されることがなかった。

敵の長大な作戦動脈に出血を強いるべき潜水艦群が、逆にわが拡大された戦線の友軍将兵を救う補給輸送のために酷使されたのである。かくしてソロモン、ニューギニア、さらには中部太平洋に散在する島々にまで、敵の制空制海権下をおかして突入しなければならなかった。そのために、あえてその有力な第一線大型潜水艦多数が投入され、そして失われていったのである。

輸送作戦は、まさに大戦中のわが潜水艦戦にとって、最大の犠牲を強いられたのであった。

伊号第七潜水艦キスカ沖の最期

撤収輸送に三度赴き遂に駆逐艦のレーダー射撃に斃れた巡潜の悲劇

当時 第七潜水隊暗号長・海軍上等兵曹　岩瀬義雄

日米両軍が半歳にわたって死闘を繰り返したガダルカナル島争奪戦は、昭和十八年二月、わが軍の撤退により終止符が打たれた。以後、戦場は中部ソロモン諸島に移り、米軍の反攻はいよいよ熾烈をきわめつつあった。

そのころ、アリューシャン方面もにわかに風雲急を告げ、キスカ・アッツ両島にたいする米軍の圧力は、しだいに強化されつつあった。そのため、両島にたいする水上艦艇による補給輸送は絶望視されるに至っていた。

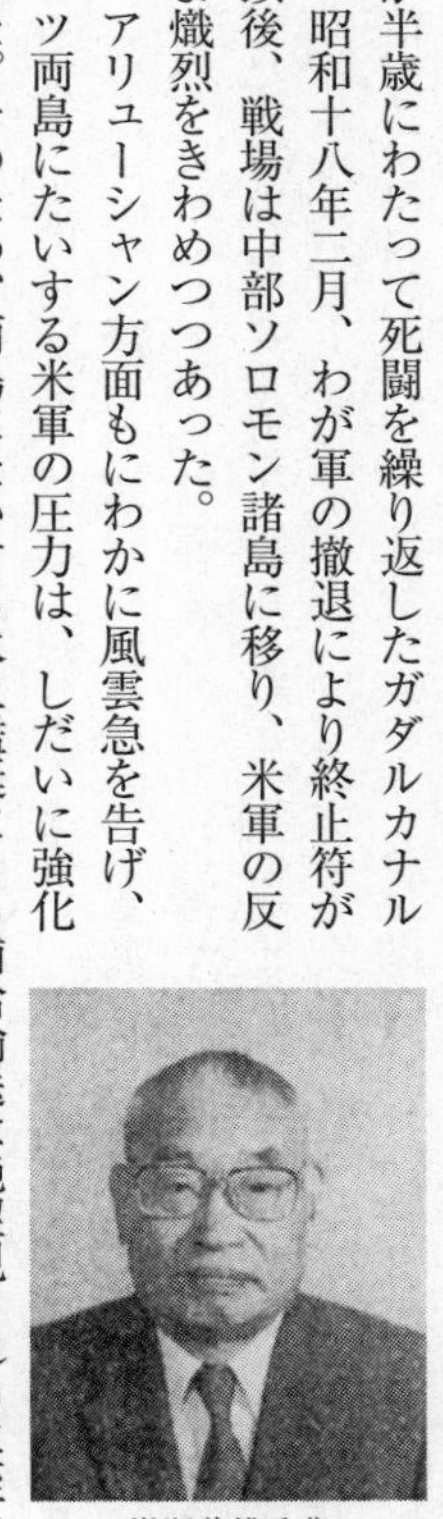
岩瀬義雄兵曹

このような情勢下にあって、伊七潜（伊号第七潜水艦＝昭和十二年三月末竣工）はガ島（南東方面）の戦域から横須賀に帰投し、補修整備中であった。伊七潜は伊八潜と同型艦で、潜水戦隊旗艦に充(あ)てる目的で建造された艦(ふね)で、巡洋型潜水艦（巡潜三型）に属する。司令官室、幕僚室、作戦室と強力な通信設備を有する特異な艦でもあった。主要目は全長一〇九・三メートル、全幅九・一メートル、常備排水量二五二五トン、潜航排水量三五八三トン、主機械は複動式ディーゼル機関、出力（水上）一万二二〇〇馬力、速力は水上二十三ノット、水中八ノット。兵装は一四センチ連装砲一基、魚雷発射管六門、小型水上偵察機一機である。

開戦時は第二潜水戦隊旗艦で、司令官山崎重暉少将が座乗し、第七潜水隊（伊一潜、伊二潜、伊三潜）、第八潜水隊（伊四潜、伊五潜、伊六潜）を率い、ハワイ・オアフ島の監視作戦にあたった。このとき、伊七潜の水上偵察機が真珠湾上空を飛行し、港内の偵察に成功している。ついでジャワ攻略、印度洋作戦と転戦し、さらに息つく暇もなくアリューシャン列島の索敵哨戒、ガ島南東方面の要地偵察・索敵行動と、東奔西走の一年であった。

昭和十七年の暮れから昭和十八年の春にかけて、ガダルカナルおよびラエの輸送作戦で僚艦の伊一潜、伊三潜、伊四潜の三隻を失ったため、伊二潜、伊五潜、伊六潜と伊七潜の四隻をもって第七潜水隊に編成替えされ、昭和十八年四月一日、北方部隊の第五艦隊に編入された。伊五潜、伊六潜の二艦は南方戦線に割かれたままで、伊二潜と伊七潜だけがキスカ・アッツ救援のため、横須賀にあって戦備を急いでいた。

司令潜水艦となった伊七潜は、司令玉木留次郎大佐（海兵四五期）を迎え、経験豊富な潜水艦長長井勝彦少佐（海兵五七期）、機関長半田正夫大尉（海機四二期）、水雷長・先任将校関口六郎大尉（海兵六五期）、航海長花房義夫大尉（海兵六七期）をはじめ准士官以上十四名、それに選り抜きの下士官兵一〇三名の総員一一七名で、旗艦なみの陣容である。輸送作戦のため水偵をおろしたので、飛行科と整備科員はそれぞれ転勤となり、退艦していった。

昭和十八年の四月も半ばをすぎ晩春の微風が軍港を渡るころ、出撃準備も着々と進みつつあった。東京湾に出ては試験潜航をおこない、入念に整備を進めていた。輸送物件を格納筒に搭載し、また艦内通路などにも缶詰や糧食をところ狭しとばかりに積み込んだ。

四月二十一日午後三時、アリューシャン戦線に向け横須賀軍港を出港する。この日、北海守備隊参謀の藤井一美陸軍少佐が要務のため東京に来ていたが、キスカへ戻るため乗艦した。観音崎をすぎてから館山湾沖で試験潜航を行なう。首尾上々である。ついで水上航走に移り、東京湾口から哨戒配備となし、太平洋へ躍り出る。野島崎灯台を左に見て春の陽が西に傾くころ、犬吠崎沖から本州沿いに北上して、一路、北方戦線めざして航進する。

高曇りの天気で風が強く、海上は時化模様の四月二十五日、千島列島北端に位置する占守島と幌筵島間の幌筵海峡の作戦基地に到着する。海峡には五艦隊麾下の艦船が投錨しており、波にもまれながら連絡艇が行き来している。（三三一頁地図）

五艦隊司令部との打合わせが終わると、ただちに出港してキスカに向かって海峡を出る。針路九〇度とし水上航走で進む。霧が発生して視界が悪くなる。キスカに近づくにつれ、昼間は潜航に移る。夜間の充電航走以外は潜航の連続で、五月一日午後四時、中部南東岸のキスカ湾（鳴神湾）に無事入港する。桟橋に近い右側の岩壁寄りに投錨する。はじめて見るキスカは、意外に大きな島だ。夕暮れだが、薄明るいなかに黒ずんだ丘のところどころに建物が見える。間もなく大発二隻が近づき、補給物件の揚陸作業がはじまる。藤井参謀は司令、艦長をはじめ乗員に別れを告げて退艦して行く。

第五十一根拠地隊司令部との打合わせも終わり、午後九時、キスカをあとにしてアッツへ向かう。

五月四日、アッツ島東南岸ホルツ湾（北海湾）着。アッツの山々は雪がまだらに白く光って、神々しいばかりの光景だ。山裾から平野部は丈（たけ）の低い草地で、低地は一面のツンドラ地帯のようだ。さすがに北方の島だ。風が刺すように冷たい。

守備隊との連絡をすませ、急いで補給物件を陸揚げして出港する。この絶海の孤島で空襲に悩まされ、いざ敵襲に備えて黙々と任務に服する山崎保代部隊長以下二六〇〇余名の兵士たちに、途絶えがちな補給をつづけてやりたいと考えながら、幌筵への帰途についた。

キスカ撤退作戦の開始

五月八日の早朝、幌筵海峡着。司令や艦長は司令部へ行きキスカ・アッツの情況報告をおこない、爾後の行動の指示をうける。搭載物件の関係で横須賀帰投に決まり、即日出港する。

伊二潜はいまだ横須賀で修理中、そして伊七潜は帰投中とあって、北方戦線に行動中の大型潜水艦は、伊三一潜、伊三四潜、伊三五潜の三隻だけになった。

五月十二日午後二時、横須賀入港。ふたたび帰ることはあるまいと覚悟していた母港へ帰り、乗員の喜びはひとしおだ。幹部をはじめ乗員は半舷入湯上陸で、家族との再会や休養など自由な行動に楽しみを見出していた。艦内当直員も入湯のため、交代で短時間上陸を許さ

伊7潜。ドイツ式設計を脱した戦隊旗艦用の純日本式巡潜。14cm 連装主砲

れる。久しぶりに陽気で活気あふれる母港での一夜をすごす。しかし、突如としてアッツ島に米軍が上陸し、わが守備隊と交戦中との電報が着電した。砲声とどろく修羅場と化したであろうアッツは、十日ほど前に寄港したときは、静寂そのものであった。そんな島の情景が瞼(まぶた)に浮かぶ。

急きょ出撃命令が出て、明くる五月十三日は朝から兵器弾薬と糧食の積込みに多忙をきわめる。そして十四日午前九時、北方戦線をめざして横須賀をあわただしく出港、十八日に幌筵に到着した。情報によれば、アッツ島へは敵は空母、戦艦をふくむ艦隊に援護された、わが守備隊に数倍する兵力で上陸し、要地を占領して、彼我入り乱れての激戦の最中であるという。伊七潜は急きょアッツ方面の哨区に進出し、機をみて現地部隊との連絡をはかり、五艦隊参謀江本弘中佐のアッツ上陸を支援すべし、との命令を受けた。

江本参謀が乗艦するとただちに幌筵を出撃し、アッツ方面の哨区へと急行する。二十二日、潜航して哨区着。前日、潜航中に短波マストを上げて受信した電報により、連合艦隊司令長官の山本五十六大将戦死の公電に接する。大将は去る四月十八日、前線視察のさいに機上で戦死し、後任に古賀峯一大将が長官になられたという。司

キスカ撤収のため増援された伊157潜。昭和４年12月竣工の海大Ⅲ型

令、艦長はじめ乗員一同、暗然として頭を垂れるのみであった。

　五月二十二日は終日、潜航哨戒するも、敵情は不明であった。よってアッツに接近し、二十三日には南東部チチャゴフ湾（熱田湾）に潜入をはかり、守備隊との連絡に成功した。午後七時ごろに接岸し、弾薬・糧食等の補給物件を大発に積みおろす。退艦した江本参謀は、暗闇のなかを守備隊指して黙々と去って行く。その後ろ姿を見送り、胸を締めつけられる想いをしたことを、いまだに忘れられない。

　アッツ島チチャゴフ湾より北方のホルツ湾（北海湾）と南方のマサッカル湾（旭湾）には、米上陸部隊が橋頭堡を確保し、わが守備隊を挟撃する態勢をとっている模様とのこと。ときおり、砲声が夜のしじまをぬって聞こえてくる。一時間足らずで補給物件の揚陸を終えると、ただちに湾口から離脱し、潜航して哨区へ向かう。二十四、二十五日には索敵哨戒を実施したが、濃霧のため敵情を得ず。

命によりキスカへ向かう。五月二十七日、キスカ島に近づく。今日もキスカは執拗な敵機の空襲にさらされているので湾外で潜航待機し、敵機の去るのを見はからって午後六時半、キスカ湾に入港して弾薬・糧食酒保物品等を揚陸する。揚陸物件中にラジオビーコンの装置一式がある。これがキスカ湾口の松ヶ崎に設置され、のちに軽巡阿武隈以下の撤収艦隊の航路誘導に貢献することになる。

キスカ守備隊の陸海軍人、軍属六十名を収容して午後九時、キスカ湾を出港し幌筵に向かう。

連合艦隊司令長官はケ号（キスカ撤退）作戦を下令、北方部隊指揮官はこれを受けて、「潜水艦を以てキスカ島守備部隊を撤収し、アッツ島守備部隊は好機之を収容するに努む。人員の輸送はキスカ～幌筵間の往復を建て前とするも情況により哨戒部隊と協力して監視艇・特設艦船・輸送船を以て中継収容する」等の作戦要領が発令される。

この伊七潜による六十名収容輸送を皮切りに、潜水艦によるキスカ撤退作戦が開始されたのである。六月一日、幌筵着。帰投してみると、アリューシャンの情勢が急変していることを知らされた。すでに五月二十九日、アッツ島守備隊は、わずかになった手兵を率いた山崎部隊長を先頭に夜襲を決行、華々しく散ってしまっていた。伊七潜でアッツへ上陸した江本参謀も、最期をとげたことであろう。わが海空の劣勢な兵力では戦局の好転は望むべくもなく、ついに孤島の守備隊は全滅、すなわち「玉砕」という悲劇を生ずるにいたったのである。

当時、北方部隊には伊三一潜、伊三四潜、伊三五潜と第七潜水隊の伊二潜、伊七潜の五隻が配置されていた。しかし、伊三一潜はアッツ近海において敵艦襲撃後に消息不明、伊三五潜は損傷して内地帰還中であり、残るは三隻だけであった。

この状況下、アッツ急変によって、古宇田武郎少将指揮の第一潜水戦隊（旗艦平安丸）の伊九潜、伊二一潜、伊二四潜、伊三六潜、伊一五五潜、伊一五六潜、伊一五七潜、伊一六九潜、伊一七一潜、伊一七五潜の十隻が五艦隊潜水部隊として増強され、幌筵に集結した。かくして、十三隻の潜水艦がキスカ撤退作戦に行動することになった。海峡には平安丸のほか二、三隻の潜水艦が在泊し、あわただしく補給物件の積込みに大わらわだった。大部分はキスカ輸送、哨戒のため出動している。

伊七潜も入港早々、一潜戦司令部との連絡打合わせをすませると、さっそく出撃準備にとりかかる。

第二回のキスカ撤収輸送

六月四日、二回目の撤退輸送に幌筵海峡を出発、キスカへ向かう。キスカの第五十一通信隊からの電報によると、敵小艦艇による包囲態勢は一段と強化され、連日、戦闘機のほかB17、B24の大型機による空襲が激烈となっているらしい。霧中、夜間の航行といえども厳戒を要するとの情勢で、潜水艦による撤退輸送もしだいに困難となってきたようだ。

六月九日午後六時、無事キスカ湾（鳴神湾）に入港する。この日、兵器弾薬十九トン、糧食十五トンを揚陸し、守備隊員一〇一名を収容して、午後九時に出港する。そして六月十三日、幌筵に帰着。無事二回目の輸送任務を果たした。しかし、この行動において不運だったのは、つぎの三回目の輸送時の命取りになる原因をつくったことである。それはキスカ湾口近くで潜航中、艦底を暗礁に接触（こすった程度）して、電動測深儀が故障を起こしてしまったことである。

通信要務打合わせのため一潜戦司令部に行くと、行動中の潜水艦の情報を知らされる。伊九潜は六月十日、幌筵発キスカへ向かったが、出港以後、通信連絡なく消息不明。同じころ、伊二四潜はアッツ島残留者収容のため六月五日、アッツ島チチャゴフ湾に潜入した。しかし、手がかりがないのでキスカ輸送に向かったが、六月十三日入港予定なのに、七日の発電以後、消息不明という。

これら相次ぐ不祥事からみて、もはや霧中や夜間でも安全とは言い得ない状況であった。米軍の対潜攻撃能力が向上しているのに対し、この当時、北方部隊の潜水艦には、敵レーダー波を探知する電波探知機（逆探）すら装備されていなかった。これでは目明きと盲人が殴り合っているに等しい。電波兵器にたいする認識が乏しく、その対策のおくれが一段と強く感じられた。まして米軍が艦砲の射撃用に電波探信儀（レーダー）を装備して使用しているなど、知る由もなかった。

司令塔を直撃した敵弾

三回目の輸送任務が発令された。弾薬糧食を満載して、在泊の五艦隊旗艦那智(なち)以下の見送りを受けて出撃したのは、昭和十八年六月十五日午後四時のことである。灰色の曇り空がやがて暮色に変わるころ、海峡を出た。第一戦速に増速し、針路を九〇度にとり一路キスカに向かう。海上は平穏だが、霧はしだいに濃くなる。

十六日、十七日は水上航走する。視界五百メートル。明十八日からキスカに接近するため、航海長花房大尉は航海士の松田広和少尉(海兵七一期)とともに艦橋に上がり、艦位測定のため天測の機会をねらう。が、濃霧と曇天のため、いっこうに太陽が顔を出してくれない。夜になっても星ひとつ見えない。昼すぎ幌筵の一潜戦司令部から、「キスカ周辺の情況急変しつつあり、行動中の艦は別命あるまで現地点付近に待機せよ」との電令がある。よって厳重な見張り配備で付近を遊弋する。

六月十八日に至り、「行動を再開せよ」との電報に接し、キスカに向け水上航走、針路七〇度とする。そして午前十一時から潜航に移る。午後六時(日没後)に浮上し、警戒を厳にしつつ電池充電航走を行なう。

十九日は、午前二時(日出前)に潜航する。長時間(十六時間)潜航のため、艦内の空気に炭酸ガスが増え、ときおり生あくびが出て、なんとなく気だるい。昼食に缶詰の鰻の蒲焼が出る。定時の通信のため短波マストを上げるほかは、電波輻射を極力避けて行動する。潜水艦の隠密性を維持するためである。午後六時に浮上して充電航走に移る。依然として視界不良である。星は見えず、航海長は天測を諦め、推定艦位によってキスカに近づく。二十日、キスカ島七夕湾突入の予定であるが、濃霧のため艦位不確かとあって、同日の突入を見合わせる。夜に入って、キスカ西方海面を南北に航走しながら艦位を測定し、突入の機をうかがう。

六月二十一日午前一時、潜航しつつキスカ島への接近をはかる。午後二時三十分ごろ、潜望鏡をのぞく艦長が「浮き上がれ」と号令する。霧が一瞬晴れ、チラッと陸岸が見えたらしい。浮上すると、航海長はすばやく艦位測定を行なう。そして針路二〇度とし、七夕湾方向にむかう。長期間潜航に疲れた乗員は、新鮮な空気を吸い、ホッと一息ついた。（一八一頁地図参照）

艦橋ハッチだけを開いて入港準備にとりかかる。海上は波立たず、きわめて平穏である。しかし、濃い霧のため視界は一五〇メートルぐらいしかない。陸地どころか、湾口もまったくわからない狭視界である。湾口に近づくため、水深測定を行なう。電動測深儀故障のため、測鉛線をつかって右舷側に測深員を出し、手さぐりで測深をはじめる。艦長は微速、停止を繰り返しながら、測深報告を受けつつ湾口を探す。

このとき、聴音員から「右一三〇度音源あり、感三」と伝声管で司令塔に報告があったが、艦橋へは迅速に伝わらなかったようだ。午後三時ごろ、右一三五度方向に砲声を聞いた。しかし、霧のため艦影は視認できない。艦橋にいた司令、艦長はただちに潜航を決意し、「急速潜航」「急げ」「ベント開け」と矢継ぎばやに下令されたが、潜航準備が緩慢で間に合わない。

ガーン、ガーンとつづけざまに轟音が起こる。右舷側に命中弾を受けたようであった。艦体に激しい衝撃を感じた。微速であったため、敵弾の精度は良好であった。この一発は司令塔下部付近に命中し、約四十センチの破口を生じた。

ここにおいて司令自ら「潜航止め」「ベント閉め」「砲戦用意」を下令した。その直後、つぎの命中弾が司令塔中央部を貫通し、致命弾（破口径約七十センチ）となって司令塔内で炸裂した。とたんに塔内から「キー」という異様な音が聞こえたと思うと、司令塔に通ずる伝声管から白煙がモクモクと電信室に噴き出してきた。

これによって、司令塔内は壊滅的な打撃をうけた。すなわち、玉木司令、長井艦長、花房航海長、信号長、信号員、操舵員、伝令の七名が即死し、通信長中山泰一中尉（海兵六九期）が重傷を負った。先任将校の関口大尉は、間髪を入れず指揮権を継承して全艦の指揮をとる。すでにメインタンクに注水量が相当多いため、排水に努めるものの、低圧管が破壊され排水が意のごとくならない。

上甲板は海水で水浸しの状態となっていたが、砲術長の新藤尚男中尉（海兵七〇期）は、草野金次砲長以下の砲員数名を率い、三番ハッチから飛び出していく。間もなく艦は砲撃を開始し、艦橋の一三ミリ機銃も敵に応戦する。彼我の砲声はあたりに轟然と響きわたり、砲煙が全艦をおおった。敵の砲口炎に照準をつけ猛然と反撃すると、約十分ほどで敵は沈黙するにいたった。敵艦は一隻で、若干の被害を受けたらしく、やがて避退していった。

この間、終始、濃霧のため敵影を視認することはできず、ただ火炎を認めるのみであった。発射弾数は一四センチ砲が三十五発、一三ミリ機銃が約二五〇発であった。司令塔内の破壊はなはだしく、諸装置も使用不能となる。艦橋の操舵装置も作動不良である。メインタンクが満水状態で、しだいに沈下しはじめる。

そこで、陸岸とおぼしき方向に前進し、強速をもって擱座を企図する。その前進中、陸岸を発見して機械を停止する。午後三時十五分、陸岸に艦首を突っ込んだ。さいわい小さな入江の砂地に突っ込んだため、機械停止と同時にほぼ水平を保って停止した。

艦首方位三三〇度、水深は前部四メートル、後部二十メートルで、ウネリのため艦体が少しく動揺する。メインタンクの排水を試みるが、低圧・高圧管ともに漏気のため、排水不能である。しかし、艦体の沈下は認められない。砲員と機銃員はそのままとし、再度の敵襲に備える。

陸岸に突っ込む直前、先任将校は沈没を覚悟して総員退去を令したが、さいわい沈没はまぬがれた。また現地点が不明なので、再度の敵襲を考慮して、機密書類の処分が指示された。暗号書表、呼出符号表、その他の機密書類を前部鉄甲板に搬出し、分厚い書類を片っぱしから引き裂いて積みかさね、火をつける。書類はメラメラと燃え上がり、戦い終わった海面に煙が広がっていく。

作戦室の九七式印字機（暗号機械）をハンマーで粉々に打ち砕き、跡かたもなくバラバラにしては、その破片を海中に投棄する。この戦闘では、先の七名の戦死者、重傷の中山通信長のほか、上部電信室で佐藤上曹が腹部に弾片創、砲員の熊谷一曹が顔面に弾片創を負った。

横須賀へ向け出発

やがて座礁地点の断崖上に、陸軍の兵士数名が現われた。応対の結果、現在地は七夕湾東方の旭岬付近であることが判明した。通信アンテナが切断され、送信機が故障したため、応急用TM無線電信機により、キスカの五十一通信隊との連絡に努める。午後五時に交信可能となり、戦闘速報を一潜戦司令部あて送信する。

六月二十一日午後六時、陸軍部隊の大発が来着接舷して、指揮官が来艦する。ただちに荷揚作業や戦死傷者の処置等の打合わせを行なう。午後九時、松田少尉を連絡将校として五十一根拠地隊司令部へ派遣し、また軍医長の後藤大尉は、治療のため重傷の中山通信長をともなって、三名がそれぞれ七夕湾に上陸する。司令塔内は破壊がひどいので、明日、守備隊の応援を得て、破壊箇所の調査と応急処置をおこなう。艦内では先任将校の指揮のもと、乗員が破壊箇所の復旧作業をおこなうことにする。

明くる六月二十二日は霧が濃く、視界不良である。しかし、明るくなりかけた午前二時から荷揚作業をはじめ、午前五時までに弾薬糧食を大発に積載完了する。大発は、急ぎ七夕湾へ向かった。

午前七時、陸軍部隊の大発一隻が戦死者収容のため来着する。先任将校は伝令に命じ、「各科の上等兵曹全員は新しい作業服着用、軍手、タオル二本を携行して、至急艦橋に集合せよ」また「主計長は晒木綿多数用意し、艦橋に持ち来たれ」との号令を伝達する。

各科の上等兵曹二十数名が艦橋に集合すると、先任将校は「これから司令塔内に入り、司令、艦長以下の遺体を収容するが、塔内は敵弾のため大部分が破壊されており、七名の遺体は尋常な状態ではなく、肉片飛び散り、血の海の状況である。若い下士官兵ではとうていこの惨状に耐えられないと思うから、練達の諸士に遺体の収容にあたってもらうことにした。どうか気を落ち着けて作業にあたってもらいたい」と訓示した。

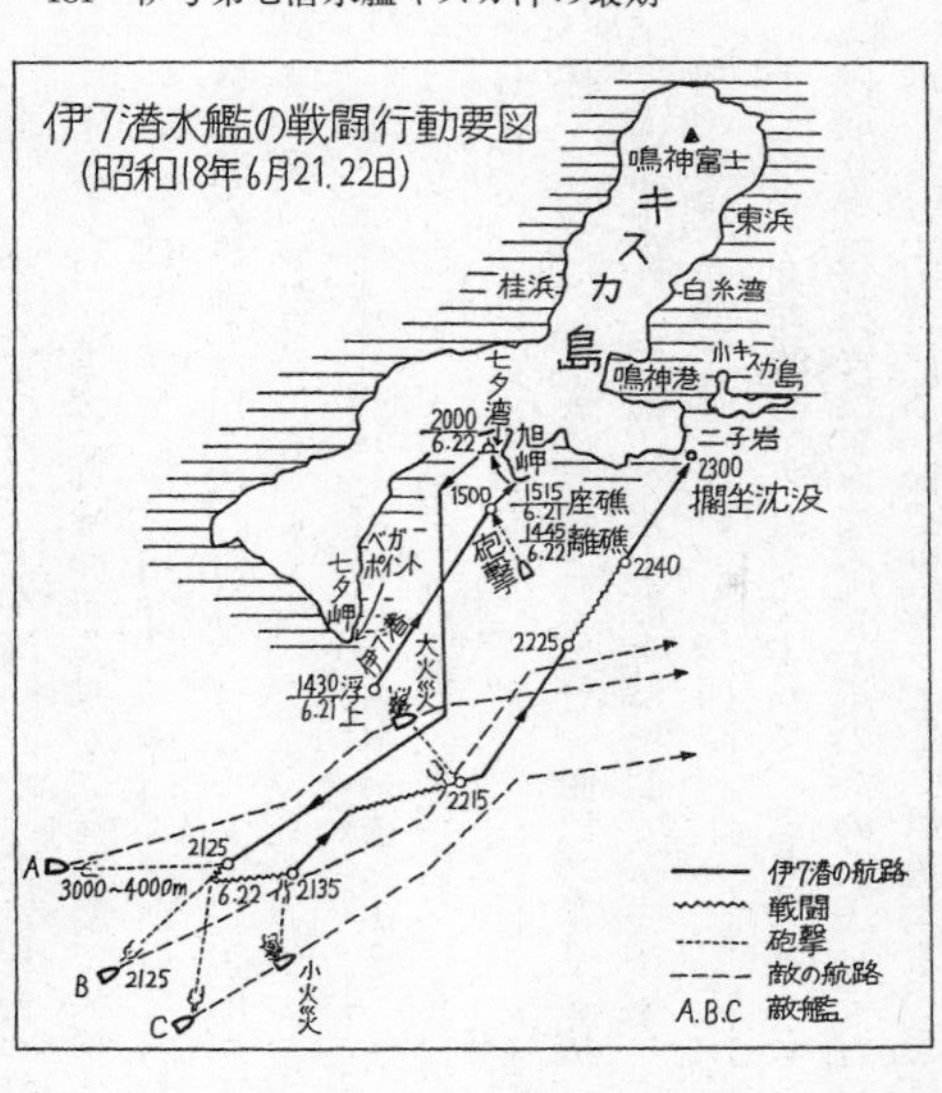

それからハッチを開き、六名ずつ交代で中へ入り、遺体を運び出した。頭部や上下肢などがバラバラになっており、無残このうえない。まさに酸鼻目をおおわしむる鉄桶の中だった。一同、惨として声なし。

遺体を艦橋に横たえ、白布で包んで大発に運び込む。乗員一同、涙をもって見送るなかを、荼毘に付すべく七名の遺体を乗せた大発は、七夕湾へ向かって走り去ってゆく。

午前九時、海軍警備隊の工作隊が大発数隻で来援する。熔接機その他の工作具で破壊箇所の応急修理をはじめる。司令塔の破口には鉄板をおおい、熔接によって修復する。高・低圧管系統の修理も、午後一時三十分ごろまでに復旧が成る。送信機・アンテナの故障修理も同時に終わった。

艦内気蓄器に装気を行ない、排水準備を行なった。午後二時、「離礁用意、総員配置につけ」の号令で低圧発動。「両舷機、後進用意」さらに「十一、十二、十三番メインタンク金氏弁開け、低圧排水はじめ」「七、八、一、三、四番メインタンク金氏弁開け」「両舷後進一杯」とつづき、午後三時三十一分、艦はズルリと抜け出し離礁に成功、七夕湾に回航する。潜航不能であるが、水上航走は可能で、主機械全力発揮もなんら差し支えない。さらに細密な修理点検をおこない、午後四時三十分に完成する。

七夕湾の陸軍部隊の好意によって、七名の戦死者を荼毘に付す。午後五時、その遺骨を受け取り、艦長室に安置する。治療のため上陸していた中山通信長を、艦内に収容する。後藤軍医長、連絡将校の松田少尉もともに帰艦する。乗員一同夕食をすまし、出港準備に取りかかる。昨日の経過からみて今日も会敵必至であることは誰もが感じていた。

電信室では、五十一通信隊との連絡確保に万全を期した。昨日の戦闘で焼却処分したので、五十一通信隊から暗号書表、呼出符号表各二部の補塡をうける。こんどは暗号書表などの海中投棄処分にそなえ、麻袋、鉛ブロックを準備する。

会敵を予想し、砲戦用意のうえ午後八時、横須賀に向け七夕湾を出港する。おだやかな湾内もすっかり夕闇につつまれ、霧が深い。七夕湾から大発が見送りに来て、舷側で艇長が先任将校に情報を告げている。すなわち、キスカの山上の電波探信儀によると、敵艦目標が七夕湾南方海上にあるから、警戒を厳重にされたいということであった。

敵哨戒艇三隻と交戦

針路一八〇度（真南）、二戦速（十八ノット）でベガポイント（七夕湾南西部突端・七夕湾岬）付近より針路二三〇度（南西寄り）とし、キスカ島を離脱せんとした。霧はやや薄らぎ視界五百メートル、海上は平穏である。

出港後、二戦速で快走をつづける。一時間を経過しても何の変化もないので、先任将校は砲員をそのままとし、艦内三直配置とする。午後九時十分ごろだったか、艦橋に上がってあたりの海面を見渡すと、右舷はるか霧の海上をチラッチラッとする淡い光を認めた。不審に思っていると、見張員は「海ボタルだろう」と言って、さして気にする様子もない。

ベガポイント南方の約十浬地点に達した六月二十二日午後九時二十五分ごろ、突如、哨戒艇らしき敵艦三隻以上（艦型不詳なるも一二センチまたは八センチ砲四門程度装備の駆逐艦あるいは水雷艇らしきもの）と遭遇し、ただちに砲戦を開始する。

敵は濃霧中、両舷前方約三千メートル付近より砲撃を加えてくる。わが方はただちに最大戦速となし、一四センチ砲、一三ミリ機銃の全力をあげて応戦する。その真っ最中の午後九時三十分ごろ、連続して数発が艦橋、司令塔に命中し、先任将校以下艦橋勤務員の大部分が死傷した。このとき艦橋にあった砲術長新藤中尉は、傷ついた先任将校より指揮を委ねられた。砲術長はキスカ帰投を決心し、基準針路四五度として、避弾運動を実施しつつ応戦する。

爾後、敵弾の命中精度が落ちてくる。しかし、わが方の被害は甚大である。一時、艦橋、司令塔の機能が減退したので、発令所において応急に操艦する。それでも主機械全力発揮も差し支えなく、浸水箇所もない。

いわば、このときが第一次戦闘で、午後九時二十五分から約十分間におよんだものである。

この当時、艦橋勤務員だった小川染五郎氏の体験談によると、以下のようである。

――私（小川）は午後九時二十五分、最初の敵艦との遭遇時には、艦内三直配置の非番直であったので、寝台で横になっていた。そこへ左舷前部付近に敵弾が命中したらしく、キーンという金属音が聞こえ、その途端「総員配置につけ」の号令で艦橋右舷見張りについた。左舷後方より敵艦が発砲したのか、閃光があたり一面を照らし、真昼のように明るくなった。（おそらく敵の吊光弾であろうか）

敵の砲撃は一時止んだ。わが方の被害は僅少のようだ。航海士松田少尉と主計長荒木（寿雄）中尉が艦橋に上がって来て、関口先任将校とともに「水漬く屍」を合唱していた。その最中、左舷真横の近距離から敵の猛砲撃を受けたので、わが方はすかさず反撃する。近距離のため、確実に敵艦に命中弾を与えたと感じた。

先任将校と航海士が倒れた。荒木主計長も負傷したのか、その手当に艦内へ下りて行ったようだ。左見張員吉田兵曹は左膝、私は右膝に軽い傷を負った。艦橋前部の操舵員も手にひどい傷を負ったため、手当を受けに艦内へ下りたので、私（小川）が代わって舵輪を握る。戻って来た操舵員が舵輪をとると間もなく、敵弾が艦橋前部に命中して炸裂し、通信員、操舵員、前部見張員の全員が薙ぎ倒され、即死した模様だった。

無傷の砲術長新藤中尉は、右足切断に傷ついた先任将校に「キスカに引き返しましょう」と進言したが、先任将校は「いやあ、横須賀に行くんだ」と言っていた。そうこうするうちに先任将校は負傷して指揮がとれないので、新藤中尉に任されたと思う。艦はキスカの方向に変針して、航進をつづけた。新藤中尉は司令塔に入り、吉田兵曹に操舵を命じた。——（このときが第一次戦闘中と思われる）

キスカ沖の岩礁に激突

敵は第一次戦闘後の休戦中、わが前程に進出したらしい。そして電探（レーダー）をもって測的せるもののごとく、包囲態勢をとって距離二千メートル付近より砲撃を開始した。わが方はただちに応戦し、距離二千メートルないし一千メートルにて砲戦を実施した。

これにより、敵艦に命中弾多数を確認したが、わが方も艦橋、司令塔後部付近に連続して被弾し、火災が続出する。艦橋は火に包まれたが、一三ミリ機銃をもって応戦をつづける。先任将校は第一次戦闘で右脚膝関節部切断の傷を負いながらも、布片で止血し、なおも艦橋に止まっている。航海士の松田少尉、荒木主計中尉もつづいて負傷し、その他、下士官兵も

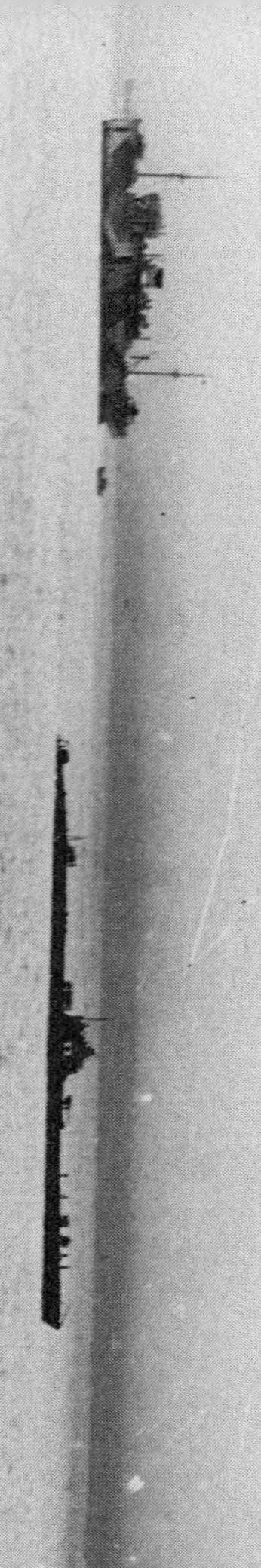
昭和18年6月、幌筵水道の母艦平安丸と伊171潜。伊171潜はこの後、南東方面へ転じ19年1月末ブカ東方で戦没

折り重なって倒れる。機銃も射手が交代すること四度におよんだ。

そのうち、後部舵機室左舷に内殻貫通弾を受け、浸水のため、左舷に傾斜しはじめる。午後十時五分ごろ、わが一四センチは全弾を撃ち尽くし、また敵弾のため砲も破壊された。砲員もほとんどが死傷した。わが方の発射弾数は一四センチ砲が七十発、一三ミリ機銃が約一千発。戦果は一隻撃沈（ほぼ確実、一四センチ砲弾十発以上命中）、一隻に小火災を生ぜしめた。

このとき、砲側に集積してあった装薬に敵弾が命中引火して、たちまち大火災を生じる。この火炎が主機械の吸い込む空気とともに艦内に流入し、艦内火災の危機に直面した。しかし、乗員は便所や烹炊所など海水や真水の出るところから水をとり、あらゆる容器を使って火を消し止める。後部舵機室につづいて兵員室にも浸水する。

久納安三機械長は乗員を督励して木材、布片をもって破口をふさぎ、浸水を喰いとめようと懸命の応急処置を講ずる。しかし、浸水はなはだしく、左舷に傾斜三十度に達する。いまや止むなし。敵陣突破を断念し、キスカに向かうべく機関の全力をあげて航走する。（この午後九時四十五分より約二十分間が第二次戦闘であった）

午後十時すぎ、先任将校は負傷にもめげず艦橋にて最後の発電を命ず。山口兵長を伝令とし、電信室に至り口頭で電文を伝える。

「負傷者多数あり、キスカに引き返す。二二〇〇」つづいて「われ敵艦数隻と交戦、刀折れ矢尽きたり、陛下の御艦を粉砕せしめ誠に申し訳なし。乗員中一人にても生き残りたるものあらば、あくまで米英の撃滅を期すべし。発関口大尉。二二一〇」の第二電をキスカの五十一通信隊に向け打電する。この電報は午後十時十五分ごろの被弾により、中途で途絶した。

敵は一時避退したが、午後十時二十五分より、ふたたび後方約四千メートルより砲撃を開始する。そして次第に近接し、一時は二千メートルないし五百メートル付近までも迫って砲撃を加えてきた。艦は浸水傾斜がしだいに加わり、キスカ島に擱座を決心する。針路は三〇度とし、全力避退につとめる。敵は午後十時四十五分ごろ、戦闘を中止して避退した。（午後十時二十五分より約十分間にわたる第三次戦闘）

午後十時四十五分ごろ、艦は左舷に傾斜、約四十五度に達する。私は電信室左舷側の壁に寄りかかりながら、暗号書表および呼出符号表をすばやく麻袋に入れ、鉛ブロックを詰め込んだ。それを電信兵に持たせ、電信室を出た。そして、そのまま三番ハッチ中段で待機していた。

しかし、艦の傾斜がさらに加わるので、暗号書を海中に投棄すべく甲板へ飛び出し、艦橋に向かって「暗号書を投棄する」と叫んだ。すると艦橋から「暗号書の投棄、しばらく待て」との指示があった。それで投棄を見合わせていたところ、傾斜はますます急激になり、ハッチから海水が滝のように流入しはじめた。とたんに艦橋より伝令が走ってきて、三番ハッチを閉鎖してしまった。

艦橋では浸水を防ぐ措置をとったつもりであろう。しかし、暗号書は電信兵とともにハッチ中段に取り残されてしまった。一瞬（しまった）と自責の念にかられながら、傾斜した甲板を這い登り、右舷側にたどり着く。血塗られた大砲のそばには砲員がごろごろ横たわっている。

どうすることもできない。午後十時五十五分ごろ、艦首が岩礁に激突すると同時に、機械が停止した。後甲板は海中に没し、艦橋は左舷に横倒しとなり、徐々に沈みかけている。二次電池室に海水が浸入したのか、ブスブスと音をたて、ガスが洩れ出す。悪臭が鼻をつく。

午後十一時、艦橋は海中に没し、傾斜約七十度、仰角約二十度、艦首を約十五メートルほど水面に露出したまま、哀れ、栄光ある伊七潜はついに終焉を告げた。折からの残月は霧の間に明暗を投げ、悽愴、悲惨の極みである。

生存者はキスカ島に収容

辛うじて艦内や艦橋から脱出した乗員は、右舷艦腹を這いながら艦首に集結する。爆発の危険があるので、艦首からロープを垂らし左側の岩に飛び移り、岩上に集合する。重傷の中山通信長ほか負傷者、軍医長、そのほか十数名が艦首にとどまる。時刻はすでに六月二十三日午前零時をすぎていた。

砲術長の新藤中尉は、寒さと飢えと悲しみに打ちひしがれた負傷者をかばいながら人員を確かめ、戦死した戦友に想いを馳せる。艦内に残り水に漬かった者、艦橋その他艦上で倒れた者、海中に投げ出され、水に呑みこまれた者など、これら戦友の最後の瞬間の思いは、いかばかりであろうか。最後まで部署について奮闘したあの顔、この顔が目ぶたに浮かんでくる。

先任将校の関口六郎大尉は指揮官としての責任を果たし、航海士松田広和少尉、荒木寿雄主計中尉とともに艦橋に坐し、水漬く屍を詠じながら壮絶な最期を飾った。機関科員は機関長の半田正夫大尉、機関長付の守義三郎中尉、機械長久納安三少尉らとともに機関室にあって任務を全うし、最後は士官室付近までたどり着き、国歌奉唱、万歳を唱えながら艦と運命を共にした。電信室では掌通信長の相楽良助少尉以下の電信員が万歳を三唱し、電信機を前にして浸入する水のなかで最期をとげた。

これらは、万死に一命を取り止めた戦友の証言である。戦死者は先任将校、機関長以下の准士官以上七名、下士官兵五十七名。二十一日の戦死者七名とあわせて、合計七十一名。生存者は砲術長の新藤中尉、通信長の中山中尉ほか准士官以下五名、下士官兵三十八名、合計四十三名であった。

二十三日午前二時、生存者はキスカ守備隊の大発二隻の捜索活動により救出され、午前三時、キスカ島に収容された。伊七潜の擱座地点はキスカ湾小キスカ島の西側、南水道沖二浬の二子岩である。

六月二十四日夕刻から、敵の空襲を避けつつ、暗号書の捜索をはじめる。これは、キスカ警備隊水上警備隊の応援を得て、大発二隻により潜水夫をつかって行なわれたものである。伊七潜の三番ハッチ、電信室付近を綿密に捜索したが、結局、見つからなかった。やむを得ず、爆破処分することに決し、司令塔を中心に二回、露出艦首部分を一回、それぞれ爆破する。これで露出部分は完全に海没し暗号書処分は完全、確実と認められた。

伊七潜の喪失により潜水艦による撤退作戦は中止された。生存者はキスカ島に在ること三十六日。この間、連日、敵機の猛爆にさらされ、艦砲射撃に耐えねばならなかった。そして奇蹟の撤退作戦の成功のおかげで阿武隈に収容され、幌筵へ生還することができたのである。なお戦後の米側資料によると、伊七潜と砲戦を交えたのは六月二十一日、二十二日の両日とも、米駆逐艦モナガン一隻であると発表されている。（モナガンは昭和十九年、比島近海で台風に遭い沈没したと伝えられている）

戦局ますます苛烈となり、生き残った戦友はふたたび潜水艦等で南方戦線へ出動した。通信長の中山泰一中尉は元気を回復し、伊一〇潜の航海長となったが、昭和十九年二月十九日、トラック大空襲のさいに戦死した。砲術長の新藤尚男中尉は、伊五五潜の航海長となり、昭和十九年七月十五日、サイパン近海で艦とともに戦死をとげている。

そのほか十五名の戦友が戦いの終わるのを待たずに、あたら春秋に富む有為の身を海底深く沈めている。キスカ二子岩の海に、あるいは南海に水漬く屍となった戦友にたいし、ただただ冥福を祈るばかりである。

八潜戦ペナン基地とインド洋交通破壊戦

基地設営から終戦まで日独協同作戦にあたった情報通信参謀の回想

当時 第八潜水戦隊参謀・海軍中佐　酒井　進

太平洋戦争がはじまったとき、私は南シナ海にいた。展開された日本軍の西部戦線である。

あの時、われわれはどんな服装をしていたか、いまは記憶にない。十二月のことだが、あのへんでは夏服にかえていたと思う。

昭和十六年十二月八日の朝は美しかった。

五潜戦（第五潜水戦隊）の旗艦由良のブリッジに立って、私は明けゆく空をながめていた。濃いブルーの空が少しずつ薄れ、雲が紫色からバラ色に変わっていった。いよいよ戦争開始か、幕はあいたと思うと、心は澄んで無心に雲を見ていた。

私は遠洋航海でパリへ行ったとき見たオペラ座の舞台を思い出した。青い明け方の空に星が美しく輝き、これが少しずつ左の方へ移動する背景であった。暗い舞台には兵士の死体が

酒井進中佐

るいると折り重なって倒れていた。やがて、そのうちの一人が銃を杖にして起き上がり、「ラ、マルセエーズ」を歌い出すと、合唱が起こって静かに幕が下りるという場面である。戦争のはじまろうというときに、幕の下りる場面を思い出したのも妙な気がするが、美しい開戦時の背景が私の記憶を呼び起こしたものとみえる。

それから二日後の十二月十日、私はマレー沖海戦のど真ん中にいた。哨戒中の伊六五潜水艦が、シンガポールを抜け出した英国東洋艦隊の主力プリンス・オブ・ウェールズとレパルスを発見し、その情報によって、仏印にいた連合航空隊が出動し、マレー沖海戦の大勝利となった。

ひと口にハワイ・マレー沖海戦といい、緒戦の二大戦勝というが、ハワイが寝込みを襲ったのに対して、マレー沖海戦は堂々と四つに組んでの大勝負だったので、その勝利の味もまた格別であった。われわれは幕僚室のソファーの上に飛びあがって、「万歳」を叫んだ。しかしマレー沖海戦は、あまりにもあっけなく勝ってしまったので、その意味を充分かみしめる余裕はなかった。

とにかく、航空部隊の威力は証明されたが、潜水艦が発見したという功績は忘れられがちである。弾丸や爆弾の威力のみに目を注いで、偵察や通信を軽視する日本の悪いくせのためである。後年わかったことであるが、マレー沖海戦の戦勝がマレー（今日のマレーシア、シンガポール）の人々にあたえた精神的影響は、はかり知れないものがあった。長い間、英国の植民地として英国の力を信仰に近いまで信じてきた人々にとって、プリンス・オブ・ウェールズとレパルスが日本の航空機の爆撃で沈没するとは、信じがたい出来事であった。しかも、その航空機が日本製だったことを完全に理解するまでには、かなり長い年月がかかった。私はペナン駐在中、現地人との会話のため、コンサイス英和辞書を持ち歩いていたが、これを見た現地人が、こんな辞書が日本で印刷されるのか、と目を丸くしていた。

この驚きがしだいに積み重ねられ、戦後何年かたって、ルックイースト（日本を見習え）となったのである。その出発点はマレー沖海戦であった。

五潜戦ペナンへ進出

マレー沖海戦と同時に行なわれた陸軍部隊の、マレー半島東岸上陸にそっての第一期作戦を終了したあと、われわれは仏印東岸カムラン湾に入港して、しばらく休養した。カムラン湾はだだっ広い湾で、日露戦争のとき、ロシアのバルチック艦隊が日本海で全滅するまえに入港して補給したところである。縁起でもない、という考えが一瞬頭をよぎった。赤くはげた仏印の山々には、親しみもわかなかった。

機関参謀と私は、上陸してサイゴンへ行った。約四百キロ、道路はきれいに舗装されていて、ジャングルの間を通り抜けるドライブは快適であった。やっと気分がほぐれてきた。サイゴンでつぎの作戦の準備をした。まず、潜水艦用の燃料をドラム缶につめて、鉄道でクラ地峡をとおってペナンに送った。なにしろ、まだシンガポールが落ちていないので、すべての物は鉄道で送ったわけである。潜水艦はスンダ海峡やロンボック海峡をとおってインド洋に進出させ、そこで海上交通破壊戦を行なったのち、ペナンに入港することになった。すなわち、つぎの作戦とはインド洋の海上交通破壊戦で、その基地はマレー半島中部西岸沖のペナンと定められたわけである。ペナンでなく、ランカウイ島という案も大本営にはあった。ランカウイ島というのは、ペナンの北方五十七浬（かいり）にあり、ペナン島よりやや大きいが、人口は少なく小さな漁村しかないさびしいところで、俗に〝伝説の島〟といわれる。五潜戦では、カムラン湾に停泊中、大塚（范）参謀をペナンに派遣して調査したが、同参謀はペナン島の良い点を力説したので、基地はペナンに決定した。

旗艦では潜水艦長を集めて連日、研究会が開かれた。日本海軍が偵察を軽視したことは前に述べたが、海上交通破壊戦などというものは、あまり考えてもいなかった。たしか平田晋策という人の書いた海軍読本には、そんな女性的なことは日本海軍はやらない、日本潜水艦の任務は艦隊決戦に協力することだ、と書いてあった。事実、潜水艦の乗員は商船を目標にすることなど考えてもいなかったので、トン数の判定はボートの数によるなどという基礎的なことさえ知らなかった。どうせ実戦ともなれば、平素の訓練では思いもよらなかったことが起こるのは当然とはいいながら、開戦後、一ヵ月そこそこで、もう攻撃目標の大変換である。それが実際の戦争というものであった。

さて、潜水艦は全部（五潜戦の五隻）出港したので、由良はカムラン湾を出て、マレー半島の東岸シンゴラ沖に投錨、司令部はそこで退艦して車で半島を横断し、ペナンに向かった。私がドライバーに「サヤ、ピギ、ペナン」とマレー語で命ずると、「酒井参謀はマレー語まで勉強していたとは感心」と司令官の醍醐忠重少将にほめられた。べつに勉強していたわけではない。これも遠洋航海の話だが、シンガポールに寄港したさい、上陸して道に迷っては困るからと、東郷実少佐（元帥の息子）から教えられた「サヤ、ピギ、ジョンストンピヤ」（私はジョンストン桟橋へ行く）の文句を覚えていたからである。

先を急ごう。島崎藤村ばりの言い方をすれば、マレーはすべてゴム林である。そのゴム林を通ってわれわれはインド洋岸に出た。そこはバターウォスという小港で、二浬の海峡のかなたに、鬱蒼たる緑のペナン島が波静かな海に影を落としていた。

ペナンはなかなかの良港で、戦前、日本郵船の欧州航路の寄港地になっていた。第一次世界大戦中の某日、ドイツの怪巡洋艦エムデンが、ベンガル湾であばれた余勢を駆ってこの港へ暁の殴り込みをかけたことがある。そのとき撃沈されたロシアの軍艦ゼムチウクの位置浮標が、墓標のように浮かんでいる。われわれはフェリーボートの上からそれを見て、ペナンに上陸した。

潜水艦基地の設営

地図を見ればわかることだが、だらりと下がったマレー半島のインド洋側に、豆を置いたような小さな島がある。これがペナン島である。南北二十四キロ、東西十五キロ、獣の皮を貼りつけたような形をしていて、右前脚の所にジョージタウンという町がある。当時の人口は約二十万（今日では六十五万といわれる）。ペナンは「彼南」とも書くが、マレー語の檳榔

潜水艦基地として設営されたペナン港。桟橋には海大型と巡潜型が繋留中

樹「ピナン」の英語なまりである。

五潜戦は海岸のラニメードホテルに司令部を置き、潜水艦基地の設営をはじめた。開戦と同時にマレー半島の北部東海岸に上陸した陸軍部隊が風のように過ぎて行ったあとのペナンは、平和をとりもどしていた。

私は司令官と同じ宿舎に起居することになった。それはペナンの住宅地区にあり、樹木の多い静かな所であった。英人の家を接収したもので、侯爵の司令官が、こんな立派な家に住めるのは一生の思い出だ、といわれたことを思えば、植民地時代の英人がいかに優雅な生活をしていたかがわかるであろう。私はいまも、ペナンで目をさました最初の朝の印象を忘れることができない。

早朝、私はおびただしい小鳥の鳴き声で目をさました。小鳥がさえずっているというよりは、小鳥の大集会があって、議論沸騰しているという調子であった。私は起きて、二階のベランダに出た。まだ薄暗かった。熱帯といっても朝の空気はひやりと冷たく、チークの床が足に快い。広い芝生の庭であった。その隅に真っ赤なカンナが咲いていた。やがて夜が明けると、栗鼠(りす)が木々のあいだを跳びはねるのが見え、その木々の向こうの道をインド人が数頭の牛を追って通っていたが、朝靄の中のその風景は、ぼかした墨絵そのままであった。あとになって、ヘルマン・ヘッセのインド紀行文を読んで、その詩情はまったくこの朝のペナンの印象に似ていると思った。

シンガポールは紀元節の二月十一日（昭和十七年）には陥落するという予想がはずれ、十五日に陥落した。その日は日曜日だったのか、司令官と私は宿舎のコートでテニスをやっていた。そこへ兵隊が電報を届けにきた。珍しく風の強い日であった。

シンガポールが落ちて、マラッカ海峡が通れるようになると、輸送船がぞくぞく入港し、そのころには潜水艦はペナンに進出を終わっていた。五潜戦の五隻と、一ヵ月おくれて進出した二潜戦の六隻の潜水艦で、昭和十七年四月中旬までに、計三十隻、約二十万トンの連合国の商船、タンカーをインド洋の海底に葬った。

基地の設営も着々と進行し、潜水艦基地隊、工作隊、海軍病院などが設営された。以上で、五潜戦のやったことを終わるわけだが、ここで、ペナン潜水艦基地の価値について総括しなければならない。

ペナンの長所は㈠交通便利、㈡港湾良好、㈢水が質量ともに優秀、㈣上下水道完備、蚊もおらず衛生上の心配なし、㈤宿泊施設完備、とくにケーブルカーで登れるペナンヒル（海抜八三〇メートル）の高原宿舎は潜水艦乗員の休養所に最適、㈥島であることから治安上も心配が少ない、という点である。反対に短所としては、防諜上の弱点があげられる。果たせるかな、あとになってドイツ側（ドイツもペナンに基地を置く、後述）からこの点の指摘があったが、ドイツ本国では潜水艦の出入港が極秘裡に行なわれたことを思えば、当然であろう。

ペナン基地設営にもっとも熱心だったのは大塚参謀であったが、彼は兵学校五十六期のクラスヘッドで、私より二期先輩であった。この人でとくに覚えていることは、決して部下を叱らない人であったことである。参謀だから部下はないが、要するに兵隊を決して叱らないのだ。どうしてですか、と聞いたことがあった。すると「いや、相手の気持がすっかり分かるからだよ」と彼は答えた。有名な頭のいい人だからそうなのかと私は考えたが、近ごろ問題になっている、生徒を殴るという先生に聞かせたい話ではないだろうか。

醍醐司令官は、侍従武官から五潜戦にこられたのだが、まことに立派な人であった。当時、大尉で初めて参謀になった私に、自分の使っていた参謀肩章全部を下さった。物をもらったからいうわけではないが、のちに潜水艦関係の最高峰、第六艦隊長官になられたのも当然という気がする。

四月中旬、司令官は五潜戦を日本に引きあげる命令を受けて、われわれは帰途についた。東京は桜が咲いているね、などと話している最中に、東京が米機の初空襲を受けたという電報を見て驚いた。いったん佐世保へ帰り、それから五潜戦はミッドウェーへ出かけて行った。しかし、太平洋に張った小さな落とし穴に敵の機動部隊はひっかからなかった。われわれは空しく佐世保へ引き返し、そこで五潜戦は解隊した。

ミッドウェー海戦後、戦線全体は一時、中休み状態に入る。緒戦からの緊張がとけて、いわば反省期に入ったわけである。私自身は第二遣支艦隊参謀に転勤、香港に赴任した。香港に八ヵ月いて内地帰還を命ぜられ、一ヵ月ほど横須賀鎮守府付として休養し、ふたたび西部戦線へ行くこととなる。

八潜戦参謀として再度ペナンへ

私は、生まれ月の神秘などということを信ずる気になれないが、五月生まれの私は、五月になるといろいろ身辺に変化の起こるくせがある。昭和十八年五月、私は第八潜水戦隊（八潜戦）参謀を命ぜられ、飛行機でペナンへ赴任した。今日のジェット機ならば香港まで三時間、便さえよければ、その日のうちにペナンに着くが、当時は中攻を改造した輸送機かダグラス三型機だから、羽田を出て台北とサイゴンに各一泊、三日目にペナン着という時代である。

私はまた懐かしいペナンへやって来た。機上から見たペナンは、鬱蒼たる熱帯樹につつまれた山のかげで、物うげに居眠りをしているようなさびしい町に見えた。フェリーボートがのろのろと水すましのような三角形の跡を描いて、本土に向かっていた。その海峡の水のつらなる所に渺茫（びょうぼう）たるインド洋があり、ちょうど、傾きかけた斜陽をうけて、金色に光っていた。

一年一ヵ月ぶりのペナンは、すっかり日本海軍の基地の町になっていた。第九根拠地隊の司令部が置かれ、第十一潜水艦基地隊も完成していた。九根の司令官は平岡粂一少将、先任参謀はのちの「潮機関長」の日高震作中佐、主計長は戦後、青木建設株式会社をつくった青木益次主計少佐で、ペナンはなかなか賑やかであった。そればかりか、私の着任した八潜戦司令部は、司令官の石崎昇少将もすごい人だったが、先任参謀には有泉龍之助という並はずれた豪傑がいた。

第八潜水戦隊は開戦後、昭和十七年三月ごろ、ハワイ海戦時の特別攻撃隊の潜水艦と、新しくできた精鋭潜水艦をもって特別に編成されたもので、七のつぎの八という意味でなく、末ひろがりの縁起のよい「八」と、武運を祈って八幡宮の「八」からとったものであった。八潜戦はディエゴスワレス湾（マダガスカル島）および豪州のシドニーに、特殊潜航艇をもって奇襲を行なうという大作戦を終えたあとは、もっと地道な通常の海上交通破壊戦を行なうことになり、ペナンに進出してきたのである。ドイツのUボートとの協同作戦ということもあった。私が八潜戦に着任したのはそういう時期で、ペナンの埠頭には旗艦の伊一〇潜と、ドイツへ派遣される予定の伊八潜が繋留されていた。

遣独潜水艦

ペナン着任の翌月、すなわち六月末、司令官と幕僚は旗艦伊一〇潜に乗り、伊八潜をともなってペナンを出港した。伊一〇潜は当時、日本最大の潜水艦（一等潜水艦甲型、基準排水量二四三四トン）で、旗艦になりうる施設があり、水上偵察機一機を搭載していた。ドイツへ行こうとしている伊八潜は、長い航海に耐えうる巡洋潜水艦（むろん一等潜水艦で基準排

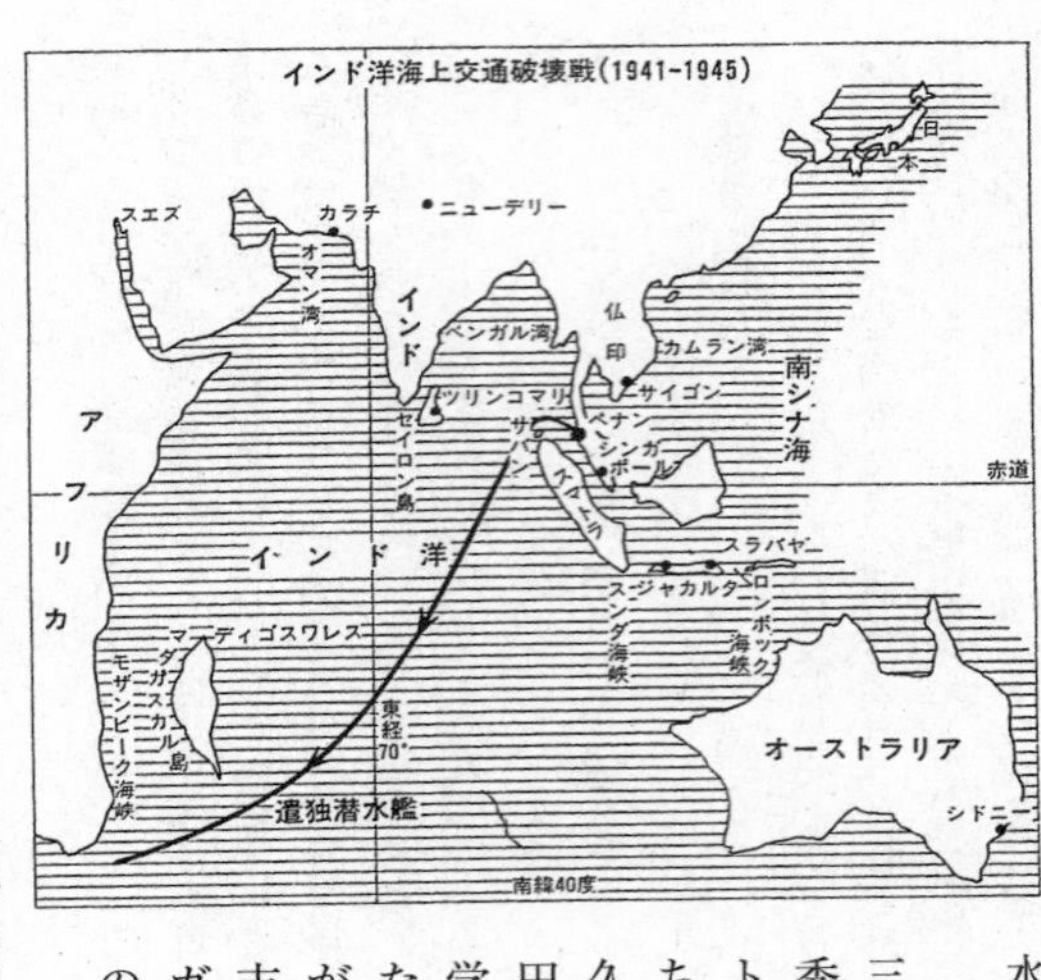

水量二二三一トン）であった。

伊八潜は遣独潜水艦の第二艦（第一艦は伊三〇潜）で、ドイツに赴任しようとする小島秀雄少将（戦後の日独協会理事長）のほか、ヒトラーの贈物といわれた二隻のUボートのうちの一隻の回航を任務とする乗田貞敏少佐、久保田芳光大尉ら約五十名を乗せていた。乗田少佐は兵学校五十七期、私の一年先輩で兵学校時代は水泳のチャンピオンとして鳴らした。ペナン滞在中も物すごく張り切っていたが、あるときのパーティで「よし、己れの意志をつらぬくのが男だ」といって立ち上がり、ガニ股で、すごく下手なダンスを踊っていたのを覚えている。

ペナンを出た二隻の潜水艦は、スマトラ北端をまわると針路を南西にとり、インド南方の海面を目指した。七月のインド洋は、まだ有名なモンスーンが吹きはじめず、毎日、平穏な航海がつづいた。低い艦橋からながめると、まるい水平線にかこまれた大きな水盤のような海の上に、青い空がプラネタリウムの屋根のようにかぶさっていた。

二隻の潜水艦は、セイロン島のはるか南方で、貿易風帯を避けて漂泊した。旗艦から伊八潜へ、彼女がドイツまで行くのに必要な燃料を洋上補給するためである。ゆったりした長濤が二つの黒い船体を静かに動かしていた。送油用の蛇管が二本、青インキを流したような海面に白い線を描き、海面にひろがった重油のサイケ模様が美しく太陽に輝いた。

やがて満腹した伊八潜は蛇管をはなし、喜望峰の方角に向け水平線上に姿を消した。インド洋からドイツに行くには、平時ならば、むろんスエズ運河経由であるが、伊八潜はアフリカを迂回しなければならない。南端のケープタウンには英軍がいて、その哨戒機が飛んでいるため、これを避けて、南緯四〇度まで下らねばならない。そこはローリング・フォーティス（荒れる四十度）といわれ、帆船時代の船乗りを恐れさせた難所である。

ドイツまでは海路約一万四千浬、北大西洋は危険な海面で昼間は潜航し、夜間に駛走というわけだが、もう少しあとになると、夜間は電探が恐いので潜航し、昼間のみの航行となった。

とにかく、伊八潜はこの困難を克服して、ペナン出港後六十二日、八月末にドイツの占領地フランスのブレスト港に安着した（便乗者は陸路ドイツへ）。

伊八潜が伊三〇潜についで遣独第二艦であることは先に述べた。そのほかに伊三四潜、伊二九潜、伊五二潜の計五隻がドイツ行きを命ぜられたが、往復ともにその任務を完遂したのは伊八潜のみで、やっぱり「八」という数は幸運であった。この幸運な潜水艦の艦長の名は、内野信二大佐であった。

ともあれ旗艦の伊一〇潜は針路を北にとり、索敵行動中に一隻の大型タンカー（おそらく中近東より豪州向けのもの）を見つけて撃沈したり、艦載飛行機をとばして索敵したりしたが、ほかに獲物はなく、八月はじめにペナンに帰投した。

それ以後、八潜戦司令部は海上に出ることはなかった。司令官は石崎少将より市岡寿少将へ、さらに魚住治策少将と変わり、先任参謀も、有泉中佐から井浦祥二郎中佐、さらに丸山範三中佐と変わったが、私はまるでペナンの主のように、八潜戦司令部に居座っていた。

潜水艦も、伊一〇潜のほか、伊二七潜、伊三七潜、伊二九潜、伊二六潜（以上巡潜型）、伊一六五潜、伊一六六潜（以上海大型、基準排水量一五七五トン）、呂一一〇潜、呂一一一潜、呂一一三潜、呂一一五潜（以上二等潜水艦小型、基準排水量五二五トン）等が、ペナンで修理休養をしては、反覆してインド洋に出ていった。

巡潜型は行動日数も長く約二ヵ月で、インド洋洋心付近、オマン湾、アデン湾、マダガスカル島方面に行動した。海大型は行動日数約一ヵ月でセイロン島方面、小型は二十五日ぐらいでベンガル湾に行動した。伊一六五潜が入港すると、艦長の清水鶴造少佐は私の同期生なので、体力保持のため一緒にテニスをやるのが常であった。

Uボートの活躍

ドイツはペナンを中心に、シンガポール、スラバヤ（ジャワ島）の三港に、基地を設営した。私がペナンに着任した昭和十八年五月末、エルハルト海軍少佐が海軍武官としてペナンに着任した。純白の軍服の胸にナチスのマークを光らせ、堂々たる恰幅であった。が、司令官にたいしては、きわめて慇懃に基地設営にたいする協力を要請した。

Uボートの基地といっても、わりあい簡単なものであった。それはUボートそのものが完全で、修理施設を要しないらしく、すべてに能率的であるからだった。出来あがったものは、無線電信所（送信機は日本のものを貸与）、魚雷調整場、小さな工作所、それに乗員の宿舎とペナンヒルの休養所であった。本部は、海岸にある華僑の家があてられた。玄関に入ると大広間があり、正面の壁にヒトラーの写真が掲げられ、その下に大きな世界地図があった。作戦室にはインド洋の海図がひろげてあり、二、三隻のUボートの位置が書き入れてある。その第一艦はすでにペナンに近づいていた。

八月上旬の某日。それは暑い日であった。碧いペナン水道の向こうに、マレー本土の海岸の椰子の林が、熱気の陽炎の中にゆらいでいた。正午ごろ、湾口の水平線上にポツンと黒い点が見え、しだいに大きくなって、水色のほっそりしたU一七六号が水道に入ってきた。

海上交通破壊という意味ではUボートの先輩にあたるエムデンが撃沈した露艦ゼムチウクの位置浮標のことは、前にも紹介したが、U一七六号はその付近で大きく回頭して桟橋に近づいた。さすがに長途の航海で、船体の塗料ははげ、疲れの色を見せているが、満艦飾のように旗を掲げているのが、海上の花のようであった。

Uボートは入港するとき、その作戦行動中の戦果、すなわち撃沈隻数だけの旗を掲げる習

手前の僚艦・伊166潜に見送られインド洋通商破壊戦にペナンを出撃する海大Ｖ型の伊165潜海大Ｖ型は昭和７年竣工で 排水量1575トン、全長97.7m、速力水上20.5ノット 水中8.2ノット

慣がある。Ｕ一七六号は七つの旗をあげていた。牛のように、のっそり黙って入港してくる日本の潜水艦にくらべて、なにか心憎いまでにスマートな演出である。近ごろいわれる〝文化の差〟というものであろうか。艦橋に立っている艦長ドメス大尉は、頬から顎にかけて、五月人形の鍾馗のような髭をたくわえていたが、行動中は髭を剃らず、入港して剃るという、彼らのこれまた伝統であった。

すばやく横付けを終え、二万浬の波濤を征服したこの潜水艦に休憩をあたえた艦長は、乗員全員を桟橋に整列させた。まるでスイッチを切って自動車から降りて来るような気安さで、見事なシーマンシップであった。桟橋にはエルハルト武官をはじめ、ドイツ基地隊員、市岡司令官および日本海軍将兵多数が整列してこれを迎えた。ペナン政庁より派遣された吹奏楽団の両国国歌吹奏がすむと、市岡司令官の歓迎の挨拶があった。

「ここに赫々たる戦果に輝くU一七六号を迎え、艦長以下乗員の元気な風貌に接することは、私のもっとも欣快（きんかい）とするところであります。われわれは諸君の戦友として、ペナン基地において諸君の必要とする便宜を最大に供与せんとするものであります。云々」

桟橋の炎天に立たされたドイツの水兵たちは、青い顔を緊張させて、はじめて聞くらしい日本語に聞き入った。艦長以下は小柄で、一般にヨーロッパ人の観念からすると貧弱な体格であり、若年兵の多いのも目立った。そのころ、ドイツは相当無理な動員をしていたものと見える。

翌日、ドメス艦長は髭のない顔で八潜戦司令部を訪れ、作戦行動の大要を説明した。七隻撃沈という戦果は、彼が相当いい腕だという証拠であるが、彼は商船士官の出身で、商船の航路など明るかったということがあるのかも知れない。体軀堂々たる偉丈夫であったが、鳶色（とびいろ）の目は柔和な光をたたえていた。まもなく彼は少佐に進級し、艦長の地位を先任将校にゆずり、シンガポールに転出したエルハルト少佐の後任として、ペナン駐在兼基地指揮官となった。

U一七六号が入港後、ほとんど修理工事のないという報告も、日本側を驚かせた事実であった。艦内はきれいに整頓され、夕方になると、オフィスの事務員が退社するように、一人か二人の番兵を残して、みな上陸、休養した。日本の潜水艦が入港後、手術台の病人のように、寄ってたかって手当されているのに比較すると、大変なちがいである。

これから二、三日後、司令官の主催でドメス艦乗員歓迎の園遊会が催された。この行事はペナン名物のようになり、Uボートが入港するたびに行なわれたが、第一回目はとくに印象深く私の頭に残っている。

瀑布があるので〝ウォーターフォール・ガーデン〟と呼ばれるペナンヒル山麓の植物園の広い芝生に、いく張りかのテントを張り、ビール、アイスクリーム、ケーキ、果物、サテー（マレー式やきとり）等の模擬店をつくり、接待には邦人婦人会、現地婦人会などの応援を依頼した。

これを連合軍側から見れば、インド洋潜水艦の巣窟ペナンで、海狼たちの酒宴がはじまったわけだ。けれども、実際はそんないやらしいものではない。なごやかで社交的なものだった。いろいろな余興もあったが、ドイツ人の合唱は素晴らしかった。約二十名が円陣をつくって、中央の指揮者がタクト代わりに指をひとふりすると、伴奏もないままに美しいハーモニーをもった男性合唱がはじまった。それは歌劇タンホイザーのなかの「巡礼の歌」や、ウエーバー作曲「狩人の歌」などであった。

昭和十八年九月には、イタリアが枢軸の陣営から脱落し、ゴム、スズ等、マレーの特産物輸送のためシンガポールに来ていたイタリア潜水艦（輸送専門）二隻は、日本海軍に拿捕された。地中海は連合軍の海となり、Uボートはますます追われて、ぞくぞくと魅力ある猟場〝インド洋〟に集まってきた。ドイツ本部の広間の壁には、ドメス艦長を先頭に、つぎつぎと入港した各艦長の写真がズラリと並んだ。

小柄で丸顔のA中佐、セイロン島のツリンコマリー軍港入口まで入って港内を偵察したという勇敢なT大尉、二枚目の俳優のようなH大尉等。それから、ペナン入港とともに胸に鉄十字章を飾られた優秀な潜水艦長シュネーベンド大尉。シュネーベンド大尉は、先に野村直邦大将をのせたU五一一号の艦長として日本回航の任務が終わると、U三二六号の艦長としてペナンにやって来たのであった。やせて背の高い、どこか東洋的なムードをもった温和(おとな)しい士官で、父はシンガポールに、母は日本にいるという運命の児でもあった。

Uボート艦長の写真はしだいに増して、十枚にもなったが、同じ広間に掲げられた世界地図上のドイツの占領地域は、だんだん小さくなっていった。

日独協同作戦

言い忘れたが、Uボートのペナン進出とともに、八潜戦司令部にはドイツ語の通訳工藤氏が配員され、ドイツ軍の方にも西川（西川ふとんの一族）、のちに秋山という通訳が加わった。それでもドイツ側は満足しなかったのか、あとになって、日本で日本語を勉強してきたというケルン大尉がやってきた。そうして、われわれは会食をし、日独合同研究会をひらき、園遊会をやった。暇があると、先任参謀の有泉中佐はドメス少佐を誘って、猟銃をかついで鳥打ちや野猪狩りに出かけた。しかし、出かけるときの物々しさや意気込みに比して、獲物は少なかった。

海上の戦果も、これと似たようなものであった。一行動中の最大戦果は、Uボート七隻

ペナンを出撃する伊10潜（甲型／16年10月末竣工）。18年９月から10月にかけてアラビア半島南岸アデン湾方面で通商破壊と飛行偵察に任じた。19年６月28日以降サイパン海域で消息不明に

（約三ヵ月間）、日本五隻（約二ヵ月間）であり、ぜんぜん戦果のないこともあった。いま、ここで戦果何隻、何トンと数字をあげることは意味がないように思える。要するに、海上交通を破壊したかどうかが問題である。ヒトラーは商船の要員を殺傷すればいいというのだから、これにはちょっとついていけない。

連合軍の造船能力は、野鳩や野猪の繁殖力のようにたくましく、とても潜水艦の撃沈トン数でこれを凌駕することはむつかしいようであった。終戦時、米国の保有船舶は千二百万トン、うち六百万トンが実動であった点からみても、とても日独の潜水艦で連合軍の海上交通を麻痺させることはできなかったことがわかる。結果だけから考えれば、まるで米英の敵愾心をあおるために、商船を撃沈したようなものであった。

日独戦果の比較では、それはもちろん、日本の方が多い。参加潜水艦は日本が十一隻、ドイ

ツが十隻であったが、行動の延べ隻数は日本の方がずっと多かったからである。日本の方は交通破壊のほかに、いろいろなことをした。小型潜はカルカッタ沖に機雷を敷設したし、海大型と巡潜の一部は対印工作（後述）に協力した。また、伊一〇潜は搭載機によるスエズ地峡の偵察などを実施した。それらに時間と力を費したことは大きく、交通破壊の能率を下げたこともあった。

対印工作について一言しよう。この仕事は、インド国内に潜入せんとする諜者を潜水艦で運び、夜半ひそかに陸岸に近づいて、ゴム浮舟で揚陸するものである。情報取得、国内攪乱が目的であった。これらの要員はみなインド人で、彼らはそのころ、ペナンのグリーンレーンの椰子林の中にあった独立インド国民軍の諜略学校であるスワラジ学院で教育されていた。短期ではあるが、陸軍の「光機関」が指導して、ひととおりの教育をさずけていたようである。けれども、敬礼などの外観に似ず、どことなく目に力がなく、頼りない工作員であった。

八潜戦の潜水艦で投入した数は約四十名、これを数回に分けてやったわけだが、結局、大した成果はなかった。無線機の不備やその他いろいろな事情はあったであろうが、要するに日本としては骨折り損であった。まあ、考えてみれば、この戦争そのものが骨折り損であった。

骨折り損のもうひとつの例は、日独作戦海域の区分設定である。はじめ東京では、作戦海域を区分しようという頭が強く支配していたため（日本人の閉鎖性のあらわれかも知れない）、その必要はないというベルリンを説きふせて、次のように海面を区分した。

一、昭和十六年十二月十六日付＝Uボートは原則として概ね赤道以南および東経七〇度線以西に行動する。

二、昭和十八年十月四日付＝東経七〇度線を境界とし、同線以東を日本、以西をドイツとする。ただし必要に応じ右限界に拘らず作戦することを得。

右の協定は、両国潜水艦の行動を掣肘することは全然なかった。ということは、ドイツ側の言い分が正しかったのだ。潜水艦作戦において、日本では作戦海域や襲撃方向などを重視したが、ドイツでは大西洋では狼群襲撃と称して、これらに関係なく攻撃する実際的方法をとっていたようである。

協同作戦にもっとも関係ある通信はどうであったか。

ドイツはペナンに通信基地を設定した。むろん、受信機は自分のものを使ったが、送信機は日本のものを貸与した。通信系は日独別個のものである。協同暗号書は、チルピッツ、トーゴーの二つが準備されたが、実際にこれを使うほど緊密な協同はしなかった（ちなみに、遣独潜水艦は別の協同暗号書を使った）。味方識別信号も定めてあったが、使用されたことはなかった。要するに、両国潜水艦は協同作戦とはいっても、別々の指揮のもとに別々の作戦をしたわけである。しかし、配備等はお互いに睨み合わせて行ない、協同の実はあげられたものと思う。

それでその年、すなわち昭和十八年のクリスマスには一杯やろうということになった。クリスマスイブの夜、日本の士官たちはドイツ側の招待をうけた。戦時中でも、ちゃんと印刷された招待状を受けとったように覚えている。

雪は降らないが、白い軍服を着て迎えるホワイト・クリスマスだ。ブーヘ式の冷たい料理といろいろな酒が用意されていた。酒をのむと、顔の傷痕が赤くなる副官のフォーゲル中尉が、学生時代の決闘の自慢をした。彼はなつかしい故里や少年時代を想い浮かべるような眼をしていった。

「戦争がわれわれを放浪させる。われわれはいつの日に平和なクリスマスを迎えられるだろう」「戦争がすんだら、是非ドイツへ来てください」

それから誰かがピアノをひき、歌をうたい、南十字星下のクリスマスイブは更けていった。

防諜と宣伝について

昭和十九年の新年がきた。常夏の国の正月にはなんの感激もない。マレーは乾季に入って、やり切れない暑さがつづいた。ゴムの木の葉が赤く紅葉し、街路樹の葉が風に散った。マレーの秋ともいうべき時季である。太平洋方面の戦況にも冷たい秋風が吹きまくった。二月にトラック、三月にパラオが大空襲をうけた。インド洋でも厄日がつづいた。伊二七潜が消息を絶った。何回かの出撃で輝かしい戦果をあげた、もっとも優秀な艦長の一人である福村利明中佐は帰らなかった。呂一一〇潜（艦長、江波戸和郎少佐）も帰らなかった。

四月にはドイツのUIT二四（イタリア潜水艦を改造したもの）が、ペナン沖で撃沈された。ペナンが潜水艦基地として防諜上の問題のあることは、ドイツ側に指摘されるまでもなく、日本の方も心をくだいていた。私のペナンにおける任務は、通信と情報だから、当然、防諜や宣伝にもかかわるわけで、私がペナンの主のように長く頑張っていたのも、そのためであった。

ペナンにいた九根司令部はサバン（スマトラ島）に進出したが、先任参謀日高中佐は大佐に進級、ペナンに帰って「潮機関」（防諜を任務とする）を設立し、その機関長になった。潮機関は、しばしば現地の要人や社交界の人々との会合をもったが、私はいつも同席して現地の人々と親密になり、信頼度を深めていった。

現地の人々とは土地の有力者で、ほとんど華僑であった。マレーシアの独立後は、マレー人が政治的に優位に立ち、いわゆる〝ブミプトラ〟（土地の息子という意味）政策が施行されたが、当時はそんなものはなく、活躍しているのは、経済力のある華僑だけであった。職業は銀行の経営者、弁護士、資本家などで、英国に留学した人も多かった。シンガポールにおいては、陸軍が華僑対策の大失態を演じて反日空気が強かったのに反し、ペナンでは一般に親日的であった。その相違は目立ったが、これは日高大佐らの努力にもよるが、潜水艦関係者、というより海軍の人々がわりあい広い国際感覚をもっていたからでもあろう。

そこで思い出すのは、司馬遼太郎氏の「海軍の人々は異種の文明を体験されている」という言葉で、戦時中も海軍兵学校では英語の教育をやめなかったことは有名であるが、そういう幅広い物の見方が海軍の人々にはあったからであろう。現在、日本では国際性の必要性が叫ばれ、海外では日本の閉鎖性が批判されているが、ペナンにおける日本海軍のことはもっと宣伝されるべきであろう。

さてそれでは、当時の宣伝についてはどうであったろうか。

戦時中、海軍の報道班員になられた多くの方が、ペナンを訪問、または滞在しておられる。石川達三氏はそのことを日経の『私の履歴書』で触れており、私の名前もあげておられる。山岡荘八氏は潜水艦に乗りたいという希望があり、私が努力してそれが実現し、のち『海底戦記』という本を書かれた。山岡荘八氏は内地帰還の潜水艦に便乗されたが、作戦行動中の伊一〇潜に乗ったのは日本映画社の十人で、映画「轟沈」は、そうして作られた。昭和十八年の九～十月で、監督の渡辺義美氏はのちフィリピンで戦死されたが、助監督の岡田弘氏はいまも活躍中である。

末期の苦悩

昭和十九年八月、インパール作戦は失敗し、その悲惨な噂がペナンに伝わるころには、多くの潜水艦は太平洋に転戦するためペナンを去った。これでインド洋交通破壊戦はほぼ終了と見られ、十月には、英機動部隊がニコバル島方面に出没しはじめた。越えて昭和二十年一月十一日、昭南（シンガポール）は初めて敵機の空襲を受けた。

また、落葉の季節が訪れた。海岸の並木道を車で通ると、フロントガラスにカサカサと落葉が鳴った。フランシス・ライトが初めてペナンを経営したころ植えたと思えるこの大木、インド紫檀（したん）の並木は、大空に大きな枝を思い切りのばしていた。この並木のように、この土

18年４月、マダガスカル南西洋上で独海軍Ｕ180と会合、ベルリン亡命から帰国する印度人チャンドラボース（眼鏡）を移乗させた伊29潜。その後、伊29潜は遣独潜水艦としてロリアンを往復して、シンガポールから呉へ回航中の19年７月26日、バシー海峡で米潜の雷撃により沈没した

地に根を下ろして、じっと戦争の成り行きを凝視しているものがあった。現地の住民たちである。

ときどき、空襲警報のサイレンが鳴った。不安そうな彼らの目が、窓から、木かげから、路上から空を見上げた。欧亜混血児（ユーラシアン）たちの間には「パパのお帰り」という言葉がささやかれ出し、英印軍上陸のデマがとんだ。夜になると、ペナンヒルに無気味な信号めいた火があがり、憲兵隊は捜索にやっきになったが、無駄だった。

ときどき、米機空襲のデマがとんだ。おびえた彼らは荷物を持ち、車をおして、郊外のアイエルイタム（黒い水という意味の地名）の方へ向かった。ひとりが急ぐと百人が走った。そしてついには、大群集となって、落葉が風に吹かれるように殺到した。商店は店を閉め、街は静まり返った。

翌日になると、街はこの騒ぎをケロリと忘れたように元の表情にかえったが、現地人二十万人のすべての人々の心の奥に、不安と日本にたいする不信とが、少しずつ滓のように残った。

二月三日、ペナンはついに米機による爆撃の洗礼をうけ、政庁と海軍工作部が被害をうけた。北フランスに上陸した連合軍は漸次進出して、ドイツはもはや最後のところまで追いつめられていた。

日本語の話せる情報将校ケルン中尉は、毎日、情報をもって司令部を訪れた。彼はペナン沖で沈没したUIT二四号に乗っていたが、救助に赴いた日本の駆潜艇に他の二十名とともに助けられた。水からあがった彼は艇長に向かって開口一番、「まったく惜しいことをしました。二万語ばかり集めた日本語の蒐集帖をなくしました」といった。この言葉はわれわれを唖然とさせた。祖国はあぶないし、乗った艦が沈没したというのに、日本語の蒐集帖がどうしたというのだ！

なるほど、艦は沈没した。しかし、祖国ドイツが敗れるとは彼は考えていない。「ヒトラー総統は最後には必ず勝ちます」彼はその日本語を繰り返した。あるときには、彼は日本士官との会合で、N.N.W.W.(Nur Nicht Weich Werden)＝(決して弱くならない)と書いて示し、これがドイツ海軍のモットウですといった。そして、さしあたり日本語では「打ちてしやまん」といいますか、といった。

そのころ、ドイツ本国ではシュノーケル、すなわち呼吸管のついた潜水艦がつくられ、その一艦がペナンにも来た。水中で二十ノットも出すという画期的発明である。ドイツはこの潜水艦に最後の希望を託し、その大量生産に着手していた。

しかし情勢は日一日と悪化し、昭和二十年四月二十日、総統の誕生日もむなしくすぎ、五月七日、悲壮な運命交響曲は遠く海外にいるドイツ人の耳朶を打った。

降伏したデーニッツ元帥から海外のUボートにたいし、「危険物を海中に投棄して、最寄りの連合国の港湾に入港せよ」との指令があった。この電報はペナンの電信所から長時間にわたり中継放送された。

インド洋を行動中のUボートからは「電了解、ドイツ民族に祝福あれ」の意味をいろいろな表現に託した電報を最後に、それぞれの艦が消息を絶った。しかし、シュネーベンド大尉のU三二六号からは何の応答もなかった(沖縄戦に出現した国籍不明の潜水艦がそれであるという噂もある)。

Uボートに便乗してドイツから帰国の途にあった友永英夫造船中佐、庄司元三造船中佐は連合軍に捕えられる直前、服毒自殺した。昭南では、二隻のUボートに日本の軍艦旗が掲揚され、ペナンでは指揮官グルーツマッヘル大尉以下約五十名の基地員を、武装解除してマウントプレジャーホテルに収容し、ここに日独協同作戦は幕を閉じた。

ペナンの終戦

協同作戦は幕を閉じた、と書いたものの、実際にはもう日本の潜水艦はインド洋にはいず、昭和二十年二月二十日付で八潜戦は解隊し、司令部は魚住司令官以下、そのまま第十五根拠地隊司令部となっていた。私は前年の十一月一日付で中佐に進級、十五根の先任参謀兼第十一潜水艦基地隊司令になった。

ドイツが降伏してまもなくの五月十六日、昭南にいた軍艦羽黒は、出撃して英機動部隊と交戦、撃沈された。夜半、望楼から、羽黒交戦の火が見えるという知らせがあったくらいだから、そう遠くではあるまいと思った。艦長は杉浦嘉十少将で、私の中学（愛知県岡崎市）の先輩でもあり、親類でもあった。友軍のドイツを失い、先輩を失い、私は悲壮な心境であった。

そのうえ、現地人たちの心がしだいに日本を離れていくのを感じて、なんともやり切れない気持であった。われわれは英語のできるアメリカ生まれの二世二名で敵信班をつくって、暗号解読と情報取得をしていたが、夜中には、私もニューデリーの放送を聞くことがあった。BBCの中継らしいオーケストラなどが耳に入ってくると、それが敵の誇示する物量のように重く心にのしかかってきて、寝苦しい夜がつづいた。

三月二十八日、阿波丸が昭南を出港して日本に向かってからは、海上の交通はとだえてしまった。そして、われわれの任務は、軍民合わせて四千人の日本人とともにペナンを防衛する以外にはない、ということであった。

ペナンヒルの頂上に電探を置き、谷に横穴を掘って食料を貯蔵し、沈没船の備砲を引き揚げて山上に運ぶことにした。しかし、この程度の防備で防げるはずはなく、もし敵がくれば、玉砕は覚悟しなければならない。

ペナンヒルに登るにはケーブルカーがある。私は白いヘルメットをかぶり、防暑服を着て、たびたび山に登った。ケーブルカーは、岩石の多い急な斜面を切り開いて架設されている。麓には、水源地から流れ出た谷川が音をたてて流れ、火炎樹の燃えるような赤い花や、ブーゲンビリアの薄紫が、ゴムや椰子の林を色どっていた。その中をゴンドラはゴットン、ゴットンとゆっくり登ってゆく。羊歯の茂る灌木林の中腹までくると、視界が開けて、目の下にペナンの市街が一望に見渡される。

頂上は、いつも風が吹いていて、羊歯の葉が鳥の羽根のようにはばたき、頭の上には大きな白い雲が浮いていた。島の南には、獣の皮の脚のように二つの半島が突き出し、藍を流したようなマラッカ海峡が見え、西側は山の裾が海にせまって、インド洋のうねりが、呼吸するように岩に打ち寄せていた。

そして、ついに八月十五日、終戦となった。八月二十八日、英国東洋艦隊がペナン沖に入港し、「連絡参謀を送れ」と要求してきた。私は、司令部付の矢口少佐、神田通訳とともにキャッチャーボートで出かけた。英艦隊は機雷を恐れてずっと沖にいたので、三時間もかかった。

途中まで行ったとき、駆逐艦が一隻近づき「白旗を掲げよ」とメガホンで怒鳴った。ふん、そうか、こちらは敗戦が初めてなもんで知らないんだ、と言いたかった。白旗は用意してなかったので、私のハンカチをマストに掲げた。英国の旗艦に近づき艦尾を見ると、ネルソンと書いてあった。ああネルソン。私が海軍兵学校に入ったころ、何度その名前を聞かされたことであろう。ロドネイ、ネルソンといえば、当時（昭和のはじめ）、世界第一級のスーパー・ドレッドノート巨艦の名前であった。

ネルソン座乗の司令長官はウォーカー中将であった。右手がなく、太い真鍮のフックがワイシャツからのぞいていた。私は長官室で、海陸空よりの攻撃を停止するという文書に署名した。これが、日本の西部戦線降伏劇の幕あきであった。その日、ニューデリーの放送局は、私が瀟洒な白服を着た態度の立派な士官であったと放送したそうである。変な国威発揚である。

つぎの日、海軍士官クラブの従業員たちが各自に金を出し合って、われわれの送別会を催した。私は司令官について出席した。びっくりするぐらい立派なご馳走が並べてあった。宴がはじまると、最年長の欧亜混血の娘が立ち、あらかじめ用意された原稿を出して読みはじめた。

「閣下ならびに皆様、私たちは長い間、あなた方日本人と親しくしてまいりましたが、いよいよお別れしなければならない時がまいりました。私たちは生きている間はお会いできないかも知れませんが、せめて死後、天国でお会いできるのを……」このスピーチは英語で行なわれたが、通訳にあたったクラブの吉田支配人は、ここまできたとき、急に「くくく」と奇妙な声を出し、嗚咽（おえつ）して声が出ない。私はすぐ立ってあとをつづけたが、何をいったか、よく覚えていない。

九月三日、英海兵隊がペナンに上陸し、五日、われわれは島を撤退して、マレー本土に向かった。よく晴れた朝であった。曳船数隻に兵員と民間人を満載し、小蒸気船がこれを引いて、のろのろと対岸に向かった。「さようなら、ペナンよ」船がしだいに岸を遠ざかると、ペナンは熱帯の陽炎の底に沈んだ、平和なさびしい町に見えるのであった。

中部太平洋における潜水艦作戦の現実

呂四一潜艦長として実施したマーシャル方面作戦輸送と「あ」号作戦

当時「呂四一潜」艦長・海軍少佐　坂本金美

ギルバート作戦

昭和十七年八月にはじまったガダルカナル島攻防戦は、昭和十八年二月の日本軍の撤退をもって終わった。その後、作戦準備をととのえた連合軍は、六月末、中部ソロモン諸島のレンドバ島に上陸、同時に東部ニューギニアのラエ南方に上陸して、南東方面における反攻を再開した。

連合艦隊司令長官は主作戦を南東方面に指向し、その他の方面は防備を強化するよう命じた。しかし連合軍の反攻は激しく、中部ソロモン諸島を攻略、十一月一日にはブーゲンビル島中部のタロキナ岬に上陸して北部ソロモン諸島を制圧、ラバウルに対する航空戦を強化した。一方、東部ニューギニア方面でも日本軍の苦戦はつづき、九月下旬ラエ、サラモア地区を撤退し、フィンシュハーフェン方面で激戦を展開していた。

坂本金美少佐

連合軍は北部ソロモン諸島およびダンピール海峡を制圧して、ラバウルの包囲態勢を強化し、その孤立化を進めていたのである。この間、第四艦隊司令長官の指揮する内南洋方面部隊は、トラック諸島を主基地として南東方面への補給任務をつづけながら、東はウェーク島から東西カロリン諸島およびマリアナ諸島をふくむ広大な海域の防備強化につとめていた。右のような情勢下に、アメリカ軍は中部太平洋方面に対する進攻を開始した。すなわち昭和十八年十一月十九日、米機動部隊はギルバート諸島方面に来襲、二十一日にはタラワ、マキン両島に上陸した。空母戦力を欠く連合艦隊水上決戦兵力は、反撃を企図することができず、潜水部隊に同方面集中を命ずるほかは、わずかな陸攻隊をマーシャル諸島方面に増派したにすぎない。タラワ、マキン両島守備隊は、力戦よく敵に多大の出血を与えたが、二十五日には玉砕するにいたった。

第六艦隊司令長官・高木武雄中将は、トラック在泊の旗艦香取にあって、中部太平洋方面の潜水艦戦を直接指揮していたが、南東方面潜水艦輸送や印度洋交通破壊戦のための派遣兵力が多く、中部太平洋方面に充当できる兵力はきわめて少なかった。第六艦隊司令長官は、行動中の潜水艦五隻に同方面に急行するよう命ずるとともに、トラック在泊中の可動潜水艦四隻に出撃を命じた。この九隻の潜水艦が、ギルバート諸島方面に集中されただけであった。

同方面における潜水艦戦は、敵の要地に近い海域に旧来の散開線を構成して、敵艦船の捕捉につとめた。しかし、敵情に応じてひんぱんに散開線の移動を命じた。まるで、図上演習のような作戦指導であった。その結果、十一月二十四日、伊一七五潜（艦長田畑直少佐）が米護衛空母リスカムベイを撃沈する成果を得たが、九隻中の六隻が未帰還となった。帰還した三隻も爆雷攻撃を受けて損傷、修理を要する状況であった。

戦果に比し被害が甚大であった点について、第六艦隊司令部はその作戦指導の跡を反省し、その原因探究につとめた。そして、次のような結論に達した。

一、敵の進攻地点、進攻時期の判断を誤ったため、潜水艦は作戦参加に時間的余裕がなく、かつ行動能力の限度近くに達した潜水艦をも、作戦に従事せしめざるを得なかった。

二、可動潜水艦が少数のため、新造潜水艦で就役後の日数が少なく、乗員の訓練が十分とはいいがたい潜水艦をも、苛烈な戦場に投入した。

三、敵の対潜警戒がとくに厳重な局地攻防戦において、とりわけ警戒厳重を予想される目的地の近海に、比較的多数の潜水艦を集中した傾向があった。

四、敵情の変化に応じて潜水艦配備を変更するのは当然であるが、本作戦においてはその移動が過敏であり、無駄な移動を強い、その結果、潜水艦伏在面を敵に曝露した虞れなしとしない。

五、敵の対潜兵器の進歩は予想されるが、その具体的状況は得られていない。

司令部の結論は右のとおりであったが、実施部隊の指揮官および幕僚の一部には、右のほか、潜水艦の根本的使用方針の変更、すなわち交通破壊戦に重点をおき、これに指向すべしとする意見（従来しばしば論議された）が出されたという。

この第六艦隊司令部の反省は、不徹底といわざるを得ない。しばしば敵情報告を求めるなど、潜水艦の電波輻射に対する関心に欠けていたことなど、さらに反省を要する点が多かった。しかし、もっとも重視すべき点は、米軍の対潜能力、とくにレーダーに対する認識が浅かったことである。

潜水艦は敵地に行動中、昼間は潜航、夜間に浮上して哨戒しながら充電する戦法をとっていた。しかし、昭和十八年中期以降は夜間に敵のレーダーに発見され、突如、攻撃を受けることが多かった。このことは、私が呂一〇〇潜艦長としてソロモン方面に作戦中、身をもって体験し、多くの戦例も聞いた。レーダーの脅威を強く感じていたのである。昭和十八年六〜七月ころ、アリューシャン方面に作戦した潜水艦が霧のなかで突然砲撃を受けたことは、しばしば報告され、とくに伊七潜が霧中の砲撃を受けて悲壮な最後を遂げた状況は、詳細に報告されていた。第六艦隊司令部は当然、このことを承知していたはずである。

それでは、日本の潜水艦はどのような戦法をとるべきであったのか。

ドイツ潜水艦はイギリス軍の警戒厳重なビスケー湾を突破するとき、昼夜とも潜航して黎明、薄暮に浮上充電する戦法をとっていた。この状況は、訪独潜水艦の伊八潜により報告されている。あとで触れる伊四一潜がブイン輸送に成功したとき、同じような戦法をとったという。

キスカ島輸送に従事した伊三六潜は、さらに徹底した戦法をとった。艦長は歴戦のベテランである稲葉通宗中佐である。彼は潜航して聴音機による哨戒を行ない、聴音能力からみて三十キロ（約十五浬）以内に敵のいないことを確かめて浮上し、約五浬（かいり）進んだところで潜航、同じ方法で少しずつ前進するという「のろのろ航法」というべき戦法をとった。

夜間に浮上して充電するのが危険となった状況で、どういう戦法をとったらよいのか。六艦隊司令部にはこれについての関心はなく、各潜水艦長の判断や工夫に委ねられているのが実情であった。

マーシャル作戦

昭和十九年一月三十日、米機動部隊はマーシャル諸島に来襲、早朝から各要地は砲爆撃をうけ、明くる三十一日には、アメリカ軍はクェゼリン環礁のルオット、クェゼリン両島に上陸した。孤立無援の両島守備隊は二月六日に玉砕した。

両島の喪失によりミレー、ヤルート、ウォッゼ、ブラウンの各島は敵中に孤立し、各基地は食糧自給態勢のとれない孤島になった。これは昭和十八年九月に大本営が設定した絶対国防圏（千島、北海道、小笠原諸島、マリアナ諸島、東西カロリン諸島、西部ニューギニア、ビルマを結ぶ圏域）への、連合軍の攻勢が目前に迫ったことを意味した。

米軍はつづいてメジュロ島を占領、同環礁を基地として次期作戦準備を行なうとともに、その強力な機動部隊をもって内南洋の各要地を空襲した。最初に大空襲をうけたのはトラック諸島で、二月十七日の早朝から夕刻まで終日激しい艦上機の空襲をうけ、所在の基地航空兵力は壊滅的打撃をこうむった。翌十八日も早朝から三次にわたる空襲をうけ、二日間にわたる艦船の被害は沈没四十隻に達した。

18年11月24日、ギルバートで空母リスカムベイを撃沈した伊175潜の艦首。13年12月竣工の海大Ⅵ型。潜舵とその上部ガードと錨、片舷２門の発射管に円弧状水中聴音機の発信器が見える

このトラック初空襲は航空機、艦船の被害が甚大であっただけでなく、連合艦隊の作戦に大きな影響を与えた。すなわち南東方面の作戦に、最大の前進基地としての役割を果たしてきたトラック諸島は、わずかな基地航空兵力を有するだけで、前進基地としての機能を失った。かくして連合艦隊司令長官は、南東方面航空兵力のトラック方面への集中と、南東方面部隊の潜水艦（小型潜水艦）の、先遣部隊（連合艦隊兵力部署による第六艦隊の呼称）への編入を発令した。これでラバウルは完全に孤立するにいたった。なお二月十八日、米軍はマーシャル諸島北部のブラウン島を占領している。

ついで、米機動部隊は二月二十三日にマリアナ諸島を、三月三十一日、四月一日にかけてパラオ方面を猛襲した。この

とき、連合艦隊司令部の搭乗した飛行艇二機がパラオからダバオに向かう途中に遭難し、古賀峯一長官以下多数の幕僚が殉職した。さらに米機動部隊は四月末、再度トラックを空襲した。

ギルバート作戦を反省した先遣部隊司令部は、

一、ギルバート諸島方面作戦における潜水艦の被害が甚大であったのは、作戦指揮の失敗であって、警戒厳重な局地戦に多数の潜水艦を投入することは、戦果の増大も期し得る一方、被害も甚大である。

二、敵は攻略作戦の進展にともない、後部補給線の拡大を来たすをもって、次期作戦までの間、潜水艦兵力の温存蓄積を期する意味においても、比較的警戒の薄い後方補給線に作戦目標を指向するを可とする。

との情況判断にもとづき、南太平洋方面に作戦させる方針を採った。この方針にもとづく作戦は、昭和十八年十二月下旬から十九年二月下旬まで、大型潜水艦一隻、中型潜水艦四隻をもって実施されたが、成果は撃沈＝油槽船二隻、未帰還＝大型、中型潜水艦各一隻で、芳しいものではなかった。

昭和十九年一月末の米軍のマーシャル諸島への来攻により、先遣部隊指揮官は二隻の潜水艦を派遣したが、二隻とも未帰還となった。そのうちの一隻は、ギルバート作戦で護衛空母を撃沈した殊勲の伊一七五潜である。またマーシャル諸島への来攻により、先の新作戦方針による潜水艦戦はとりやめざるを得なかった。

敵機動部隊を求めて

既述のように、先遣部隊（第六艦隊）指揮官はトラック在泊の香取にあって潜水艦作戦を指揮していたが、将旗を移した平安丸が二月十七日の空襲で沈没、潜水艦基地隊に将旗を移揚していた。

なお香取（艦長小田為清少佐）は、内地へ向け出港直後の十七日早朝、トラック北水道付近において空襲をうけ、ついで戦艦などの砲撃により沈没した。その砲は最後まで戦いをつづけ、壮烈な最期であったという。

当時、先遣部隊は南東方面部隊へ潜水艦作戦輸送用に優先的に約五隻を派遣し、第八潜水戦隊は南西方面部隊にあって印度洋作戦に、さらに一部を北東方面部隊に派遣しており、その兵力はいちじるしく減少して、可動潜水艦はつねに数隻にすぎなかった。このわずかな潜水艦をもって、マーシャル諸島の孤島への補給も必要であり、とても組織的な作戦を実施できる状況ではなかった。しかも、米機動部隊は内南洋方面要地をつぎつぎと空襲し、猛威をふるっていた。

先遣部隊指揮官は、米機動部隊の状況に応じて潜水艦の配備を定め、ひんぱんな移動を命じ、これが捕捉につとめた。しかし、わずかな潜水艦で高速の機動部隊を捕捉することは不可能に近い。各潜水艦は、いたずらに東奔西走するだけで、ぜんぜん成果を得ることはできなかった。私の乗艦であった呂四一潜（昭和十八年十一月二十六日竣工の中型）の行動をふり返ってみると、その状況は明らかである。いかに敵機動部隊を求めて走りまわったかがわかる。

呂四一潜が新造後の就役訓練を終えてトラックに進出したのは、昭和十九年三月十四日であった。三月十五日朝、ヤルート〜メジュロ間にあった呂四二潜は、空母、戦艦をふくむ大部隊を発見報告した。この報に接した先遣部隊指揮官は、行動中の四隻の潜水艦の配備を定めるとともに、トラック在泊中の可動潜水艦三隻に出撃準備を命じた。この命令は「この大部隊はタロキナ方面に対する増援部隊の算なしとせずといえども、南東方面より迂回し来るトラック攻撃の算大」との判断にもとづくものであった。

三月十七日、大型機によるトラック空襲があり、配備にあった伊三二潜が小型機を発見した状況から、トラックまたはポナペ（トラック東方）へ来襲の算大と判断、先の四隻の配備を変更し、トラック在泊の三隻に出撃を命じた。十八日、米空母艦上機向けの電波感度大であって、機動部隊がトラック近海に在る算大と判断、呂四一潜の配備は一二〇度方向三十浬に変更された。

三月二十日、ニューアイルランド東方海面に米機動部隊出現の報があり、トラック、ポナペ方面は依然として警戒が必要であると判断、呂四一潜などの配備を一八〇度方向に百浬の移動を命じた。二十二日になっても敵情を得ないので、呂四一潜は、ヤルート東方海面の配備を令せられ、配備点へ向かった。

明くる二十三日、ウォッゼ島へ輸送中の伊三二潜が、午後六時ヤルート北方六十浬において空母をふくむ大部隊を発見、二十五、六日、ポナペ島南方に達する算大と判断した先遣部隊指揮官は、各潜水艦に邀撃配備を命じ、呂四一潜はポナペ島南方の配備についた。二十五日になっても敵情を得ないので、呂四一潜は、令によりヤルート東方海面の配備へ向かった。

この配備からトラックへ帰投したのは四月十八日であって、出撃以後、全然敵を見ることはなかった。この日、索敵機がトラック南方四三〇浬に米機動部隊を発見、先遣部隊指揮官はトラック在泊の可動潜水艦に出撃を命じた。呂四一潜は月夜の南水道を出撃した。静かな月夜であった。リーフの位置を確かめながら出撃したときの南の海は美しかった。

その後、敵情を得ず、翌日には帰投を命ぜられた。

つぎに呂四一潜が出撃したのは、四月二十五日であった。休む暇もない。配備は明らかでないが、連合軍のホーランジア来攻によるニューギニア北方海面である。この日、先遣部隊指揮官は後述の龍巻作戦のため内地へ帰還することとなり、前線にある潜水艦の指揮を第七潜水戦隊司令官（大和田昇少将）に命じている。

四月二十九日、敵機動部隊発見の報により、第七潜水戦隊司令官は、ニューギニア北方海面配備の四隻（呂四一潜、呂一〇四潜、呂一〇九潜、呂一一二潜）をもって乙潜水部隊を編成、その配備をメレヨン島（ウォレアイ環礁／パラオ東方マリアナ南方の西カロリン諸島）南方に命じた。この敵機動部隊は、乙潜水部隊の配備方面には現われず、明くる三十日、トラック諸島を空襲して去った。

結局、メレヨン島南方の散開配備は無為に終わったが、乙潜水部隊指揮官は私であり、太

呂41潜と同型(中型／潜中)の呂46潜。昭和19年２月竣工。排水量960トン、全長80.5m、速力水上19.8ノット水中８ノット、発射管４門。通商破壊に最適の艦型だったが、艦隊型補助兵力として使用され同型18隻中の17隻が戦没。呂41潜は20年３月、呂46潜は４月、沖縄海域で沈没

平洋戦争中に潜水部隊指揮官をつとめた唯一の機会であった。五月二日、乙潜水部隊は補給休養のためサイパン回航を命ぜられ、呂四一潜は対機動部隊作戦を終えた。

潜水艦作戦輸送

南東方面部隊に属する第七潜水戦隊司令官は、ラバウルの陸上にあって、固有の兵力である小型潜水艦約五隻と先遣部隊からの派遣兵力である大型潜水艦約五隻をもって、主として輸送作戦を指揮していた。輸送先はブーゲンビル島のブイン、ブカ、東部ニューギニアのほか、ラバウルのあるニューブリテン島中部も補給を必要としていた。

昭和十九年二月十七日のトラック初空襲により、小型潜水艦は中部太平洋方面に転用され、南東方面は派遣兵力だけとなった。南東方面の戦況はますます悪化し、ラバウルを基地とする潜水艦作戦の続行は不可能となり、第七潜水戦隊司令官は三月二十五日、トラッ

クに後退し、先遣部隊指揮官の指揮下に輸送作戦を続行した。

この間において光彩を放ったのは、伊四一潜（艦長板倉光馬少佐）の活躍であった。同艦は再度ブイン輸送に成功しているが、その戦法については先に触れた。

一方、中部太平洋方面では先遣部隊指揮官が対機動部隊作戦を実施しながら、マーシャル諸島の離島への補給を行なった。しかし、三月十一日、呂四四潜（艦長橋本以行少佐）がミレー島輸送に成功しただけであった。

ところで、私が神戸三菱造船所内にある呂四一潜艤装員事務所に着任したのは、昭和十八年九月末である。十一月末の竣工までの間と、就役後、約三ヵ月の訓練を終えれば、南方の戦場に赴かなければならない。

集まってきた乗員をみると若い兵が多く、潜水艦経験者は少ない。航海長は青木滋少尉で、海上勤務の経験がない。兵学校出身者は、私のほか彼一人である。水雷長、機関長は特務士官出身であるが経験は深い。

この乗員をいかに急速に練成して戦さに行くか。私は第一着手として、航海長の教育に意をもちいた。彼に早く自信を持たすことである。そこで、竣工後の呉回航に、航海計画から操艦まで、すべて一人でやるように命じた。「危なくなったら俺がとる」と言って、黙って見ていた。

青木少尉は優秀な青年士官で、呉までの回航を、私が一言も助言することなく達成した。私などが新少尉のころを考えると、想像もできない見事さであった。このころの若い士官のひたむきな真剣さに強く打たれた。若い兵たちも急速に練度が向上し、少なくとも急速潜航には不安なく出撃することができた。呂四一潜のトラック進出後の対機動部隊の作戦については先に述べた。青木少尉は航海長としても哨戒長としても、私に少しの心配を抱かせなかった。

ともあれ、サイパンで補給休養ののち、トラックに再度進出した。つぎに与えられた任務は、トラック東方ミクロネシア東端のクサイ島へ輸送を実施、爾後、マーシャル諸島メジュロ島南西海面（のちにヤルート西方一五〇浬に変更）の哨戒、特令によるメジュロ偵察であった。

昭和十九年五月二十四日、クサイ島に向けトラックを出港し、三十日朝にクサイ島南方に達し、港口に向けて北上した。夕刻、港口に近づいて浮上しようと潜望鏡で四周を観測したところ、北方に北に向かっている飛行艇を発見した。この発見は幸運であった。敵機が南方に向かっていたならば、浮上後に先に発見されたかもしれない。

トラックを出撃するとき、クサイ島には午前中に十分程度、さっと飛行偵察に来るだけだと言われた。おかしいと思いながら、飛行艇の去ったのを認めて入港した。暗くなった港内は狭く、しかも沈船があり、錨地を探すのに苦労した。ようやく錨を入れたのは、岸から五十メートルぐらいの所であった。クサイ島には低いが山もあり、岸に近かったことが幸いした。

陸軍の将校が来艦して打合わせを行なったが、その最中に湾口外に敵の駆逐艦一隻、駆潜艇二隻が出現し、しきりに港外を捜索している。飛行機はしばしば上空に飛来する。しかし、いっこうにわが艦を発見した形跡はない。山を背景にしているので視認はできないし、レーダーも映像の分離ができないのであろう。とにかく、暗号書が解読されて、わが企図が察知されていたことは確実である。私は「暗号が解読されているから、つぎに輸送予定の伊五潜の行動を変更する必要がある」旨を、新しい暗号書で報告した。現地には、古い暗号書しかなかったのである。

このとき、海軍見張所の下士官が泳いで来艦した。海軍は数名の見張所員しかいない。よほど嬉しかったのであろう。私は、様子を見るために、その夜は沈座浮上を繰り返したが、敵情に変化はなかった。この間、出撃前にようやく装備した逆探が、敵のレーダー波をキャッチすることができた。感三で八千メートル、感五で三千メートルぐらいの性能であった。このことも、のちに幸いした。

翌三十一日の夜に浮上すると、陸軍から敵は去ったという知らせがあった。しかし、逆探には依然として感度があり、間もなく視界内に現われた。

私は敵がわが艦を発見することはあるまいと判断し、輸送物件を機帆船に移載した。その夜も沈座を繰り返したが、敵情は変わらない。強気の水雷長は「艦長、出港してやっつけましょう」と言う。私は「あと一日待て、敵は去るだろう。勝目のない戦さは無駄だ」と返答した。

この判断は、同期の岡田英雄少佐の最後から類推したものであった。彼は伊一七六潜艦長として五月十日、トラックを出港してブカ島に向かったが、出港以後、消息がなく未帰還となった。もちろん彼からの報告はなかったが、陸上の警備隊から敵情についてくわしい報告があった。敵は三日間捜索のうえ、陸上を砲撃して去ったという。この状況は、いま遭遇しているわれわれの状況とまったく同じである。

六月一日の夜になって浮上すると、陸軍から敵は昼間陸上を砲撃したという連絡があった。私は判断が適中したと思った。

間もなく敵は視界外に去り、逆探の感度もなくなり、呂四一潜は敵の後を追うように出港し、マーシャルの配備へ向かった。なお私の報告により、その後の潜水艦輸送は、事前に現地と電報連絡をとることなく、現地到着後に信号連絡をするように、その方法を変更されている。

あ号作戦

連合軍の進攻が、絶対国防圏である中西部カロリン、マリアナ諸島および西部ニューギニアに迫りつつある状況下に、連合艦隊は来攻するアメリカ艦隊を邀撃、これを撃滅して戦勢の挽回を企図すべく、この作戦を「あ」号作戦と呼称した。

古賀峯一長官などの殉職により、五月三日、豊田副武大将が連合艦隊司令長官に親補され、大本営指示にもとづく連合艦隊あ号作戦命令を発した。連合艦隊の作戦構想は、第一機動艦隊（空母機動部隊）および第一航空艦隊（機動基地航空部隊）の戦力の概成する五月下旬、

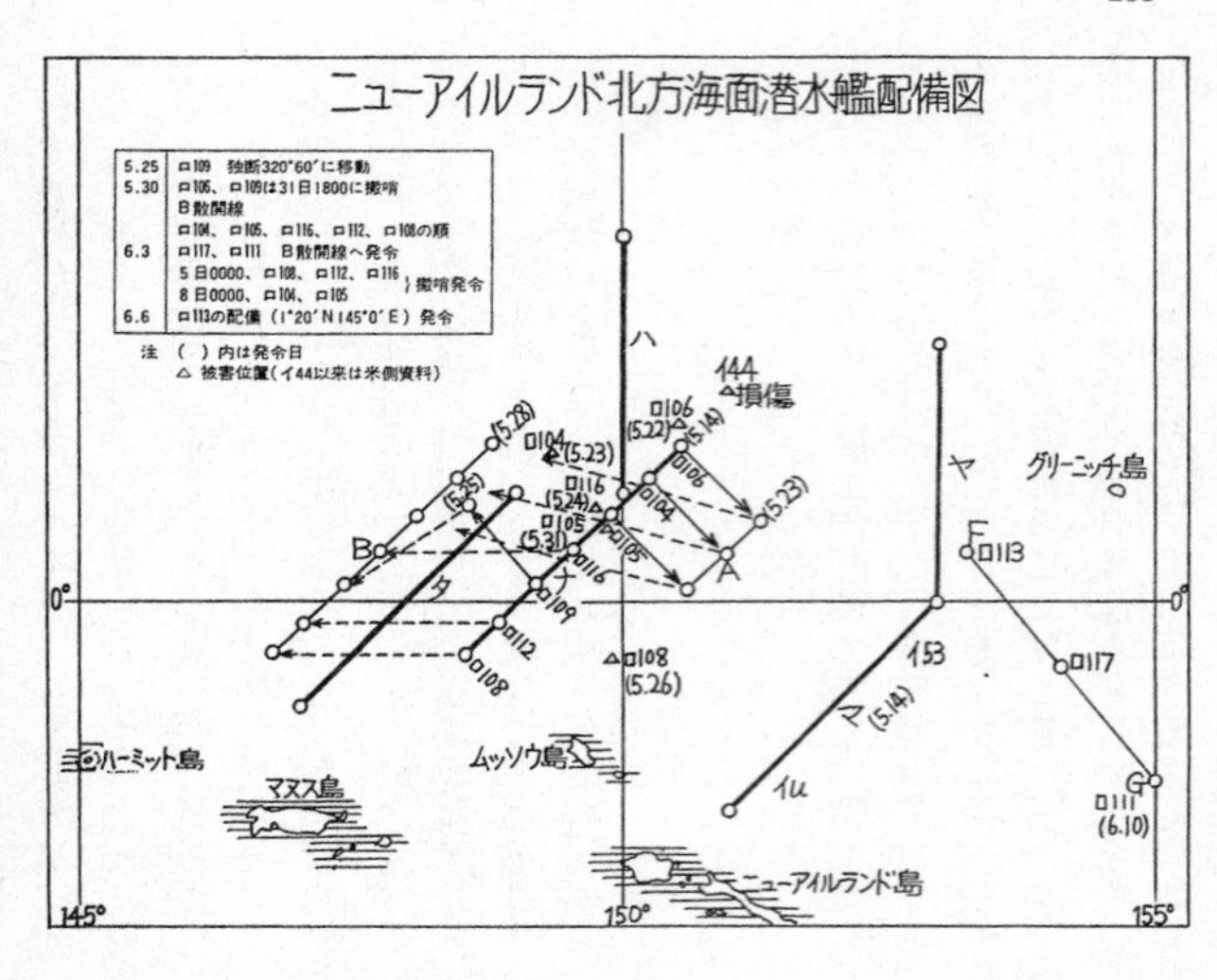

米艦隊を邀撃し、両部隊の協同によりこれを撃滅するというものである。そして決戦海面を、第一決戦海面＝パラオ付近海面、第二決戦海面＝西カロリン付近海面、と定めた。すなわち、米軍の来攻は西カロリン諸島方面への算が大であるとの判断によるものである。

この作戦で潜水部隊に与えられた任務は、(1)偵察、哨戒、敵情偵知、(2)龍巻作戦敵艦隊奇襲攻撃、(3)作戦輸送であって、少ない兵力で多様な任務を課せられたのである。高木武雄第六艦隊司令長官は、左のように連合艦隊司令長官に意見具申をしているが、採りあげられていない。

『五月中下旬、我海空兵力ヲ「カロリン」諸島又ハ「ニューギニヤ」西部ニ集中、敵撃滅ヲ策セラルル重大戦機ニ於テ先遣部隊潜水艦ハ邀撃、龍巻及輸送ノ三作戦ニ分割使用セラルルコトトナリ啻ニ過少ナル潜水艦兵力ヲ愈々分散、所謂二兎、三兎ヲ追フノ不徹底ニ終ルベシ。乃テコノ際大英断ヲ以テ潜水艦輸送作戦ハ一時之ヲ中止（諸種困難ナル事情アルベキモ大局ヨリ較量一次忍ブモノトス）当該兵力ノ邀撃作戦集中ニ関シ再検討ヲ乞フ』

龍巻作戦とは、大型潜水艦五隻に特四内火艇（水陸両用戦車に魚雷二本搭載）を搭載し、米艦隊根拠地を奇襲する作戦であった。しかし、特四内火艇に欠陥が多く、第六艦隊の意見具申により当分延期となって、充当兵力は別の任務を与えられた。

右の任務にもとづいて、先遣部隊指揮官は、次のように部署した。（区分、指揮官、兵力の順）

◇第一潜水部隊（一SSB）直率

第七潜水隊（伊六欠）伊五。第十二潜水隊（伊一七六欠）伊一七四。第十五潜水隊（伊一六欠）伊三六、伊三八、伊四一、伊四四、伊四五、伊五三。第二十二潜水隊（伊一七七欠）伊一八四、伊一八五。第三十四潜水隊（呂四一欠）呂三六、呂四二、呂四三、呂四四、呂四七。伊一〇、伊二六。

◇第七潜水部隊（七SSB）第七潜水戦隊司令官

甲潜水部隊（甲SSB）第五十一潜水隊司令＝第五十一潜水隊＝呂一〇四、呂一〇五、呂一〇六、呂一〇八、呂一〇九、呂一一一〜呂一一七。乙潜水部隊（乙SSB）直率＝伊一六、伊一七六、呂四一、呂一一五

伊38潜(18年１月末竣工)。潜偵の揚収作業中。ラバウルを基地にソロモン、ニューギニア輸送に奔走後、マリアナ比島水域を行動。19年11月12日、パラオ東方で米駆逐艦の攻撃をうけ沈没

（注）当時の戦時編制中、すでに沈没せるものを除く。

その後、逐次の発令により、各潜水艦の配備などは、左のように定められた。

◇第一潜水部隊

伊三八、伊一〇＝マーシャル東方海面、情況によりメジュロ偵察。伊四四、伊五三＝「マ」散開戦。伊四一＝アドミラルティ、ウエワク間。呂四二、呂四四＝クェゼリン、ブラウン方面。呂四七＝「カ」散開線（位置不明）

◇第七潜水部隊

甲潜水部隊＝呂一〇〇型七隻＝「ナ」散開線。乙潜水部隊（後述）

なお、第六艦隊司令部は龍巻作戦の打ち合わせのため内地へ帰還したが、同作戦が延期となったので高木長官は先任参謀などを帯同し、サイパンに進出した。呉在泊の筑紫丸には参謀長などが残留し、潜水艦の訓練整備に当たった。

高木長官は、前線指揮の考えが強かったのである。

この散開線は、連合艦隊命令によるものであるが、このような用法に危険を予感した私は、クサイ輸送に出発前、司令官に「この散開線は危険である。一隻でも敵に発見されたら、バラバラに大幅な移動が必要である」旨を進言した。

小型潜水艦七隻は、五月二十二日ころまでに配備を完了した。しかし、二十三日には、呂一〇四潜が敵哨戒機に発見されたらしい通信諜報があり、北方配備の三隻に移動を命じた。さらに二十八日、西方に一〇〇浬移動を命ずるなどの措置を講じたが、五隻が未帰還となった。私の予感が適中し、残念であった。

アメリカ側の資料によれば、散開線を察知した米海軍は「ハンターキラー・グループ」を派遣して掃蕩を行ない、折からブイン輸送中の伊一六潜をふくめ六隻を、護衛駆逐艦イングランドが止めを刺している。

その後、第七潜水部隊指揮官は、進出してきた小型潜水艦三隻と、ウエワク輸送を終えた呂一一五潜を、この方面に配備した。

マリアナ方面集中

乙潜水部隊の輸送については、次のように発令された。

南東方面＝伊一六潜（ブイン）、伊一七六潜（ブカ）

マーシャル方面＝呂四一潜、伊五潜（クサイ）、伊一八四潜（ミレー）、呂一一五潜（ウエ

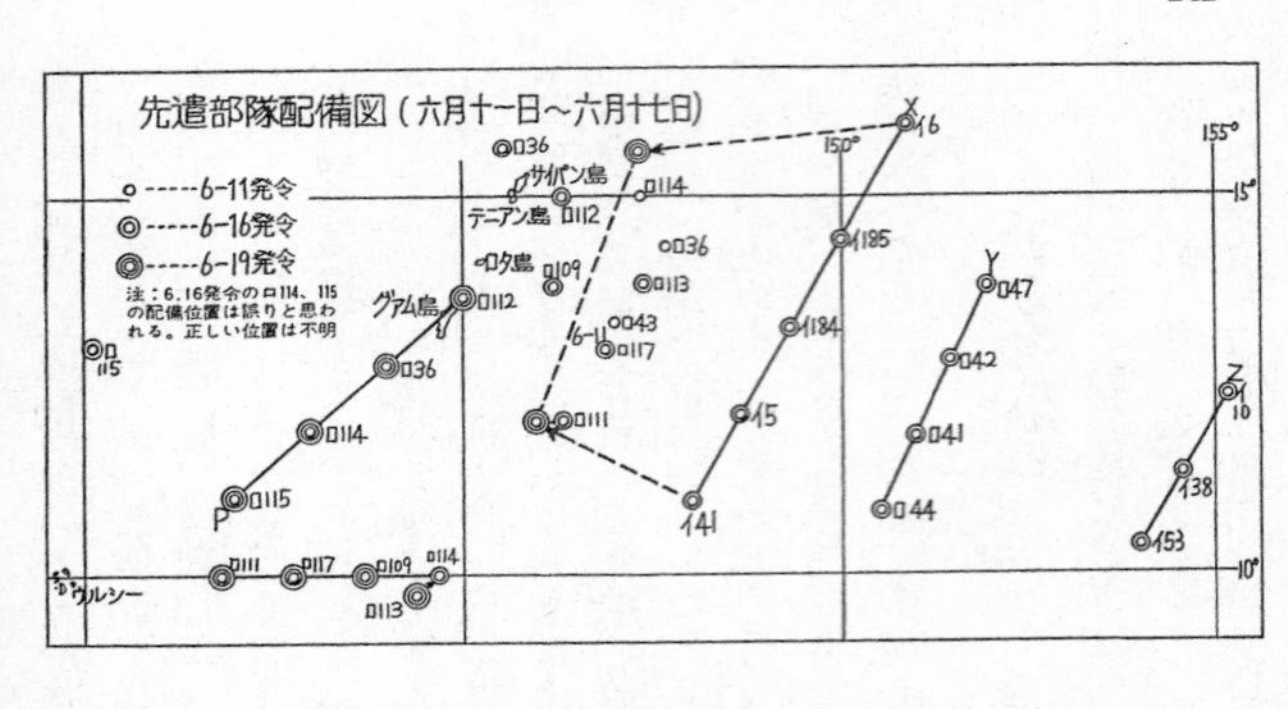

ワク）

伊一七六潜は五月十日、伊一六潜は五月十四日、トラックを出撃して目的地に向かったが、いずれも目的地に到達することなく消息を絶った。南東方面に対する輸送は、第七潜水戦隊司令官の進言により、中止されるに至った。マーシャル方面は、呂四二潜がクサイ島（既述）、伊一七四潜が六月十二日、ミレー島への揚陸に成功し、ウエワクへの輸送も呂一一五潜が五月二十七日に成功した。

その五月二十七日、連合軍は西部ニューギニア北岸の要衝ビアク島に上陸した。この方面への来攻には決戦を行なわない方針であったが、同島の重要性が再認識され、連合艦隊は第一航空艦隊の三個攻撃集団のうち二個攻撃集団を逐次投入するとともに、第一戦隊などの有力部隊による陸軍部隊の増強をはかり、同島の確保を期し、この作戦を「渾作戦」と呼称した。

連合艦隊のビアク島に対する関心が高まりつつあった六月十一日、米機動部隊はマリアナ諸島に来襲した。十三日、米軍がサイパン、テニアン両島を砲撃し、駆逐艦が掃海を開始するにおよんで、連合艦隊は「あ号作戦決戦用意」を、ついで十五日、サイパン島への上陸を開始したので「あ号作戦決戦発動」を下令した。

六月十一日、先遣部隊指揮官は在サイパンの中型潜水艦三隻に出撃を命じ、その配備を下令した。第七潜水部隊指揮官は、米機動部隊が帰途、トラックを空襲することを顧慮し、トラック在泊の三隻に出撃を命じ、トラック北方海面に配備している。

十三日、連合艦隊司令長官は「あ号作戦決戦用意」の発令とともに、マーシャル方面およびトラック南方海面配備潜水艦の、マリアナ諸島方面集中を命じた。十五日、在サイパンの高木長官は作戦指揮困難となり、第一、第七潜水部隊の指揮を大和田司令官に命じ、大和田昇第七潜水戦隊司令官は連合艦隊命令にもとづき、各潜水艦の配備を左のように発令した。

甲SSB＝Z散開線、北より伊一〇、伊三八、伊五三
乙SSB＝Y散開線、北より呂四七、呂四二、呂四四、呂四一、呂四三
丙SSB＝X散開線、北より伊六、伊一八五、伊一八四、伊五、伊四一
丁SSB（一潜戦、呂三六）サイパン周辺

かくして、各潜水艦はマリアナ方面に向け急行することとなった。ヤルート西方海面の配備にあった呂四一潜にとって、六月十三日は忙しい日であった。朝から三群の大船団を認め、夕刻には掃蕩駆逐艦に遭遇した。夜になって浮上後、詳細な敵情報告を打電した。その直後に、マリアナ方面急行の命令を受けとった。

機関長から「片舷機故障、復旧の見込みなし」との報告があり、他の片舷が故障したら、

洋上に漂流し自滅しなければならない。しかし、私はそんな危険を意に介することなく、昼夜とも浮上のままひたすらY散開線に向けて走った。Y散開線に到着すると、この散開線には呂四一潜ただ一隻しか就いていないことがわかった。呂四二潜、呂四四潜は点呼通信に応答なく、すでに消息を絶っていた。淋しさを禁じ得なかった。

また中部比島に進出していた第一機動艦隊は、「あ号作戦決戦発動」により、勇躍サイパン西方海面に向け進撃した。しかし、第一航空艦隊は「渾作戦」のため集中が遅れ、機動部隊の決戦に策応できなかった。そして十九、二十日に行なわれたマリアナ沖海戦において、第一機動艦隊は完敗した。

六月十六日、第七潜水部隊指揮官は、丁SSBの配備などについて左の要旨の発令をした。

一、敵機動部隊はロタ、グアム西方に出没

二、丁SSBは、この捕捉せられたる敵に殺到、反覆攻撃せよ

(イ)十八、十九日＝サイパン、テニアン＝呂三六、呂一一二、呂一一四。グアム＝呂一一五

(ロ)二十日以降＝サイパン、テニアン＝呂一一三、呂一〇九、呂一一七。グアム＝呂一一一

(ハ)各艦は島を左に見て回り、魚雷を打ち尽くさば外方哨区（筆者略）に就け

また、連合艦隊司令長官は機動部隊の決戦に混乱を防ぐため、マリアナ方面行動潜水艦に、六月十八日午後六時以後、サイパン、ウルシー連結線以北、東経一四五度線以西への立ち入りを禁じた。二十日午後零時十五分、連合艦隊司令長官は、「各潜水部隊中、行動力限度のものはトラックに帰投せしめ、その他は各散開線を撤し、極力サイパン、グアム周辺に配備

南東方面から中部太平洋方面へ投入された小型潜水艦（潜小）呂109潜。18年4月末竣工。基準排水量525トン、全長60.9m、速力水上14.2ノット、水中8ノット、発射管4門、同型艦18隻

せよ」と下令、機動部隊の決戦に備えて設けた潜水艦の行動制限を解除した。

連合艦隊司令長官は十八日ころ、在サイパンの第六艦隊および第三水雷戦隊司令部の救出を命じ、二十一日には大型潜水艦一隻をグアム島に派遣し、航空機搭乗員の極力多数を内海西部に輸送するよう命じた。第七潜水部隊指揮官は、サイパン救出潜水艦を伊一〇潜、グアム派遣潜水艦を伊四一潜に指定するとともに、二十二日、各潜水艦の行動を左のように発令した。

一、甲SSB（四隻）は別令によるサイパン周辺配備

二、爾余の潜水艦は左により行動すべし

(イ)伊一八四はトラックへ帰投。(ロ)丁SBB及び伊五、呂四二、呂四四はトラックへ帰投。(ハ)伊一八五、伊一〇、伊四一は特別行動。(ニ)呂四一は内地帰投
（注）呂四三は損傷のため、すでに内地帰投を発令されていた。

各潜水艦の帰投状況は、トラックへ帰投したもの五隻、内地へ帰投したもの二隻であって、八隻が消息不明となった。「ナ」散開線および作戦輸送のものを含めると、あ号作戦における喪失潜水艦は十五隻に達していた。伊四一潜は二十四日グアム島に入港し、搭乗員一〇六名を収容のうえ、内海西部に帰投した。しかし、第六艦隊司令部などの救出に赴いた伊一〇潜は、二十五日、所定地点に到着せず、未帰還となった。二十八日には伊三八潜に、ついで伊六潜に、この任務を命じたが、いずれも成功せず、伊六潜は未帰還となった。

七月二日、高木長官は『サイパンにおける潜水艦連絡作業成功の算少なきに付、潜水艦はサイパンに対する連絡作業を止め、もっぱら敵攻撃に邁進せよ』との電令を発し、この任務は取り止めとなった。

なお、第一航空艦隊司令部の所在したテニアン島に対しては、内地を出撃した呂四八潜に人員収容任務が与えられたが、同潜は未帰還となり、収容作業は実施していない。その後、わずかな潜水艦をサイパン周辺に配備して、敵艦船の攻撃に任じさせたが、七月二日、連合艦隊司令部の指示により、トラック在泊潜水艦は直ちに内地へ帰投、配備中の潜水艦は任務終了後、内地へ帰投、全潜水艦に被害防止対策を実施することとなった。

その後、内地出撃の大型艦四隻には、テニアンおよびグアム島への運砲筒または運貨筒の

輸送と搭乗員の収容を命じた。しかし、これも伊二六潜が七月九日、グアム島への運砲筒輸送に成功しただけである。

あ号作戦を顧みて

既述のように、六月二十二日に帰投を発令されたとき、七隻が帰投し八隻が未帰還となった。「ナ」散開線および南東方面で消息を絶った潜水艦を加えると、十五隻を失っていた。その後、マリアナ諸島方面で未帰還となった五隻を加え、参加潜水艦三十六隻中、じつに二十隻を喪失する大被害であった。一方、実撃戦果は、戦後の調査によれば皆無である。作戦輸送および偵察に若干の成果を得たとはいえ、あ号作戦における潜水艦戦は完全に失敗であった。

ギルバート作戦における第六艦隊司令部の反省については先に述べた。あ号作戦における潜水艦作戦指導の跡をみるとき、その誤りは少しも変わっていない。第七潜水部隊指揮官が、島の近くに配備した丁SBBに、島を左に見て回り云々の命令は、上杉謙信の「車懸りの戦法」と称していたが、あまりにも当時の潜水艦の能力を無視したものといえよう。

ここで、米潜水艦の状況に簡単に触れておくと、アメリカの配備は次のとおりであった。すなわちタウイタウイ沖三隻、ミンダナオ島南東海面三隻、ルソン島北方海面三隻、サンベルナルジノ海峡東口一隻、スリガオ海峡東口一隻、ルソン海峡三隻、マリアナ諸島北方海面一隻、マリアナ諸島西方海面四隻、フィリピン海、サイパン西方およびパラオ北方海面九隻、計二十八隻である。

わが第一機動艦隊を発見した米潜水艦は、数回にわたりその行動を報告しており、マリアナ沖海戦では空母大鳳、翔鶴撃沈の戦果を挙げている。対潜能力に格段の相違があって、単純な比較はできないが、少なくとも用法において、アメリカ側の方が効果的であったことは否定できない。

レイテ沖なぜ潜水部隊は会敵できなかったか

未帰還となった潜水艦六隻／生かされなかった戦訓

元「伊四一潜」艦長・海軍少佐　板倉光馬

昭和十九年十月十日、米機動部隊は沖縄をふくむ南西諸島を猛爆するや、一転して十二日、戦爆連合の艦上機延べ一四〇〇機をもって台湾を空襲した。ハルゼーのひきいる米機動部隊の主力と判断した連合艦隊司令部は、基地空軍の全力をあげての攻撃を指令するとともに、先遣部隊（連合艦隊兵力部署による第六艦隊の呼称）指揮官にたいして、第一潜水部隊をもって機動部隊の迎撃を電令した。

板倉光馬少佐

先遣部隊指揮官は、回天作戦に予定されていた潜水艦をのぞく伊二六潜、伊四五潜、伊五三潜、伊五四潜、伊五六潜をもって甲潜水部隊を編成して、準備できしだい所定配備（付図1）への強行進撃を命じたが、修理中のものもあって、呉を出撃したのは十月十三日から十九日にかけてである。

甲潜水部隊の散開配備　〔付図1〕

台湾に来襲した米機動部隊の空襲は十四日までつづいた。基地航空部隊は連日、猛攻をくわえ、台湾沖航空戦と呼称されたこの戦闘において、報ぜられた戦果は、空母撃沈九～十三隻（うち正規空母五～七隻）という膨大なものであった。この戦果からみれば、敵空母の大半を屠っており、米機動部隊は算を乱して敗走しつつあるものと判断された。

連合艦隊司令部は戦果拡大の好機とみて、十四日、内海西部にあった第五艦隊を基幹とする第二遊撃部隊に出撃を指令した。たまたま比島方面の前線を視察しての帰途、台湾の新竹にあった豊田副武連合艦隊長官は、つぎの攻撃命令を打電している。

「敵機動部隊ハ我ガ痛撃ニ敗走シツツアリ基地航空部隊及ビ第二遊撃部隊、潜水部隊ハ全力ヲ挙ゲテ残敵ヲ殲滅スベシ」

一方、甲潜水部隊が所定の配備につくのは、おおむね十月十七～十八日と予想された。それでは敗走する敵機動部隊の捕捉は困難と判断した先遣部隊指揮官は、散開配備を一五〇度方向三〇〇浬（かいり）うつして「イ」散開線へ急行を命じた（付図1）。

その翌十六日、連合艦隊司令部から「極力進出して敵を攻撃せよ」との電令と、それまでに入手した敵情にもとづいて、第三散開配備に移動させた。潜水部隊は、目まぐるしい配備点の変更に、そのつど所在の暴露を余儀なくされたため、ついに攻撃の機会はえられなかった。

過酷な水上進撃命令

これより先、全軍の将兵を狂喜させた台湾沖航空戦の戦果は、じつのところ、米軍の艇で撃沈されたものは一隻もなく、重大な損害としては巡洋艦二隻の大破だけであった。これに反しわが方は、なけなしの基地航空部隊の大部を喪失したのである。そして、その直後に、重大な局面を迎えねばならなかった。

十月十七日午前六時五十分、レイテ湾入口の小島スルアン島にあった海軍見張所は、突如、戦艦一隻、駆逐艦六隻の近接をみとめた。ついで空母一隻、さらに戦艦一隻と空母一隻を発見し、ただちに平文で急報したが、七時四十分「敵は上陸準備中」、二十分後に「敵は上陸を開始せり、天皇陛下万歳」の電報を最後に通信はとだえた。

比島の陸海軍部隊にとって、このスルアン島上陸はまったく寝耳に水であった。台湾沖航空戦の大戦果がつたえられた折りも折り、早急な上陸作戦は考えられなかったからである。

十月十八日、連合艦隊司令部は「捷一号作戦発動」を電令した。先遣部隊指揮官は伊四一潜、伊三八潜、伊四四潜、伊四六潜、呂四一潜、呂四三潜、呂四六潜をもって乙潜水部隊、呂一〇九潜、呂一一二潜の二隻で丙潜水部隊を編成し、各潜水艦に準備できしだい出撃を命

甲潜水部隊として比島東方の散開配備につき未帰還となった伊54潜。19年３月竣工の乙型。米側記録では10月28日、駆逐艦エバソールを撃沈後、駆逐艦ホワイトハーストの攻撃をうけ沈没

じた。乙潜水部隊の配備はつぎのとおり。

Ａ散開配備　呂四六潜、伊四六潜、伊四一潜

Ｂ散開配備　呂四一潜、呂四三潜、伊三八潜

伊四四潜は十八日、呉を出撃したが、二十二日、耐圧タンクが爆発して修理のため帰投した。

丙潜水部隊の二隻が相前後して呉を出撃したのは十月二十三日で、戦場に着いたときは、すでに戦機は去っていた。

十月十九日、レイテ湾には攻略船団が殺到し、レイテ島の南東海面に攻略部隊の大集団が発見された。さらに南西方面艦隊の偵察機から、レイテ島の東方に二群、ルソン島の東方に一ないし二群の機動部隊が行動中と打電してきた。このような情勢から連合艦隊司令部は、甲潜水部隊による残存機動部隊の捕捉攻撃を断念して、同潜水部隊に甲散開配備に進出せよと指令した。これをうけた先遣部隊指揮官は、甲潜水部隊を甲四散開配備に、乙潜水部隊と甲三散開配備への強行進撃を命じている。

比島沖海戦の戦機が切迫した二十三日、先遣部隊指揮官三輪（みわ）茂義中将は「今ヤ捷号作戦ノ戦機ハ目捷ノ間ニ迫リ皇

国ノ興廃ハ将ニ此ノ一戦ニ決セントス。先遣部隊ハ友軍ト協力死力ヲ傾倒シテ勇戦敢闘シ其ノ真価ヲ遺憾ナク発揮スベシ（以下略）」と訓示して奮戦敢闘をうながした。

十月二十四日にいたり連合艦隊司令長官から「全軍突撃セヨ」と発令された。先遣部隊指揮官は、全潜水艦にレイテ島近海へ強行進撃を厳命した。その迎撃配備は、水上進撃を意味する過酷なものであった。

二十七日、連合艦隊電令作第三八二号をもって次のとおり発令した。「先遣部隊ハ全力ヲ比島方面ニ集中、敵輸送路ノ遮断及ビ敵機動部隊ノ捕捉撃滅ニ任ズベシ」

先遣部隊指揮官は、伊号潜水艦をもって甲潜水部隊を編成し、スルアン島を基点とし真方位一一〇度を基準線とする扇形哨区に配備。呂号潜水艦で乙潜水部隊を編成して、ラモン湾北東海面の哨区に急行させたのであるが、このときすでに、伊二六潜、伊四六潜は消息を絶ち、呼べども応答しなかった。

さらにその後も、しばしば哨区が変更されているが、潜水艦は対潜哨戒機や護衛駆逐艦に制圧されて動けない情況にあった。艦位もえられなかったとみえて、伊四一潜が敵機動部隊を襲撃した地点は、伊五三潜の哨区内で、艦位が四〇〇浬以上も狂っていた。

生かされなかった戦訓

比島沖海戦において、潜水艦が挙げた戦果はつぎのとおりである。

伊五六潜は十月二十四日、ミンダナオ島の東方三〇〇浬において輸送船三隻を撃沈したと報じたが、米軍の資料によると、うち一隻はＬＳＴ（戦車揚陸艦）であった。明くる二十五日、高速航行中の空母四隻を発見して雷撃。命中音四を聞いたが戦果は確認されていない。

伊五四潜は、10。10、Ｎ127。28、Ｅにおいて米駆逐艦エバソールを撃沈した直後、僚艦ホワイトハーストによって撃沈された。

伊四一潜は、十一月三日、マニラの東方約六〇〇浬を北上する空母三隻を月下に発見して雷撃。命中音二、ついで大爆発音を聴取し、撃沈ほぼ確実と報じたが、米軍の資料では軽巡レノの大破に終わっている。シャーマンの指揮する正規空母群だっただけに、長蛇を逸した感が深い。

十一月七日以降、各潜水艦は逐次帰投を命ぜられたが、伊二六潜、伊三八潜、伊四一潜、伊四五潜、伊四六潜、伊五四潜の六隻は未帰還となった。いまさら死児の齢を数えるつもりはないが、台湾沖航空戦の誤報が爾後の作戦に重大な蹉跌（さてつ）をきたしたこともさることながら、潜水艦戦に関するかぎり、ギルバート作戦や「あ」号作戦（マリアナ沖海戦）の生々しい戦訓が生かされなかった。ために、労多くして効少なき結果に終始したといってよいであろう。あえて付記しておきたい。

回天搭載「伊五八潜」沖縄水域に在り

多聞隊発進を見送る艦長の心情とインディアナポリス撃沈の日の実状

当時「伊五八潜」艦長・海軍少佐　橋本以行

すでに沖縄、硫黄島は敵の手中に帰して、風雲いよいよ急をつげる昭和二十年四月二十九日、ちょうど天長節の日に、わが伊号第五十八潜水艦（伊五八潜／乙型＝昭和十九年九月竣工）はただ一隻、沖縄から呉軍港へ帰港した。

その後、六月中旬までの間、伊五八潜は人間魚雷「回天」を搭載するために、艦艇の大規模な改造が施されることとなった。人間魚雷をさらに二基ほど積み込むために、飛行機格納筒と射出機を取り除き、さらに潜行中にも艦内から艇内へ自由に交通できるようにしておく。

橋本以行少佐

また、シュノーケル装置を取りつけ、潜行中ディーゼルエンジンを運転して充電ができるようにした。従来のままでは、潜水四十時間以上になると空気が悪くなって呼吸困難をきたし、そのうえ電池もなくなってしまう。呼吸するためにはどうしても、水面に浮かび上がらなければならない。それはたとえ敵の警戒厳重な基地や攻略地域内にあっても、止むを得ないことであったので、そのために敵の空海連合による猛攻撃を喰らって、多くの潜水艦が撃沈されていったのである。この被害を免れるために、どうしてもシュノーケルが必要であった。

しかし皮肉にも、シュノーケルが装備されたときには、作戦が変更されていた。猛突作戦は廃棄されて、洋上作戦に変わっていたのである。すなわち、洋上、敵の油断しているところを見つけてこれを攻撃するというのであった。シュノーケルは、沖縄、硫黄島などの突入作戦にこそ実際は必要であったのだが、この洋上作戦には、あまり役立ちそうになかった。だが、大洋の中とはいえ敵の大警戒陣の真っ只中に突っ込んでゆくのであってみれば、敵の根拠地の攻撃とさして変わりはない。全く不要である訳でもなかったのである。

この窮余の一策として変更された戦法によって、伊三六潜および伊四七潜は、すでに相当の戦果を挙げていた。新戦法の効力が立証されたので、直ちに第二陣がはるか比島、沖縄の東方洋上に出撃することになり、その命令が伊五八潜と伊五三潜に下されたのである。

かくして出撃の準備も終わり、六月中旬から七月にかけて、平生（ひらお）の特攻基地で人間魚雷との連合訓練が行なわれた。敵の空襲にあって呉軍港の市街が全焼したのは、この訓練中のことである。乗組員の家族のほとんどが呉に在住していたので、訓練に関係のない軍医長ともう一人の下士官を派遣して調査させたところ、幸い命だけはみな助かっていたので、全員安心して残りの訓練にはげむことができた。

伊58潜。19年９月７日の竣工を前に公試中。艦橋前の飛行機格納筒上に22号電探、艦橋後部に逆探。14cm砲と測距儀は搭載せず。20年６月には前部格納筒と射出機を撤去し回天６基を搭載

訓練が終わると、直ちに最後の出撃準備をととのえて、いよいよ七月十六日は呉軍港出撃である。だが、これまでと違ってわびしい出撃だった。工廠も市街もすっかり焼けてしまって、惨憺たる鉄骨の廃墟が残っているだけである。港内には、かつてその巨体を連ねていた大戦艦大和をはじめとする列艦の艦影はすでにない。豊後水道を出て、敵に積極的に打撃を与えうるものとしては、もはや飛行機と潜水艦だけしかないのである。「我出ずして誰が敵を迎え撃つか！」と自らを鞭打つ言葉に、ひとり士気だけがたかぶる。

艦を修理させていたある日のこと、工廠の若い技術士官に「豊後水道の外へ出られるような艦から優先的に修理したまえ。飛行機を造るというのならそうしてもよい。何しろ豊後水道から外へ出られないような艦の修理なんかする必要はないよ」と言ったところ、その士官が、これをそのまま、修理請求にきた駆逐艦長に言ったのでひどく叱られた、という滑稽な一コマもあったが、事実この頃、大和の沈没以後は、水上艦艇の出撃は全くなく、ただ潜水艦だけ

がわずか二、三隻ずつ敵艦を求めて出撃していたのである。

例によって、私は出撃前、総員を上甲板に集めた。今後の行動任務の大要を説明し、それから「人事を尽くして天命を待て、神は人力のすべてを捧げた者のみを助けるのだ」と訓示した。「非理法権天」「宇佐八幡大武神」と墨跡あざやかに書きながした二旒の旗をひるがえして、本艦伊五八潜は工廠の桟橋をはなれてゆく。

軍艦マーチが斉唱されるなか、見送りの工廠部員や工員たちの歓呼の声に、われわれ一同は手を振って応える。「しっかり頼むぞーッ」という声が、われわれのはやる胸につき刺さるようである。万歳、万歳のあらしのなかを艦はしだいに沖に出た。

「在港中の御好意を深く謝す。何事も天命」

鎮守府や基地隊など各方面からの激励に、われわれはこんな信号で応えたのであった。

当時つぎつぎと出てゆく潜水艦は一隻として帰って来なかった。犠牲の大きい割合に、ちっとも戦果が挙がらない。それに残り乏しい燃料重油のことを思うと、意気銷沈するばかりである。私は覚悟を新たにするためにいつも、織田信長桶狭間出陣前の謡いの一節を口ずさんだ。「人は五十年、宇宙の中に比ぶれば、夢まぼろしの如し、生を受けて滅せぬ者のあるものか……」と。

最後の酒宴

その日は特攻基地の平生（ひらお）（山口県東部）沖に一泊。明くる七月十七日早朝、ともに訓練した六勇士を本艦に迎え、特攻隊同僚の天地をゆるがす歓呼の声に見送られながら、平生基地を出港した。訓練のときに見なれた島々の影を後に、どこまでも送ってきた内火艇とも別れて、艦はいつしか伊予灘の中央部に出た。己れの回天の上に乗って、軍刀を振って歓送に応えていた特攻隊員も、艦橋に戻って今は名残り惜しげに消えてゆく島影を見送っていた。

だが、試験潜航のときに回天の潜望鏡内に水滴を生じたため、いったん平生に引き返し、十八日夕刻、ふたたび豊後水道を南下していく。夜の闇に乗じて敵潜水艦からまぬがれ、安全圏に出てしまうために速力を増加した。といっても、十五ノット以上は出ない。夜は敵の潜水艦も浮き上がっていて、対空電探や対水上艦艇用の電波を盛んに出しているので、これを逆にこちらが先に電探で感知して回避する必要があった。

夜が明けると直ちに潜航に移る。ただ、そうすることによって、豊後水道の外で待ちうけている敵の潜水艦に見つけられないようにと念じつつだったが、幸いに何事もなく安全圏まで出ることができた。このうえは一日も早く敵艦船を見つけて、これを撃沈しなければならない。まず敵に出会うということが先決問題なのだが、この広い大洋のなかで、そう簡単に敵が見つかるはずはない。そこで、航路上に待伏せするために、一路沖縄～サイパン航路上へと向かった。外は黒潮の目の冴えるような紺碧の海である。

回天乗員とともに夕食をとり、缶詰料理で杯をあげて、皆んなで会心の体当たりができることを祈った。航行艦襲撃となると、ゆっくり別れの言葉を交わすこともできない場合もあるので、これまでの碇泊艦攻撃の場合とは違うのだ。

サイパン～沖縄航路上をサイパンに向かって航行してゆくのだが、いっこうに敵艦艇には出会わない。月はしだいに丸くなってきている。今のうちだと思うのだが、どうにもならない。開戦当初はまだ、敵のレーダーが全艦艇には装備されておらず、潜水艦の行動は夜の方が安全で、積極的に水上襲撃を加えることもできた。しかし、またたく間に敵のレーダーは全艦に装備され、それも非常に優秀なものとなって、昭和十八年頃からは夜の闇の中では、わが大型双眼鏡よりは敵のレーダーの方が感知が早く、闇夜の浮上は危険至極ということになっていた。

この転換期に、相当多くの我が潜水艦が、夜間、敵に発見されて撃沈されている。したがって、開戦当初とちがって月夜の方が攻防ともに都合がよくなっていたのであった。

しかし、われわれがどんなに焦(あせ)ってみても、航路上は一望千里、雲と波がつづいているばかりで、敵影はなかなか見つからなかった。

回天戦用意

沖縄～グアム航路上も空しく通過してしまった。すでに七月二十二日の満月も過ぎて、月はしだいに欠けてきた。そこで伊五八潜は意を決して、最後のレイテ～グアム航路上に急行した。二十七日この航路につき西航するうちに、二十八日早暁、午前五時三十分、敵機を電探に感じて急速潜航した。伊五八潜では従来、艦橋だけにあった急速潜航を命令するベルをレーダー室にも取りつけて、飛行機を二十キロ以内に不意にとらえたときには、電探員が哨

伊58潜とともに多聞隊として洋上航行艦攻撃に出撃する伊53潜。艦橋後方に水中充電装置シュノーケルが見える。沖縄レイテ島間で7月24日、米駆逐艦アンダーヒルを回天攻撃で撃沈した

戒長に報告することなしに、独断で急速潜航のベルを鳴らして潜航を下令しうるようにしてあった。

午後二時ごろ浮上すると、大型の油槽船らしい三本檣が潜望鏡にうつった。直ちに接近していって、これ以上は近づけないというところで潜って待っていると、前方に駆逐艦が一隻見えてくる。魚雷の有効射程内までに近接できない。そこで「回天戦用意」を命令して、一号艇、二号艇にそれぞれ伴修二中尉、小森一之一飛曹を乗艇せしめた。

午後二時三十一分、二号艇は「有難うございました」の言葉を最後に、敵油槽船めがけて突進して行った。つづいて二時四十三分、一号艇伴中尉は「天皇陛下万歳」を高らかに一唱して発進した。しかし、折からの烈しいスコールのために、戦果を確認することはできない。ただ、そのとき起こった爆発音によって会心の体当たりを認めて、二戦士の冥福を祈ったのであった。

この日の夕食からは、士官室には水井淑夫少尉だけ

となったが、彼はじつに冷静沈着に構えていた。私は実のところ、何と話してよいか迷った。その時の気持はいまも生々しく感じることができるのだが、言葉にすることはできない。戦果報告の電報は、敵にわが位置を知られる恐れがあるので、発信延期である。

私はハワイ真珠湾の特殊潜航艇発進いらい、今度の人間魚雷作戦にいたるまで、必死体当たりの多くの勇士を送り出し、まことに心苦しい気持であった。だが、戦闘が激烈をくわえるにしたがって、決死隊も普通の戦闘隊も、単に気分が違うだけで、結果においては同じであり、時期の遅速はあってもみな、いつの間にかいなくなってしまっているのであった。この調子なら俺だって、いつかは必ず番がやってくるのだと思うと、特攻隊にたいする気持もいくらかは楽になる、といった気持は苦々しいが、事実そうだった。

人間魚雷もろとも、やられてしまう数はすこぶる多かったので、しまいには運ぶ艦のほうが早くなってしまうのではないかとさえ思われたほどである。

特攻魂

これより先、サイパンが陥ちてからはいよいよ最後も近づいたと思われたので、伊五八潜の改装中に、呉にある家族が郷里に引揚げやすいように、日用品だけを残してほかは全部あらかじめ送ってしまっておいた。いつ帰ってこなくなるかも分からなかったからだった。そうしてまた、大型の軍装写真を用意しておくなど、できるだけ後事に手間のかからないように心がけた。

しかし、運が強かったのか、幾度出て行っても必ず帰ってきて、ついに終戦の日を迎えることになった。皮肉なことに、あのとき送り返しておいた荷物は、全部焼失してしまって、呉に置いていたガラクタだけが残ったのであった。

当時、激戦中にあるときは、自分だけが生き残るということは考えることもできなかった。そうでなかったら、どうして特攻隊など平気で送り出すことができたろう。戦場、とくに敵の急追にあっていたあの戦況では、同じ犠牲を払うのならば、いかにその人命を有効に使うか、少しでも多く敵に損害を与えるにはどうすればよいか、ということだけしか考えなかったのである。今日、この平和時の平静な感情をもってしては、とても想像できない。

その結果は、科学の遅れを人力で補なうという野蛮な戦法をとらなければならないことになってしまったが、これは致し方ないことであった。ただ無闇に、敵に体当たりを喰わすのが特攻隊の精神ではない。いかにして敵に損害を与えるかということを、われわれは冷静に、また最も合理的に考えていたのである。

しかし戦場では、とかく理論どおりにはゆかぬものである。あくまで積極的に、むしろガムシャラに突っ込むということだけを考えていて、ちょうどよいことが多かった。いざという場合には、どうしても控えめになりやすい。この辺が勇怯の差があらわれる点であろう。最後のどたん場においても冷静沈着であって、状況を正確に判断することはむずかしいことだ。人間魚雷の乗員にはこれが要求されていたのであった。ときどき潜望鏡で観測し、針路、速力を瞬間的に決定して体当たりをすることは至難の技であった。

人間魚雷回天による戦果は、悲喜相交錯してあまり乗員の士気はあがらなかった。だが艦長みずから、人命の亡失に沈みすぎていてはかえって悪い結果になる。したがって死に対しては多少無感覚になる必要があった。また、いつも死を見ているので、自然そうなるのであった。そのためか常に食うことにかけては人後におとらず、いつも肥え太っていた。これはその後、乗員から聞いたことであるが、艦長が今日は何杯食ったといって話し合っていたそうである。暑くても寒くても荒天の時でも、運動は少しもしないのにガツガツ食べるので、一同大いに安心していたらしい。

もうすでに呉出港いらい十日たっていて、艦内には野菜はなくなり、毎日、缶詰ばかりであったので、栄養をとるには量でいかなければならなかったのである。

艦影を認む

このような航行をつづけてゆくうちに、満月もすぎて月はだんだん欠けてきた。乗員はみな気が気ではない。同じ場所で待っていても敵は現われそうもないので、すこし移動してレイテ、グアム、パラオ、沖縄の航路の交叉海面にむかうことにした。

七月二十九日の夜中に目的点に到着する予定で航走していると、日没後になって急に雲が多くなり、夕闇とともに視界がすこぶる悪くなってきた。得意の大型双眼鏡による見張りは、敵の電探に負けそうなので、先手をうたれて不意討ちを喰うかも知れないという恐れがあり、視界回復まで潜航することにした。そして午後十時ごろの月の出を待った。

伊58潜。20年１月、天武隊としてグアム島アプラ港を攻撃、後部に搭載した回天４基を発進した。７～８月には多聞隊の５基を発進。また７月30日には雷撃によりインディアナポリス撃沈

そこで、午後十一時に浮上する予定で、防暑服のままベッドに横になった。三直のうち一直が当直にあたり、他の乗員はみな艦内を薄暗くして寝た。じつに静かだ。ときどき潜横舵の動く音がかすかに聞こえてくるだけである。まもなく当直が「午後十時半になりました」と起こしにきた。

「精密聴音異状なし」しかし、聴音機はあまり信用ができない。

服装をととのえ、発令所にいって艦内神社に礼拝。八幡宮の神符の入っている白鉢巻をしめて、司令塔に上がった。当直中の航海長田中宏謨大尉が「異状なし」と報告したので、潜望鏡を出して外を見るために「夜戦用意」を発令した。司令塔内は真っ暗になり、諸計器だけがかすかに光っている。

もう十一時になっている。月の出から一時間たっていて、月は水平線上、相当高いところに昇っていた。

眼はしだいに闇になれてきたので、「浮上十九」を令して、潜望鏡で見られる深度にした。速度を二ノットから三ノットに増速し、夜間用の潜望鏡を水面すれすれに上げて、素早くあたりを見まわしたが艦影はない。

水平線は割合によく見えるが、ところどころに黒雲があって、はっきりしないところもある。しかし、月の出ている方向は海面がきらきらと輝いていて、じつによく見える。少しずつ浮き上がって、なおもあたりを見まわしたが、やはり何も見えない。対空電探および対水上用電探にも何ら反応がない。そこで浮上して敵を探すべく「総員配置につけ」の号令を下した。

にわかに艦内がさわがしくなって、総員が配置についたので「浮き上がれ」を下令し、なおもぐるぐる見まわすが何も見えず、電探も感なしの連続である。

「メインタンクブロー」の号令とともに、艦は急速に浮上しだした。すでに上甲板が水面に出てきたので、「ハッチを開け」を下令する。号令とともに待機中の信号員長水野上曹が、ハッチを開いて真っ先に艦橋に飛び上がる。つづいて航海長が上がった。

なおも潜望鏡を高くあげて見張りしていると、突然、「艦影らしきもの左九十度」と航海長が早口で叫んだ。私は直ちに艦橋に飛びあがり、航海長の指さす彼方に双眼鏡をむけた。まさしく黒一点、月光に映える水平線上にはっきりと認められる。たしかに艦影である。間髪を入れず「潜航」と叫ぶ。直ちに四人は艦内に入り、艦は浮上の途中からたちまち潜航にかかった。

敵艦を屠る

私は直ちに、ふたたび潜望鏡についた。今度はすぐ黒点はとらえられた。艦が完全に潜行状態になるのを待って「艦影発見」「魚雷戦用意」「回天戦用意」と連続発令して、六門の発射管の全魚雷の用意を命じた。万一にそなえて回天の用意もさせておいた。

黒影はしだいに近くなるが、何物かわからない。戦艦か空母か、それとも駆逐艦か潜水艦か、何しろ一隻だけということしかわからない。真っ直ぐに接近して、どんどん大きくなってくる。駆逐艦がすでにこちらを発見して攻撃に来ているのか、それとも何も知らずに近づく大型艦であるのか、見当がつかないのでいささか不安である。

全魚雷六本を撃つことに決定し、同時に艦首にある回天六号艇の白木一郎一飛曹、予備として五号艇の中井昭一飛曹を乗艇、待機させた。

もし潜水艦だと、敵味方の判別がつけにくくて困ると思ったが、まず潜水艦ではなく敵であるということだけは、はっきりしてきた。だが、まだ艦種やその大きさはわからない。駆逐艦であるかもしれぬので「爆雷防禦」を下令した。

円かった黒影はしだいに三角形になり、大きくなってくる。だが、相変わらず真っ直ぐにこちらに向かってやって来る。これでは真上を乗り切られそうである。まだ距離が判定できない。どうも大型艦らしいと思っていると、まもなく三角形の黒影の頂上が二つにわかれた。前後に大きな櫓があることがわかった。思わず、「しめた」と心の中で叫んだ。真上にくる心配がなくなり、同時に艦種の見当がついたのだ。

直ちに櫓の高さを大巡洋戦艦の三十メートルと仮定して測り、約四千メートルという距離がわかったので、発射時の予想距離を二千メートル、方位角右四十五度とあらかじめ方位盤に調定させた。敵の速度は見当で十二ノットと調定させたのだが、もう少し早かったらしい。

魚雷発射に夢中になって、回天の方へはその後、発進準備を下令しないので、何回も催促してきたがそのままにしておいた。この程度の月明かりでは、回天による襲撃は困難である。魚雷で十分に仕止められるかぎりは、回天は使用しないつもりでいたのだ。

すでに敵艦も近づいてきたので、潜望鏡をときどき波がかかるくらいまで下げた。つねに艦首を敵艦に向けるため、艦は右へ舵をとっている。

午後十一時二十六分、「発射始め」の号令とともに魚雷は走り出す。一息ついてさらに敵艦に近づき、潜望鏡の中心を敵の艦橋に合わせて、「用意」「撃て」と叫ぶ。六本の魚雷は二秒間隔に発射され、敵艦に向かって扇形に突進していった。

命中を待つわずか一分たらずの時間は長かった。平然として潜望鏡をよぎって行く艦影を見ている私は、さすがに気が気ではない。すると間もなく艦首一番砲塔の右側に最初の水柱があがり、つぎつぎに三本の水柱があがって、パッと真っ赤な火を発した。思わず「命中、命中」と叫ぶ。直ちに艦内がわきあがって、乗員はみなおどり上がって喜んだ。

しばらくして魚雷の爆発音が三つ等間隔にとどろいた。だが、敵は停まってはいるが、いぜんとして沈まない。さらに止めの一撃を与えるために、次発魚雷の準備を命令したが、敵の水中探信の音がすると報じてきたので、次発の用意完成まで深く潜っていることにした。ところが実際は反撃どころではなく、その時、敵艦は右舷に六十度も傾いて、沈没寸前にあったのである。やっと二本の魚雷の発射準備ができて潜望鏡を上げたときには、すでに何ものも見えず、海上は波濤千里ただ無気味に静まりかえっているだけであった。

海底空母「伊四〇一潜」落日の太平洋を行く

砲術長が見聞体験した猛訓練から出撃帰投までと有泉司令の最後

当時「伊四〇一潜」砲術長・海軍大尉　矢田次夫

昭和二十年九月二日、東京湾の米国戦艦ミズーリ艦上で、わが国は降伏文書の調印を終えた。その後、米軍をはじめとする連合国海軍の高官が、つぎつぎに横須賀の海軍基地の岸壁を訪れた。それは、そこに並んで繋留されている伊四〇一潜水艦以下、伊四〇〇潜水艦および伊一四潜水艦（以上は第一潜水隊）を視察するためである。

ここに勢揃いしていた第一潜水隊は、第二次世界大戦末期、すなわち昭和二十年六月～八月ごろ、太平洋戦線において計画的な作戦行動を展開していた唯一の海軍部隊といってよいだろう。文字どおり、当時の「虎の子部隊」であった。

矢田次夫大尉

ところが、いまや最新鋭の素晴らしい晴れ姿ではなく、敗戦の号令とともに、あらゆる武器を捨てマストからわが海軍の軍艦旗を降ろして、米国の星条旗を掲げさせられている悲嘆の潜水艦の姿であった。伊一三潜水艦を失った第一潜水隊の全艦である。

来訪の高官たちは口々に「ワンダフル、ビッグワン」の声をあげる。この潜水艦を見たものは誰でも、間違いなく発する第一声であった。

大日本帝国海軍といって、名実ともに世界に冠たる誇りをもっていた海軍には、装備面で零戦（戦闘機）や酸素魚雷などの優れたものもあった。なかでも戦力の根源となる艦艇では、戦艦大和と武蔵というまさに世界に類のない超弩級艦があり、世界の驚きでもあった。

ところが、あまりにも知られていないもう一つの超弩級艦があった。

これが諸外国の海軍の高官に「ワンダフル！」を連発させた伊四〇〇型の潜水艦である。攻撃機三機を搭載して、約六千トンの巨体をまたたく間に水中に潜没することができる、俗に「海底空母」とも「潜水空母」ともいわれたこの驚くべき潜水艦を、一般の国民は見ないまま、知らないままに秘密裡に終わってしまった。

残念に思うのは、戦艦武蔵がフィリピン海域で、あるいは戦艦大和が沖縄海域で、衆寡敵せず散華していったが、持てる能力をそれなりに発揮し、驚異の戦力を見せた。それにくらべ、世界に誇る第一潜水隊は本来の潜水艦としての機能も、保有する航空機の攻撃力も、なんら発揮することもなく、敗戦を迎えたことである。すでに、戦況の不利は深刻で、戦勢を回復することはできないとしても、せめて目を見晴らせる能力を世界に見せてやりたいと、当時の乗組員は等しく念願していたのに、夢と消え失せた。

当時の軍事秘密の環境下では、国民には、このような潜水艦がベールで覆われたとしても、やむを得なかったであろう。第一潜水隊は極秘裡に、一刻も早く編成と練成をすませ、第一線の待望に応えるべく血のにじむような訓練練成に励むことになるが、道は平坦ではなかった。私は当時、海軍大尉（二十二歳）で伊四〇一潜水艦の砲術長として乗り組んでいた。

ままならぬ訓練

第一潜水隊は昭和十九年十二月三十日の伊四〇〇潜の竣工（呉工廠）と同時に、すでに昭和十九年十二月十六日に竣工（神戸川崎）していた伊一三潜の二隻で新編された。その後、わが伊四〇一潜が昭和二十年一月八日（佐世保工廠）に、伊一四潜が昭和二十年三月十四日（神戸川崎）に竣工編入され最新鋭四隻の潜水艦部隊となった。そして昭和二十年早々から瀬戸内海西部で猛訓練に突入した。

この部隊が遠大な計画のもとに建造され編成されたことは、われわれ下級の士官には知る由もなかった。ただ素晴らしい潜水艦の乗組員になったと、誇りにおもって頑張らねばとも思ったが、「何とデカイ潜水艦」だろうと驚嘆した。あとで述べる対米本国、対パナマ運河作戦などは、軍令部や艦隊司令部にとっては、本命の戦略や作戦の課題であろうが、砲術長などの若い下級士官にとっては、戦略や戦術を論ずる知恵もなければ暇もない。ただ、体を張って走りまわった若年士官であったという記憶が強い。

早急に練度、術力を練成しなければならない潜水艦は、潜水艦の本命である潜ることが何の不安もなく、緊急時にできなければ作戦には間に合わない。と同時に、この潜水艦の特質である航空機の運用が円滑にできなければ役に立たない。これは艦長以下、艦を挙げての当面の緊急課題であった。

潜航のためには、各部各所の緊密な連係や緻密な計算が必要であるが、私はもっとも若い士官であり、哨戒当直員の潜航に際しての、艦内への退避突入訓練を受け持っていた。停泊中にできる訓練をやるので、毎早朝、いやというほど訓練を重ねたことを思い出す。行動中に艦橋で立直する乗員を集めて、入れ替わり立ち変わり、極力短時間に艦橋から丸いハッチに飛び込む訓練を重ねたのである。もともとこの巨大な船体が全没するのに約一分という目安があったと聞いたが、私はこのとき、反復訓練の重要性を実地に体験した。私の記憶にのこる航海中の実際の潜航最短秒時は、四十四秒であった。何事も、訓練は限りなく熟練させていき、磨かれていくことを実感した。

わが国の海軍が大正十一年（一九二二）、ワシントン会議で主力艦の割合を下げられて、しかし補助艦の整備を推進し、さらに昭和五年（一九三〇）、ロンドン会議でまたまた米英にたいし補助艦の割合の差をつけられた。そこでいまやこの劣勢をカバーできる残された道は「技神に入る」という訓練練度の向上しかないとして、文字どおり「月月火水木金金」を合言葉に訓練に精進してきたゆえんが身にしみた。

しかし、その訓練が思うにまかせなくなった。最大の戦力である攻撃機の搭載、発艦の訓練は瀬戸内海でも進まなかった。すでにわが本州各地で米軍の爆撃機、空母戦闘機、攻撃機などが乱舞しており、港湾には多くの機雷をばらまかれ、海域を十分に使っておこなう訓練は、危険きわまりない状況になってきていた。一方では、名古屋で生産されている「晴嵐」という攻撃機も、工場等の被害で生産もままならず、遅れがちになってきた。もともと晴嵐の練成のために第六三一航空隊が霞ヶ浦に編成され、第一潜水隊の編成にともない福山に進出して、訓練を行なっていた。しかし、潜水艦と攻撃機の連係総合した訓練が進まない厳しい状況に立ち至った。

呉の大空襲

このようななか訓練どころではなく、激しい戦闘が起きた。三月十九日早朝、「土佐沖に敵大機動部隊接近中、呉方面に来襲の公算大なり。各艦は警戒を厳にせよ」という情報が流された。午前七時三十分ごろだった。

「敵機大編隊一五〇キロに捕捉、ジグザグ飛行、呉に向かいつつあり」とレーダー室から報告が艦橋に上がってきた。このころ、伊四〇一潜でも、今日のレーダー(当時は電波探信儀といっていた)を装備していた。このころ、伊四〇一潜はこのとき、呉の潜水艦桟橋に繋留していた。私にとって、直接敵と戦闘を交えるのは初めての経験である。緊張していたと思うが、詳細は覚えていない。

「敵近づく、三十キロ」という声が聞こえたとたんに、灰ヶ峰の山の背後から、逆落としのようにグラマン戦闘機が突っ込んできた。周辺の砲台は一斉に火ぶたを切った。晴れ渡った青空がまたたく間に鳥の大群のような急降下爆撃機と、砲弾の炸裂煙で一面黒くかき曇った。

ウルシー攻撃は成らず横須賀に回航され米潜水母艦プロテウス(左奥)に横付けされた第一潜水隊の３隻。それぞれ艦橋前方射出軌条脇の晴嵐揚収クレーンがその位置を示すが、中央が伊401潜、右端が伊14潜、左奥が伊400潜。この３隻は真珠湾に回航され調査後にハワイ沖で撃沈処分された

「待て待て、まだよ」艦長はごく近くまで、敵機を近づけてから射撃を開始しようと、その開始を押さえていた。私はこのあと、射撃の開始の命令を受けて「撃ち方始め」を号令したが、そのあと、爆音と砲音で何もいえず聞こえずの態であった。

よくも潜水艦の身で、機関砲の弾幕を限りなく撃ち上げたものだと、いまも忘れられない。来襲する飛行機も落ちてくる爆弾も何となく自分に向かってくるように見えたが、なかでもまさにわれを狙って突入してきたなと思った攻撃機があった。その爆弾は三十メートルほど離れた栈橋の先端に着弾して爆発した。われわれは難をまぬかれたが、反面、栈橋にいた人は飛び散った。本来、潜水艦はこのような対空戦闘に対応する兵力ではない。この空襲の間隙を縫って、伊四〇一潜は出港し、江田島の秋月沖に進出、沈座（水中に潜って海底に着底すること）して避難した。

私は砲術長として内々誇りに思っていた。潜水艦といいながら、一四センチ単装砲一基、二五ミリ三連装機銃三基、同単装一基（計機銃十門）の兵装は、これまた世界に類を見ない強力なものであった。駆潜艇といって潜水艦を駆逐するという艦種があったけれども、逆に、この潜水艦で水面に浮上して、駆潜艇を十分に駆逐してやれると自信をもっていたほどである。

射撃訓練も十分に実施できているわけではなかったが、この戦闘で約一万発の二五ミリの機銃弾を撃ったとの報告がある。これは、驚くべき発射弾である。私はその弾丸が、よくも潜水艦の艦内からつづけて給弾できたものと驚いたり喜んだり感激したりした。なぜかといえば、潜水艦では丸いハッチで艦外と連絡できるだけで、重い弾薬匡を機銃の側まで運ぶのは容易ではない。いかに乗員一同が必死に運んだかを物語っている。実戦にまさる訓練はないというが、大きな自信になった。

七尾湾への移動

思うにまかせない訓練に見切りをつけて、訓練地を日本海に求め、能登半島中部東岸の七尾湾に進出することになった。しかし、時すでに潜水艦が航海する燃料さえ、呉の海軍基地は持ち合わせていなかった。巨大な伊四〇一潜は一七〇〇トンの燃料を積み込む能力がある。第一潜水隊四隻に搭載すれば約五千トンを必要とする。燃料の需給計画の深刻さをうかがわせたが、伊四〇一潜は大連（旧満州）に燃料搭載に行くことになった。

三月十九日の呉大空襲につづいて、三月末にはさらに航空機により広く機雷を投下敷設され、瀬戸内海はますます危険な海域になりつつあった。瀬戸内海、関門海峡にはすでに多くの触雷沈没船を生じていた。四月十一日に呉を出港し、十二日には瀬戸内海西部で関門に向かっていた。豊後水道の北に姫島という島がある。この島の北側を細心の注意を払いながら西航をつづけていた。私はちょうど艦橋での当直を終わり、士官室に降りてコーヒーを飲もうと用意をしていた。たまたま第一潜水隊の有泉龍之助司令がすでに奥の席でコーヒーを飲みかけておられた。

「ドカン」一瞬、お腹の底から突き上げられるような感じがした。壁にかけてあった額が落ち、ガラスが壊れて飛び散った。司令のコーヒー茶碗が天井まで飛び上がって落下、テーブル一面を汚した。

潜水艦の特性であるが、不測の事態にたいしては、まず「防水」が肝要である。艦長はただちに号令、艦内くまなくチェックを命じ浸水沈没の危険がないことを確認されたが、同乗中の有泉司令は、このまま大連への燃料搭載任務を続行させることは困難と見て、伊四〇一潜に「呉帰投」を命じられた。われながら「行動する燃料もなく、また燃料を積もうとする動きさえままならぬ」とあっては、この先いったいどうなることであろうと思ったが、声にはならない。声には出せない。

ここで時ならず緊急修理にとりかかったが、この修理の期間にあわせて、有泉司令の切なる要請により、第一潜水隊の各潜水艦にシュノーケル装置を急きょ整備することになった。これはドイツが、自国の潜水艦がイギリスの装備しているレーダーに捕捉されて被害が多いことから、これらの対抗策として採用した装置であり、すでに資料や情報を得ていたのである。

端的にいえば、潜水艦は潜ったままで、煙突のような筒を水面に出して、そこから空気を取り入れて発動機を運転し、その電気でモーターを回転し、スクリューを回し航走する。このように、水面上に船体を多く露出しないことを狙っている。そうすれば、レーダーの哨戒網にかかりにくくなることが期待できる。よくもこんなに切羽つまった時期に、これだけの新装備を緊急整備できたと思う。わが国における潜水艦では、シュノーケル装備の最初の艦である。しかも、これが後日われわれの行動に大きく貢献するのである。禍をもって福となすという言葉があるが、伊四〇一潜の触雷被害がなければ、遅れがちな作戦準備のなか、果たしてシュノーケルなどの装備まで行なわれたかどうか。潜水艦にとっては、まさに福に転じた禍であったといえよう。

戦線への期待と焦燥

その後、伊四〇一潜に代わり、四月十四日に伊四〇〇潜が大連まで燃料搭載に行き、また伊一三潜と伊一四潜は鎮海（韓国）に寄港して燃料を積むなどして、五月はじめにはようやく七尾湾に勢揃いした。はじめた訓練は、パナマ運河の爆破を狙いとした訓練であった。第一潜水隊に課せられていた任務は、いろいろの曲折があったけれども、この頃はなおパナマに向けての作戦が進められていた。

ここで初めて伊四〇〇型潜水艦やパナマの爆破などの話を耳にされる人のために、その由来について少し触れておく必要があるように思う。

そもそもこの六千トンもある大きな潜水艦をつくった日本の海軍は、何を考えていたのか。しかもその潜水艦は、こともあろうに飛行機（攻撃機）を三機も積んで何をしようとしていたのか。

そのころ、世界には飛行機を搭載した潜水艦は、戦線には存在していなかった。潜水艦史の上では一九一八年（大正七）ごろ、イギリスで試みられて以来イタリア、アメリカ、ドイツなどの海軍国では試作機までつくって検討をすすめたが、進展しなかった。一九三〇年ごろ、フランスでも三千トン近い大型の潜水艦に航空機を搭載して世界最大、世界最強を誇った例もあるが、犠牲者を生じ、沙汰やみとなってしまった。

このような情勢のなかで、わが国の海軍も遅れじと、ドイツの情報を得て水上偵察機を製造した。世界では、航空機を搭載する潜水艦が姿を消すというころに、すなわち一九三二年（昭和七）に、わが国では初めて小型の水上偵察機が正式に採用されている。爾来、わが国では潜水艦に偵察機の搭載が増えてきた。いったい何に使うかといえば、敵の動静の偵察である。本来、潜水艦自身が隠密偵察にあたる任務を帯びているけれども、さらに敵の本国、前進基地などの潜水艦が近づき得ないところに、この偵察機を飛ばそうとする着想である。

昭和十六年（一九四一）十二月八日、ハワイ大空襲によって太平洋戦争が勃発した。その直後、昭和十七年一月十三日、軍令部から「魚雷一または八〇〇キロ爆弾一を持つ攻撃機を搭載できて、四万浬（かいり）航海可能な潜水艦はできないか」という案が、技術サイドに下問があったという。ここに端を発した検討努力の結果が、伊四〇〇型の化け物潜水艦となって生まれたのである。

後日の談であるが、われわれの耳に入ったのは、当時の連合艦隊司令長官山本（やまもと）五十六海軍大将の奇襲案の一つであったという。真偽のほどはわからない。第一の奇襲はハワイ空襲であったが、第二の奇襲がこの潜水艦十八隻（当初は三十隻とも聞いた）に搭載の航空機約五十機による米東岸（ワシントン、ニューヨーク等）の空襲であったという。たとえ米本土に侵攻できないとしても、爆弾の雨は米国民にたいし、大いに厭戦気分を募らせる効果があると胸算用していた。

とてつもない巨大な潜水艦であっただけに、戦況の不利から資材の欠乏で思うにまかせず、工場の被害の増加で工程は進まず、幾度か建造計画の変更を強いられながら、ようやく漕ぎつけた海底空母の完成であった。この間の経緯や中央の苦悩の模様は、佐藤次男氏の『幻の潜水空母』という著書にまとめられているので参考となる。

巨大な潜水艦は完成したが、いってみればこれは戦術的な兵力というより、戦略的な用兵に効果のある兵力である。とは言いながら、いまやワシントンやニューヨークの攻撃の夢など見られる情勢ではなかった。しかし、捨てがたい第一潜水隊の戦略的な能力から、次善の計画として浮上してきたものが、パナマ運河の爆破作戦であった。それは、米国の膨大な太平洋にたいする展開部隊の一大後方補給路であり、海上交通路の一大要衝である。

パナマ運河の使用ができない場合、南米マゼラン海峡回りとなり、作戦に大きく障害を生ずることになる。この作戦を目標にして、すでに呉で図上で勉強もして、いま七尾湾に集結して最後の、緊急の総合訓練に挑もうとしている。パナマ運河の爆破に期待を寄せながらである。しかし、この作戦も時すでに遅くなっていた。はるかパナマまで進出している暇もない。もはや遠方の作戦など期待もされない。わが国周辺の目の前が燃えている。

マリアナ海戦、フィリピン海戦とつぎつぎに戦勝をかさねた米軍は、昭和二十年四月一日、ついに沖縄に上陸侵攻をはじめた。戦艦大和を旗艦とする第二艦隊が、わが海軍の最後の栄光を双肩にになって、四月七日、沖縄海域に進出、壮絶な最後をとげた。内地は国じゅうが米軍の爆弾、焼夷弾に見舞われつづけている。三国同盟の盟友ドイツはついに五月七日、無条件降伏した。当時は、報道管制のもと実態はよくわからなかったけれど、戦勢がますます傾きつつあることは理解していた。

ふしぎにどんな被害を見たり聞いたりしても、わが国が負けるなどとは思いもせず、任務の揺れなど知る由もなく、ただ、われわれは目前の厳しい訓練にとりくんでいた。いったいどんな訓練に明け暮れていたのか。戦雲急を告げる七尾湾で、真剣勝負にも似た訓練練成の姿を少し紹介しておくことにする。

熾烈な訓練

「総員釣床おろせ」「巡検用意」「巡検」という号令は、海軍で一日の作業をすべて終えた就寝の前の号令である。寝床の毛布をととのえ甲板の掃除もして、「巡検」の号令で静かに眠りつくことになっている。夜は徐々に更けて行くのが常である。

ところが、今日もなお陽は高い。午後の一時ごろか。七尾湾に巨体を浮かべた伊四〇一潜には「巡検」の号令がかかった。艦自体が、深い眠りにつくわけである。もともと潜水艦では、舷窓が一つもないから、時計でも見ないかぎり昼なのか夜なのかわからない。外の明るさも景色も何も目に入らないからである。休まなければならないはずなのに、なかなか休めない。そのうち夜九時から十時ごろになると「総員起こし」という号令がかかってくる。

乗員は眠い目をこすりながら飛び起きて身の回りをととのえ、洗面して、これから夕飯のような朝飯を食べるわけである。完全に昼と夜が逆転している。こうして真夜中に錨を上げて出港し、訓練海面に向かう。そして、潜航して訓練開始を待つ。

さて、戦いはこれからである。

「急速浮上、飛行機発艦用意」という号令が行き渡る。各部の「用意よし」の報告を受けて艦長は、「メーンタンクブロー」を号令し、発動をする。メーンタンクブローというのは、潜水艦が浮き沈みするために持っているタンクに、気蓄器から空気を吹き込んで、タンクのなかの水を追い出して船体に浮力を与え、水面上に浮かべる操作である。したがって、潜水艦は大きな姿を現わすことになる。

浮上したら、極力早く乗員は飛び出して、航空機の格納筒の扉をひらき、航空機を引き出して翼をひろげ、組立を終えてカタパルト（航空機を打ち出す射出機のこと）でつぎつぎと三機を発射する。

ただちに扉を閉め、「潜航急げ」という号令がかかる。甲板上の乗員は一斉に艦橋のハッチから艦内に飛び込む。最後に艦橋のハッチが閉められ、こんどは「ベント開け」という号令がかかる。先ほどタンクに空気を入れて浮かんだので、その空気をぬけば、こんどは水が入って潜水艦は沈むことになる。ベント弁を開くことは空気を抜くことである。

こうして、浮上して航空機を発艦させ、つづいて潜航するまでは潜水艦にとっては、死活的に重要な時間である。逃げることも潜ることもできない、もっとも危険な時間である。したがって、この費消時を少しでも短くするのが狙いである。当初は三十分も二十分も必要としたが、最終的には十五分くらいまでに詰めたと思う。

航空機搭乗員がカタパルトで射出されるときは、暗黒の真夜中である。水平線が薄々でも見えない曇りのなかの飛び立ちはもっとも危険、といっていたのを思い出す。これも作戦構想に合わせるとすれば、やむを得ない。危険覚悟の訓練である。

パナマ運河の攻撃をするとすれば、いずれにしても黎明、すなわち明け方の攻撃になることであろう。パナマ沖合二〇〇浬付近で発艦させるとすれば、攻撃機の速力二百ノットで約一時間が必要となる。なお、パナマ運河のどこを攻撃するかによって距離が異なる。太平洋側のパナマ市サイドの閘門（こうもん）の場合と、大西洋側のガツン湖の閘門の場合では約四十浬ほど異なる。

ともあれ、明け方に目標にたどり着くためには、暗闇のなかで潜水艦を離れなければならない。暗闇のなかで作業をおこない、発艦し編隊を組んで、編隊でなくとも、まとまって行動し得なければならない。これが、どんなにか困難な練成であるか、想像を絶するものがあった。しかも、できたばかりの新機種であり、故障や不具合は続出が常である。不幸にも殉職者も生じた。搭乗員はまさに真剣勝負であった。潜水艦乗員もまた緊張の連続である。

飛び立った航空機は訓練飛行を終えて、空が明るくなるころに潜水艦との打合わせ海面に帰ってくる。これから航空機揚収の危険作業がはじまる。「急速浮上、飛行機揚収用意」の号令とともに、先ほどと同様に「メーンタンクブロー」で浮上し、格納筒をひらき格納の準備をする。航空機はつぎつぎに潜水艦の右側に着水する。潜水艦の起重機（トンボ釣りと俗称した）が吊り上げ、ただちに翼をたたみ格納筒へ。

三機を揚収するや「潜航急げ」つづいて「ベント開け」で全没する。これでひと流れの訓練作業が終わる。「訓練終了」で水上航行に移り、今日の作業の反省を語りながら七尾湾に急ぐ。朝の八時、九時ごろの太陽は、目にチカチカと眩しかったことを思い出す。

七尾湾に入港して食べる食事は、昼食か夕食か本人にもわからない。一服して、受持ちの兵器の手入れや点検をしていると、まだ陽は高いのに「巡検用意」の日課に移っていく。

こうして、夜昼逆転の訓練は繰り返しつづく。潜水艦も完成したばかり、航空機もいま受け取ったばかり。故障との戦い。満身創痍ともいえそうな状態のなか、熾烈な訓練をつづけながら打って一丸となって心はパナマに飛んでいた。

揺れ動く作戦計画

このような状況のなかで、五月の下旬であったか、六月のはじめであったかよく覚えていないが、私は連合艦隊司令部に出張を命ぜられた。命ぜられたことは、別に難しい打合わせや協議の大任ではない。何のことはない、俗にいう「公用使」であった。私がもっとも若い兵科の士官であったことにもよると思うが、極秘文書を直接受領してくることであった。この使いは下士官以下の隊員では駄目で、士官を当てよということであった。船乗りにとっては不慣れな鉄道の旅。旅といってもわずかに七尾から東京までであるが、いかにも遠く苦痛に感じた。

そのころ連合艦隊司令部は、日吉の慶応大学の構内に所在していた。極秘文書を受領して小脇にかかえ、上野駅にとって返した。四方の山の景色を眺めていられる旅行ではない。猛訓練のなかの緊急出張である。トンボ帰りもやむを得ない。国鉄による陸上輸送も、鉄道線路や施設の被害で、どこまで無事に行けるかわからないというような情勢下にあった。

夜行列車に飛び乗ったのであるが、何と混雑満員のことか。昇降口に二、三歩踏み入れただけで動きがつかない。立ったまま、大事なものを抱えたまま、もし落としたり紛失しては大変と、目は冴える。このとき、どのように一夜を過ごしたか、いまはもう思い出せないが、苦しい一夜であったことだけは記憶にある。

戦争、作戦の遂行に、情報の重要性はいまさら言うにはおよばないが、この「極秘」もまさに作戦地域の重要な情報資料であった。

というのは、パナマ運河の攻撃作戦が主目標であった時期でもあり、パナマ運河のガツン湖その他の閘門(こうもん)の写真ほかの資料であった。閘門を爆破するのに、地形上、この目標とこの地点を見通して突っ込めば閘門を直撃できるというような計算が含まれていたように思う。

それにしても、この資料がいつのものか、どのような経路を経て誰から入手できたものなのか、いろいろ思いを馳せると、スパイというものの大切さがしみじみと感ぜられた。この情報がどの程度の信頼性があるのか、別の観点も必要であるが、このような現地の情報があるのとないのとでは、作戦上、大きく影響をおよぼすことになる。いまや、戦況が日に日にわれに不利になりつつある情勢下でも、なお、国際的に地下の情報が健在というのであれば、わが国の組織も相当なものだなと思った次第である。

ところが、日増しに不利な、熾烈な戦況は、遠大なパナマ運河攻撃という作戦を霧散させてしまった。連合艦隊や潜水艦隊の司令部では——われわれの知らないところであるが——パナマどころではなく、当面の火の粉を消す作戦に変えるべく、揺れに揺れていたようである。その結果、ウルシーに集結の米機動艦隊の攻撃に作戦が変更された。この海底空母の作戦を、当初から手がけた有泉司令にとっては、断腸の思いであったことと思う。

せっかくの訓練をかさねたのに、六月二十日ごろになり、様子が変になってきた。伊一三潜と伊一四潜の両艦が航空機晴嵐や搭乗員、整備員を降ろして舞鶴港に回港したので、「あれ、おかしいな」とわれわれは作戦が変わったことを感じたが、作戦の全容を知ったのは後々のことであった。

それぞれ太平洋へ向かう

いくつかの戦史の書物に掲げられているので重複するけれども、この紙面を読まれる人のために、変わった作戦の概要を紹介しておかねばなるまい。

ウルシーの米機動部隊に攻撃をしかけるためには、やはりまず情報がわからなければ作戦にならない。すでにグアムもサイパンも失った南洋方面の情報の取得は、容易ではない状況にあった。よって作戦は次のような二本立てとなった。

一つは、ウルシーの偵察にあたる作戦で、伊一三潜、伊一四潜に優秀な偵察機彩雲を各二機ずつ搭載してトラック島に輸送し、そこで組み立ててウルシーにたいする航空偵察を敢行する。これを「光」作戦といった。もう一つは、本命の攻撃部隊の伊四〇一潜、伊四〇〇潜で晴嵐三機ずつ、計六機の攻撃機でウルシー南方に進出、「光」作戦による情報の提供を待って特攻をしかける。これを「嵐」作戦といった。

舞鶴に帰投した伊一三潜と伊一四潜は、すべての準備を終わって七月上旬には舞鶴を出港、大湊に回航して彩雲を搭載、七月中旬に相前後して太平洋に進出していった。目ざすはトラック島である。

わが伊四〇一潜も、七月中旬に舞鶴に帰り、補給整備の万全な準備を完成した。このとき、どのように連絡を取ったのか覚えていないが、郷里鳥取県の倉吉市から母が舞鶴に面会に来ており、したがって出撃の前に家族と会った。特別に艦長から何らかの指示があったことと思う。覚えていない。

しかし、他の人にも面会者があったから、多分許可があったことであろう。そうでなければ、どこにいるかも知らされていない息子のところに、親が面会に来るはずがない。そこには攻撃機の特攻のみならず、潜水艦自体がふたたび日本の土地に帰ることもなかろうという艦長の配慮があったものと思う。必殺の闘魂のかげに、深い思いやりが感ぜられる海軍であった。復員してからの母の話。

「あのときどこに行くとも、いつごろ帰るとも言わなかった。けれども、あちこちで空襲の被害がひどくなっていたので、戦争は勝ちそうにもなく思われたし、お前もこれでもう帰って来ないのだなと感じた」と。

このあと、私は大湊を出港する前に、最後の自分の筆跡を残しておこうと筆書きで便りを母に送ったが、戦後、復員して聞いたところ、母のもとには手紙は届いていなかった。その当時のことであるから、手紙の内容に書いてはいけないようなことは、意識的に書いていないはずなのに、検閲にでもひっかかったのか、没収破棄処分にでもなったのであろうか。しかし、それがむしろ幸いしたようである。と言うのは、母の言を借りれば、こうである。

「息子はどうせ帰ってこない。親ひとり、子ひとり、あとは誰ひとり家族もない。財産もない。食い潰して、首でもつってあの世にいこうと思っていた。そんな、書置きみたいな筆の手紙などくれば、決心をもっと早くしていたかも知れない」ということであった。

こうして攻撃の本隊（伊四〇一潜と伊四〇〇潜）は七月二十日ごろ、舞鶴をあとに大湊に進出した。そして下旬（出撃の日が各人の記憶まちまちで定まらない）に伊四〇〇潜、伊四〇一潜の順で夜陰に乗じて津軽海峡を通過するように、静々と下北半島を迂回して太平洋に展開していった。

太平洋は米国の海

「砲術長、これを見てみろ」南部艦長が潜望鏡の握り手をゆるめながら、声をかけられた。

潜望鏡をのぞくと、距離約二千メートルくらいであろうか、三万トン程度の貨物船が鮮明な姿で映っていた。また、夜間に行きあった貨物船は航海灯はもちろん、作業灯や甲板灯まで明々と点灯し、丸い舷窓は灯火管制などまったくしていない。太平洋では日本にたいする警戒は、もはや必要がなくなったといわんばかりに、我物顔(わがものがお)の航海をしていた。

「一発で沈没するのになあ」と歯ぎしりをする艦長の悔しそうな顔が思い出される。艦長は「ウルシーの攻撃が終わるまでは我慢しよう」と乗員に語りかけた。事実、軽率な敵対行動をとって、使命の完遂ができないではいけない。隣りのベッドには、特攻という生死を超えた同僚がいる。航空機に乗って敵艦に突っ込むのである。わが身に思いをよせれば、複雑きわまりない。われわれの大任はこれからだぞという思いに、憤懣の心も静まった。

こうしてウルシー南方海面の伊四〇〇潜との会合点に進出するまでに、多くの米艦艇や商船に行きあい、空には哨戒や輸送の航空機の飛行をとらえた。

対空警戒の場合、まず電波探知機により、相手のレーダーの哨戒電波の捕捉につとめる。いわゆる逆探といって、相手がわれわれを捜索しているということを逆にこちらが探知するのである。これで探知すれば、こんどはレーダーで相手を探す。わが方もすでに対水上電波探信儀や対空電波探信儀（現在レーダーといわれる）を装備していたので、大方の航空機はこの対空レーダーをもって捉えることができた。

「航空機らしい。三十度、九十五キロ、こちらに向かってくる」とレーダー室から発見報告が司令塔に送られてくると、経過を見ながら三十キロぐらいに近づくと、「潜航急げ」という号令のもと潜航にうつり、航空機のスピードと時間を計算しつつ行き過ぎるのを待つ。

ふたたびレーダーを上げて捕捉し、「航空機四十キロ、だんだん遠くなる」との報告を得て、確認して浮上航行に戻る。昼間はおおむね潜航し、夜には浮上して水上航行する。敵の艦艇、航空機への対処はもちろん、この間に台風などの天候では潜り、といったふうに苦難の進出はつづいた。

青天の霹靂で戦い終わる

伊四〇一潜は司令乗艦であるので、外信傍受班が乗り組んでいた。八月十二日ごろには、すでにサンフランシスコやメルボルンのラジオ放送を取って日本の降伏に関するやりとりを捉らえていたようであるが、艦長の「アメリカの謀略だろう」との判断から一切乗員には知らされていなかった。

私たちも何となく敗戦近しの感じで司令や艦長の言動をみていたが、事実として敗戦を知ったのは十六日、日没後に浮上してからであったと思う。艦長は「作戦行動をとりやめ呉に帰投せよ」という命令をもらってはじめて、反転して内地に向かう決意をされた。内地に向かう決意までに、意見や議論など紆余曲折はあったが、真面目にそうしようとしたことで、記憶に強く残っているのは次の二つである。

一つは、海軍総隊司令部から、艦艇はマストに黒球と黒の三角旗を掲げて帰投せよと通達されてきたが、これを無視したこと。すなわち、もはや敵対行動をしないことを表明するための旗章らしかったが、米艦に捕らえられた場合、グアムかハワイかどこか米国に回航を命ぜられてはたまらない。潜航も禁止されたが、これも無視、敵を避け潜航をかさねて一路大湊に向かった。

もう一つは、世界に冠たるこの潜水艦を敵に渡したくない。どのように処置すべきか。誰も敗戦の経験もなければ、教えられてもいない。しかし突きつめれば、全乗員は助けて潜水艦は沈めてしまい相手に渡さない。これがもっとも望まれるところ。しかし潜水艦が沈没しているのに、乗員が命ながらえているのは不自然といわねばならない。

このような思案が真面目に議論された。

三陸のリアス式海岸で、岸に近く深いところに沈座する。夜ごと夜ごとに浮上し、乗員は何回にも分かれてボートで岸に渡り、長野方面の高原に集まる。芋でもつくる集団となる。各人は名前を変えて、自分の故郷にも生存を知らせない。最後に退艦するものが、潜水艦に浸水をさせて沈める。以後は時勢の移り変わりを見て対処する。したがって、いまから職名、たとえば航海長、砲術長などは使わないで、名前で山本さんとか加藤さんとかいうように慣れることなど、真剣であった。

しかし最終的には、乗員は潜水艦とともに、こぞって堂々と大湊に帰港することになり、いよいよ明日は入港という八月二十九日早朝に、場所は三陸、金華山沖、伊四〇一潜は米潜水艦セグンドの発見するところとなり、屈辱的な悲劇がはじまるのである。われわれが日本近海に帰り油断もあったと思うが、それにもまして米軍は、九月二日のミズリー艦上の調印式に備え、いまなお太平洋を行動している巨大潜水艦の所在を捕捉するために、大捜索網を展開していたということである。

有泉司令の自決

伊四〇一潜は米潜をみとめて、ただちに潜航退避すれば離脱ができたと思われるが、潜航は敵対行為となっていたので、すでに潜航をしなくてよかろうとキングストン弁（タンクの下側の弁で水の出入を管制する）は締め切っていた。したがって、急速な潜航はできないので、潜航せずに全速力で離脱をはかった。悪いときには悪いことが重なる。突然、左のエンジンが故障してしまった。みるみる離脱ではなく追い付かれてしまった。

海軍総隊より指示されたとおり、すでに魚雷も弾丸もことごとく海中に投棄しているので、いまや丸腰にひとしい。近づいた米潜は、わが真横の胴腹に艦首を直角に指向し、いつでも魚雷を放せる態勢をくずさない。「機関全力待機」として、相手艦に衝突戦法でもとりたいが、一回転して衝突するのは容易な技ではない。

「グアムに同行せよ」「燃料なし。天皇の命令でわれわれは大湊に帰る」「それではマッカーサーの命令である。横須賀に来い」と論争はつづく。

坂東宗雄航海長が米潜の要求で、ボートで米潜に渡り折衝の末、下士官以下の五名の米軍連絡員を伊四〇一潜に乗艦させ、セグンドに同道して横須賀に向かうことになった。有泉司令が気に入らなかったことは当然である。この間のやりとりについても、佐藤次男氏の著書『幻の潜水空母』にくわしく掲載されている。

八月三十一日午前五時を期して、伊四〇一潜は軍艦旗を降ろして米国星条旗に掲揚を替えるように要求されていた。三十日には乗員は傷心のなかにも、それぞれ身のまわりの整理していた。終戦後のことで捕虜ではないと自らに言い聞かせながらも、なんとなく不安や焦燥を感じていた。反面、生きて内地を踏むという安堵もあり、複雑な空気であった。

私は三十一日午前二時〜四時の当直で艦橋に立直していた。ここで私は、奇しくも有泉司令と最後の言葉を交わすことになった。時間的にみて、おそらく最後の会話であったと思う。おおむね午前三時四十五分前後のことであった。その当時の私の「追憶の記事」を引用することにする。

「砲術長、どうだ、変わったことはないか」という声に、「あ、有泉司令」と直感的にわかった。「はい、変わったことはありません」とオウム返しに報告した。海軍では、前方を哨戒する当直中は誰から質問等の話しかけがあっても、常に前方の敵方向から視線を反らさないように厳しくしつけられていた。私は司令の顔を見ないまま返事をした。

そのころは明るくはなかったが、ほんの少し薄明かりが感ぜられたと思うので、もし司令の顔を見ていたとすれば、その平静な顔の中に、秘められた決意の一端でも察知し得たかもしれない。いつもの鋭い眼光の中にも、何か訴えるものを感じたかもしれない。しかし、偉大な指揮官であったから、自ら深く期するところは、その挙動にわれわれ凡人が感ずるような振る舞いはなかったかもしれないとも思い直す。いずれにしても、「どうだ」という一声は、偉大な指揮官を偲ぶ忘れ得ない永遠の声となった。

すべて、あとで思い当たるということで、そのとき何故にボヤッとしていたのか悔やまれるのであるが、常にないことが起きていた。

視界周辺を見ているから、見ようとしないまでも目に入るものもある。ソッと艦橋から白いこぶし大のものが艦外に捨てられた。

ハッと思ったが、司令が紙屑でも捨てられたのかと思い、そのまま気にもかけなかった。と同時に私の目に入った司令の後ろ姿は、久方ぶりのヘルメット姿であった。これは白色のためか、夜目にもはっきり印象づけられている。かつて、印度洋作戦当時、赫々たる戦果の中で愛用されたものに違いない。熱帯地用の防暑ヘルメット、まさに汗と血で綴る武運の象徴とでも言いうるヘルメットであろう。

あとで、人心の機微にうといわが身を責めてみてもすでに遅い。あり得ないことが起きている。それなのに見過ごした。海軍軍人は甲板上から艦の舷外に、ものを捨ててはいけないと厳しく教えられている。しかるに、司令は艦橋から紙屑を放棄された。遺書の書き損じの反古紙であったのであろう。そして、そこで私が見た司令のヘルメット姿は、二十数年におよぶ海軍生活に悔いのない今生の艶姿であったのに違いない。ついぞこの作戦では使用されなかったヘルメットであった。

午前四時に当直を交代した私は、士官室に降りた。そして、一杯の湯茶で喉をうるおし、「ヤレヤレ」とベッドに腰をおろしたとたんに、鋭い「ドン」という銃声の響きとともに、たちまち火薬の匂いが士官室に充満した。

仰角30度、射程１万5000ｍ、砲弾158発、伊401潜の艦橋後方14cm主砲。砲口には水密蓋。左の伊14潜と共に艦橋には右にシュノーケル、ラッパ状22号と13号電探に逆探、単装と３連装機銃

「しまった。とうとうやったか」悲痛な声は南部伸清艦長で、艦長室から飛び出されたのと、私がスッ飛んだのとほとんど同時であった。かねて、艦長はこのことを内々に警戒されていただけに、残念さもひとしおであった。

机の上には九軍神の写真が正面に飾られ、写真の前に軍刀を横一文字においてあり、左前方にいくつかの遺書が整然と積まれていた。軍装に身を正した司令の亡き姿は、あくまで端然と椅子に座したまま。書き損じの反古紙など置き得ない整清さ。艦長は急いで遺書を取り上げられた。

「太平洋なくしては独立も存立も叶わぬ日本である。苦難の中にも将来の日本の再建と発展をこの太平洋でいつまでも見守りたい。願わくば一番大きな軍艦旗と

ともに、この太平洋の底深く……。星条旗が揚がる〇五〇〇までに……」「艦長は二百人の乗員を郷里に送るまでは無責任な、軽率な行動は厳に慎め」

これは、艦長から聞いた内容のあらましで、原文ではない。

急いで水葬の準備をしなければならない。新しい毛布、軍艦旗をしっかり身体に巻いて、ようやく白みかけた東京湾南方の海底に、日本の玄関ともいう東京湾のすぐ前に、送る読経もなく手向ける花もないまま、殉国の永遠の眠りにつかれた。

軍人倫理の矛盾と葛藤は生涯の課題であり、それだけにわが身も厳しく責められるように感じた。

三隻そろって

司令の水葬をするのにたいへん困った。それは、艦内のものは一切投棄してはならないと米軍から申し渡されていた。乗艦している米軍派遣員の目を盗んで、前甲板のハッチを開けて水葬した。

ところが、派遣員は気がつかなかったが、後方を監視航行している潜水艦が見つけて「何を捨てたか」と厳しく聞いてきたが、「何も捨てない」といってやり過ごしていたが、横須賀入港後、司令の自殺水葬を知らせたものの、後々いつまでも司令の生存を疑っていた。

横須賀に導かれて港内に入って見れば、思いもかけず伊四〇〇潜、伊一四潜ともども繋留している。聞いてびっくり、見てびっくりというところ。行動中、司令のもとに終戦後も、隷下の潜水艦から何も報告が入ってこなかった。したがって、被害を受けたのかも知れないと思っていた。結局、被害をこうむって沈没したのは伊一三潜で、他の三隻がここに勢揃いしたわけである。僚艦に聞くところによると、両潜水艦とも米軍の大捜索網にかかったということであった。こうして、いまここに多くの高官を引き寄せているのである。

このあと、各艦ともわが潜水艦基地隊に陸揚げし、それぞれの潜水艦の改修整備をして米軍に引き渡し、十月はじめに復員をしていくことになった。

この記事は私の思い出としてまとめたもので、戦史的には特別意義をもっていないことをお詫びする。それは日時的にも、事実上も特別に調査したものではなく、単なる私の記憶をたどっての、生活のあらましに過ぎないからである。

このあと、伊四〇一潜関係でつきまとわれたことを申し添えて終わりとする。

昭和二十四年ごろ、私は東京・明治生命ビルの進駐軍司令部に出頭を命ぜられた。厳しくはなかったが取り調べを受けた。その第一点は、有泉司令が本当に自殺されたかということであった。事実に間違いないといっても、何か証拠があるかと、くどくどと聞いた。

第二点は「君は砲術長であったが、機関砲はどのように使うか」と聞く。

「潜水艦ではこれしか水上戦力をもっていない。最後にはこれであらゆる艦艇に対応することになる」というと、「それは当然だ。それ以外に、こんなことに使用したら効果的だと思うことはないか」

「ない」「それでは、こういうことに使えと教えた人はないか」「ない」といったやりとりがつづいたが、要するに、捕虜を機関銃で撃ったことに関連する質問のようであった。「知らぬ、存ぜぬ」で終わったが、その後も「追われている人」の来訪がないか、警察がわが家をマークしていた。

一昨年五月、機会を得て能登半島は七尾に、思い出の旅路をたどった。当時、海に山に殉職した人たちに心から合掌して天を仰いだ。ここに立っている自分を考えながら、七尾湾の平穏な海を、しばらくじっと眺めていた。

日本潜水艦はなぜ期待に反したのか

無敵であったはずの潜水艦が実戦で被害多くして苦闘した真因とは

元「伊五八潜」艦長・海軍少佐　橋本以行

戦前、日本海軍は世界一流の潜水艦をつくり、その乗員も素質技量ともに卓絶し、当時、要望されていた戦略戦術上の要求を、ある程度の隻数さえ保有しうれば、充分に満たしうるものと呼号されていた。大戦勃発にあたり、真っ先にハワイ真珠湾に、マレー、シンガポール方面に配置され、以後、終戦にいたる最後まで活躍はしたが、いちじるしく期待に反したとの声が各方面に高いのは事実である。

では、その真因はどこにあったか。私は開戦劈頭より終戦にいたるまで潜水艦に乗艦し、かつ戦前の訓練演習にも参加していたので、その体験上より、原因の一端を明らかにしたい。今日まで得られた資料にもとづいて、その概要を記してみよう。

当時、日本潜水艦に寄せられた期待とは、具体的にいうと、㈠警戒厳重なる敵港湾の監視、㈡敵主力部隊出撃後の追躡触接およびこれに対する反覆攻撃、㈢警戒厳重なる敵に対しての洋上における待敵攻撃、この三項目が最大の任務であった。

　これを完全に実施して、敵の主力部隊が太平洋を渡って進攻してくる途中で漸減させ、いわゆる五五三の劣勢を切りくずそうというのであった。これは戦艦決戦主義から出たものであったが、開戦後、主力部隊は航空母艦中心にうつり、航空機の威力は開戦前の予想以上に増大したが、潜水艦に対する期待および使用法は、主目標が戦艦より空母にだんだんと移っただけで、たいした変更はなかった。

潜水艦の最大任務

　まず第一の警戒厳重な敵港湾の監視は、敵の主力部隊の在泊する港湾の入口で、出入する重要艦船の発見および攻撃が任務であり、その動静を全軍に即報することも主要な任務であった。

　第二の敵主力部隊出撃後の追躡触接および反覆攻撃は、文字どおり、敵の渡洋進攻部隊を漸減させる作戦で、とくに末次信正大将が日米五三の劣勢を補う一手段として、自ら少将時代に潜水戦隊司令官となって猛訓練をもって練成したものである。それ以来、ますます艦型と艦速を増大にするとともに、この戦法を累次の演習において鍛えあげ、また所要隻数の建造に努力をかさねていった。

　この種の潜水艦は、主として大型巡洋潜水艦といわれた伊一潜型をはじめとして、伊一五潜伊一六潜型と発達し、行動持続日数三ヵ月、最大速力二十三ノット。戦略速力十六ないし十八ノットをもって、太平洋を舞台に自由に活躍しうる能力をそなえるにいたった。開戦時の現有隻数は伊一潜型六隻、伊一五潜伊一六潜型十二隻、伊七潜型四隻の二十二隻が、中心戦力となり、さらに艦隊決戦時に使用するためにつくられた艦隊随伴型の伊一五三潜型(海大Ⅲ型)、この型での新式艦(海大Ⅵ型)伊一六八潜から伊一七五潜までの八隻が増強された。この型は航続距離、行動持続日数は前記の大型よりは小であったが、水上最高速力は二十三ノットであった。

この合計三十隻の大型潜水艦が、ハワイ諸島中のオアフ島を取りまき、開戦前に布陣されていたのであった。そして漸次、兵力を減じたけれども昭和十七年の二月下旬まで、連続交替して監視にあたっていた。その間にあげた戦果は空母サラトガ中破、給油艦一隻撃沈、空母一隻発見、真珠湾内飛行偵察。日本潜水艦の損害は伊一七三潜、伊一七〇潜、伊二三潜喪失であった。その間に敵の機動部隊は、マーシャル群島中の潜水艦根拠地クェゼリンを空襲している。

このような程度で、わが海軍統帥部、いな全海軍の期待からは遙かに反した結果に終わったのであった。事実、この間、敵側は空母その他潜水艦にいたるまで、相当多くの艦艇が真珠湾に出入りしていたのであった。敵港湾監視はついに見るべき成果はあげえず、追躡攻撃もレキシントンを発見したが、ついに見失うにいたった。昭和十八年十一月、ハワイ出撃の敵艦隊を捕捉追躡したが、やはり見失い、これはやがてギルバートに出現した。

一方、マレー方面の作戦に参加した潜水艦は、やや旧式の伊一五三潜型の十二隻および呂三四潜、呂三三潜の二隻の合計十四隻であった。主としてシンガポール周辺に配置せられ、敵主力部隊プリンス・オブ・ウエールス、レパルスの出撃を捕捉して味方に通報した。攻撃には失敗したが、まず任務の一端は果たしえたものと認められた。

マレー方面とハワイ方面との差違は、まず敵の警戒および制圧が厳重でなかったこと、すなわち味方の制空権内であったことだが、聴音機能力に影響のある海水温度分布の状況は不明である。

演習と実戦のちがい

ところで、なにゆえ期待はずれの結果になったのか、果たしてその期待は無理であったのか？　その期待はいかなる理由によって生じたのかというと、平素の演習の成績から判断されたのである。ところが実戦になると、一ヵ月もの間、敵主要艦艇の行動はぜんぜん予想することができず、また露頂観測は被発見その他による対敵考慮から相当の緊張が必要とされ、だいたい総員配置で艦長が実施したが、体力の持続上から連続おこなうことができず、ほとんどの艦が聴音監視を主として行なったものである。

聴音機の能力はどんな海面においても、その固有の能力が一〇〇パーセント発揮されるものではなく、海水温度などの状況によりいちじるしく妨害され、非常に不安定なものであったが、実際は当時ほとんど聴音哨戒を実施していた。つまり見張番が居眠りをしていたことになる。

そのうえ敵の駆逐艦による哨戒、飛行機による対潜哨戒攻撃は、演習時における日本海軍

呂33潜。開戦時マレー、ジャワ方面交通破壊に従事後、ラバウルに進出。17年8月、モレスビー沖で英機により沈没

のそれとは比べられないほど激しかったので、夜間浮上時はできるだけ沖合に出て、充電を行なわざるを得なかった。なかには伊一六九潜のごとく陸岸近くにいたものもあるが、哨戒艦艇に追われ、結局は脱出に苦労するだけで、隠密見張りには役立っていない。

要するに、非実戦的の演習から生じた誤まれる作戦といわざるを得ない。そのうえさらに検討研究を要するものは、聴音機の性能であった。当時、集団音は二万から三万メートルまで聴音できると喜んでいたが、艦によりまた海面によりまちまちであった。この点、米海軍の研究は想像以上に進んでいた。そしてこれが実戦に適用されていた。

私が潜水学校の学生時代に、水中聴音探信について聞いた講義はわずかに二時間、これに対する試験が二時間という、まことに痛憤に値するものであった。短縮された戦時教育は成績順位をきめるのに主眼がおかれ、主客転倒の教育法ともいうべきものであった。

私の乗っていた伊五八潜の聴音機は、すこぶる成績不良であった。入港のつど徹底的な検査修理を要求したが、ついに能力を発揮しえなかった。比島東方洋上はるかにおいて、昼間潜航中、精密に聴音し浮上してみると、大型タンカーの檣（マスト）が見えたことが二回もあった。船団でも潜望鏡ではとらえたが、聴音では捕捉したことはなかった。

つぎに、監視哨戒のついでに行なわれたとも思われる潜水艦による陸上砲撃は、敵の人心に脅威をあたえるには少しは役立ったかも知れないが、実質的の効果は甚だ少なかった。これによる味方の損害もほとんどなかったから、まあまあである。しかし所在を暴露するよりも、一隻でも多くの敵艦船を屠ることにつとめるべきではなかったろうか。すなわち伊二四潜のミッドウェー島砲撃の例をみても、そのころ港内にあった大型商船の出港を待って、攻撃した方がよかったように思われた。

第三に期待された任務である警戒厳重な敵の洋上待敵攻撃も、日本海軍が平時より、戦艦戦隊を中心とする決戦前に実施しようとして熱心に演練していた。これには伊一六八潜型、伊一潜伊一五潜伊一六潜型の高速潜水艦が使用されていた。

これは敵味方の水上艦勢力および制空権が互格、またはこれに近い場合においては、予想程度の損害しかなく、捕捉攻撃の成果は港湾監視の場合と同じく、聴音能力の発揮状況および潜望鏡観測の度合が、発見率に影響したと思われるが、その他は予想と大差なかったのではなかろうか。戦果もソロモン方面における空母ワスプの撃沈、戦艦ノースカロライナ、空母サラトガの中破など相当にあがっているが、補給船団の捕捉、補給経路の遮断は不成功であった。

敵制空制海権下の潜水艦

敵の電探が発達し、ソーナーおよびヘッジホッグが採用せられ、一般に搭載せられた昭和十八年ごろからは、全滅的の損害をうけだした。マキン、タラワ、アドミラルティ北方などの散開線をもってする潜水艦戦、サイパン付近における海戦の後半期、比島レイテ沖、沖縄周辺における潜水艦戦などは、みなこの例である。

敵は航空機および対潜艦艇をもって、対潜戦闘に専念したのであって、通りがかりの爆雷攻撃制圧とことなり、徹底的の攻撃を数日にわたって連続実施したのである。これに対してわが方は、なんら適切の対策が講ぜられなかった。

具体的に説明すると、演習どおり一線上に潜水艦を配列して、戦況不明なる遠隔の地より管制し、その進退を指揮したので、各艦はこれに束縛されてむなしく断頭台上に沈黙したかたちとなった。すなわち敵を眼前にしては、その所在を秘匿するために各艦は無線を封止したので、その状況を指揮官に通報しえず、指揮官は盲目的に号令をかけるほかなかった。かくて各潜水艦は無為に消耗するにまかせられ、ついに敵の好餌となったのであった。

敵のレーダーおよびヘッジホッグの驚くべき発達と、わが方の大型双眼鏡の見張りとでは、ぜんぜん問題とならず、つぎつぎと相当の被害をうけはじめた。

ヘッジホッグ。英海軍が開発した対潜水艦制圧用の24連装小型爆雷投射兵器

また一線配列上の一艦が、敵に発見されると、芋づる式にたぐられ、つぎつぎと餌食となった。アドミラルティ北方の散開線において、ただ一隻の護衛駆逐艦イングランド号により、ほとんど毎晩のように一隻ずつ計五隻の呂一〇〇潜型が撃沈されたのは、この適例といえよう。このとき爆雷音を近くで聞き、一目散に独断で位置を一〇〇浬も変更した二隻だけが助かった。司令部が、この配列は敵に察知されたと感じて、移動を発令したときは、すでに掃蕩されたあとであった。

のちには一線配列上の潜水艦の行動区域は、そうとう大きな範囲に拡大されたが、根本的には旧態依然たる観念がすてられず、相変わらず遠距離より管制したことが多かった。したがって各潜水艦は自由行動に敏捷さを欠き、敵に発見された徴候があっても、急速に位置をかえることをあまりしなかったようである。およそ存在を察知された潜水艦ほど無意味なものはないことが、各潜水艦長の頭にしみこんでいなかったのは事実であった。それは一列に並べられ、行動の自由を束縛されることに慣れたために生じたものであろう。

潜水艦の存在を察知した敵は、掃蕩隊を差しむけるだけで、決して好目標を近寄らせないものであることは自明の理であるが、当時は理論どおりには行なわれなかったのである。また開戦当初における米西岸、その後のインド洋、豪州方面における交通破壊戦はそうとうの戦果をあげているし、損害も少なかった。これは敵の警戒の程度によって差異が生じたのであり、厳重に護衛されだした船団に対しては、なかなか成果を得がたくなった。これは日米双方にいえることである。

日本海軍は交通破壊戦に対して関心なく、平時ほとんど研究演練をしなかったので、米潜の戦果を大ならしめた。ここにも経済戦争に対する認識を欠いていた。

敵はレーダーとヘッジホッグとソーナー

昭和十七年、英海軍より米海軍へつたえられた「ヘッジホッグ」と称する二十四発のロケット式の小型着発式爆雷が威力をふるいだした。これは一斉に前方へ輪形投射する兵器で、フリゲート艦および護衛駆逐艦の前部につけられた。また昭和十八年十二月ころから探信儀（超音波を海中に発射して潜航中の潜水艦からの反響を聞く兵器）との併用により、ソロモン海域方面から猛威を示しはじめた。そのためと思われるわが潜水艦の損害は、計二十七隻の多きにおよんでいたことが、戦後ようやく判明したのである。

わが方はただ聴音をされないようにと、速力を約二ノットくらいにおとし、艦内の発音す

全速航行中の伊56潜。19年６月８日竣工の乙改二型２番艦。比島沖海戦ではLST撃沈と護衛空母サンティに損傷をあたえ生還したが、帰投後、回天搭載艦となって出撃したまま消息不明に

るものはできるだけ少なくして、無音潜航につとめていた。また敵の予想爆雷調定深度よりできるだけ離れるため、耐圧深度一杯まで潜っていたのであったが、この回避方法はいくらかソーナーには、海水温度の状況により有効だった時もあったらしかったが、着発爆雷の一斉投射に対しては、すこぶる不適当な回避法であった。水中高速で回避し、ヘッジホッグの射程外への離脱をはかるべきであった。

戦争中、敵は小型爆雷を多数使用するようだとは、一部潜水艦が着水する音を聞いて伝えていた。また比島レイテ沖の唯一の生還艦伊五六潜は、ヘッジホッグの不発弾を持って帰ったが、着発式爆雷とはわからなかった。これに対して米軍のソーナーは、大した能力でもなかったようだが、概位をつかまえられた場合、たいてい捕捉されたようであった。レーダー、ソーナー、ヘッジホッグの順序に使用して、三者相関連して偉力を発揮したようであったが、わが方はその実状を正確に推察しえず、対応策をなんら講ぜずに終わったのであった。

米側の探信儀（ソーナー）および聴音機による捜索は、海水温度の影響などに対してすこぶる科学的に研究し、合理的におこなわれていたようであったが、その所在があらかじめ察知されていなかった場合、つまり全没中の潜水艦を発見したことは極めて少なかったようであった。

私はマーシャルで二回、比島沖縄方面で三回、米駆逐艦の下または至近距離を通過したが、気づかれなかった。そのうちの一回は探信音感五（最大）、ついで感一杯全周というふうに敵艦の真下にきたが、ついに気づかれずに通りすぎることができた。それで私はそのころ他の潜水艦長の体験談と総合して、水上で見つからないかぎり、水中ではなかなか発見されるものではないと判断していた。だから水上にあるとき、つねに先制発見して急速潜航し、敵が知らずに近づいてくるのを攻撃するのが、潜水艦戦における攻防の秘訣であると確信していた。それにはまず第一に暗号の解読などによって、自分の行動を察知されたり、対潜哨戒機でなくても、敵機に発見されることを極力さけなければならなかった。しかし一般に、概位を敵に察知されたあとの処置が、緩慢かつ適切でなかった場合が多かったようである。もっとも自由行動の区域が限られていた場合は、処置のしようがなかったのである。

魚雷調定深度と発射法

日本潜水艦も米対潜艦艇を撃沈はしているが、一般に潜水艦長は、魚雷をもって、駆逐艦を攻撃撃沈する自信を欠いていた。その主なる原因は、つぎのようであった。

㈠浅深度調定魚雷の戦争初期における失敗＝戦争初期、駆逐艦攻撃の必要から、その吃水が浅い艦に命中せしめるために、魚雷を水面下浅いところを走らすように調定した。ところが深度誤差が大であるため命中せず、浅吃水艦に対する命中の自信を、一般に失わしめた。

㈡敵速判定困難＝敵速は聴音のリズム測定によっていたが、敵艦に対しては不明のものが多く、測定方法がなかったので、目測によるいわゆるカンを加味して決定したが、誤差は大きく、とくに高速艦には見当で射つよりほかなく、命中は期待できなかった。

㈢敵駆逐艦はつねに多数連合して行動した。私がマーシャルで遭遇したのは、六隻の横隊陣で掃蕩中と認められ、沖縄東方では三隻であった。基地の近くでは一隻ずつ相当はなれていたものもあったようであるが、つねに飛行機や他の哨戒艦と密接な連絡があったようである。

㈣敵の対潜艦艇の攻撃は極めて多数の爆雷やヘッジホッグを使用、長時間にわたり猛烈であった。

第二次大戦中、日本潜水艦によって撃沈された米駆逐艦および護衛駆逐艦の数は八隻であった。これに対して、米潜水艦が日本対潜艦艇を撃沈した数は、駆逐艦三十八隻、水雷艇、海防艦、駆潜艇、掃海艇八十六隻、合計一二四隻で、敵ながらあっぱれ勇敢と称すべきである。

また、日本潜水艦はもっぱら主力艦攻撃に全力をそそぎ、全発射管魚雷の一斉連続発射を計画し、一挙に撃沈しようとしていた。すなわち扇子のようにひらいて、敵の速力、距離、針路（方位角）の誤差を補いつつ、どれかが命中するような射ち方をした。

一方、米潜水艦は大艦に対しては、全射線の連続発射を実施したことがあったかも知れないが、おおむね二本ずつ射って修正し、またすぐ二本発射する必中射法ともいうべき方法であった。そのうえ次発装塡がすこぶる早かったようであったから、前後合わせて十門の発射管から二本ずつ連続に修正しつつ、所持魚雷の全部二十数本を発射できたようであった。だから駆逐艦などの対潜艦艇と対決するのには、好適の射法であったようである。

装備の時機は不明であるが、レーダーを潜望鏡に装着して対勢盤と併用し、距離測定はもちろん敵速の測定にもちい、そうとうの精度を得ていたようである。これらの点について日本潜水艦の方は、魚雷だけは優秀であったが、諸計器および射法において一歩をゆずっていたかのように思われる。これが対駆逐艦戦における戦果の大差をまねいた一因であると思考されるのである。

判断を誤った使用法

わが対潜艦艇の敵潜に対する戦闘は敵の反撃に反して徹底を欠き、攻守ところを異にするの感じさえ生起するにいたった。わが潜水艦は敵の猛烈かつ連続せる海空の制圧下に、一度発見されたら脱出は非常に困難なものになった。このような対潜攻防の状況下において、日本側の潜水艦使用法は、戦勢の危急のため無理を承知のうえで、警戒厳重なる海域に投入され、しかもおおむねその行動の自由を束縛されていたのであった。

これに反して米側は、広範囲の行動の自由をあたえられ、わが交通戦を攻撃して戦果をあげ、無理な使用法を行なわなかった。その大なる戦果に対して、喪失潜水艦五十二隻、そのうち日本側よりの攻撃によって撃沈されたものは、事故をふくむ総喪失五十二隻中の十四隻と推定されている。日本側潜水艦の喪失数一二七隻とくらべ、その大差を生じたる理由は、ひとり潜水艦にのみ帰せられるべきものではなく、対潜艦艇機の活躍の程度もまた一つの原因であるというべきであろう。

要するに、わが日本潜水艦部隊は、戦前の非実戦的の演習より生じた誤った判断にもとづく使用法を、敗勢より生じた焦りもくわわって最後まで捨てきれず、交通破壊戦をのぞいては、わずかに最後の一行動のみに束縛をといた有様となった。しかも攻防兵器の使用上および性能上に欠点を有して、戦果を得がたくして損害を多くした。こうして大いに期待に反した結果になったものと断定しうるのではなかろうか。

なお、細部の専門的にわたっては、原因と目される点があげられるけれども、米側にも類似の欠点はあったようでもあるので、ここではふれないことにする。最後に断わっておきたいのは、題目の示す通り、なぜに期待に反したかという点から、いささか粗探(あら)しのみに専念した結果論のきらいがあるが、この点は容謝願いたい。

陸軍潜水艦㋹艇 比島戦線に出撃す

陸軍が潜水艦を造った背景や第一線へ出撃した三隻の悲しき航跡

当時㋹教育隊中隊長・陸軍大尉　福山琢磨

陸軍にも潜水艦はあった。それは魚雷発射管を持たぬ丸腰の潜水艦であった。そんな代物を何故につくったのか。㋹という秘匿名をつけられたこの潜水艦は、じつは戦闘用ではなくて輸送を使命とし、その正式名称は「潜水輸送艇」といった。

すでに敗北の海軍に頼るすべもなく、陸兵みずから潜水艦を建造してこれに乗り、補給路を絶たれてあえぐ南方陸軍部隊の命をつなごうとしたもので、この「あがき」ともいえる現象こそ、まさしく太平洋戦争末期の日本軍断末魔の様相だった。

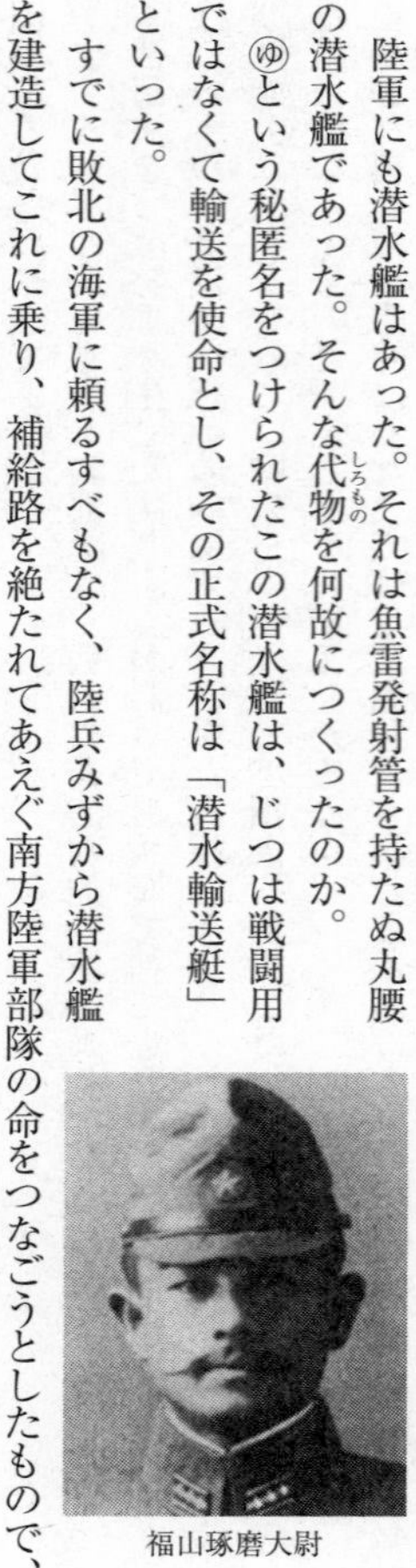
福山琢磨大尉

この潜水艦の設計と建造を担任したのは、陸軍第七技術研究所の塩見文作兵技少佐であり、これに協力したのが中村久次兵技大尉（のち少佐）であった。ともに船舶に関する知識などもたず、まして潜水艦など思いもよらなかった。

しかも建造場所といっても、海軍関係の施設は海軍の仕事で手一杯であり、一般造船所も海軍の管理下にあって、船舶の建造に昼夜兼業の努力をつづけていた。そこでやむを得ず、造船所以外の施設が利用されることになった。

第一号艇は、日立製作所笠戸工場（山口県下松市）の機関車工場で建造された。とはいえ、建造を担当している陸軍側の幹部も工場側の幹部も、すべてが潜水艦はおろか、船舶の建造について完全に素人ばかりであった。さらに東京月島の安藤鉄工所、広島県海田市町の日本製鋼所広島工場、朝鮮仁川の朝鮮機械製作所でも製作が行なわれた。

そして乗組員として予定されたのは、潜水艦はおろか船というものに全然経験のない陸兵であった。しかも歩兵か機甲部隊の出身者で、満州の広野を駆けめぐっていた者ばかりである。船や海の知識など持ち合わせているはずがない。

海軍の潜水艦は数十年の歴史があり、一人前の潜水艦乗りになるためには四〜五年を要したといわれている。それをわずか数ヵ月の速成教育で、素人の設計製作した欠陥だらけの船をもって、命令のままに死地においやられたのである。

なぜ、海軍に輸送用潜水艇を製作してもらい、その任務を海軍に担当してもらわなかったのか。あるいは陸兵を海軍の教育のもとに、その指揮下でなぜ運用しなかったのか。しかも当初、陸軍は海軍にたいしてもこの計画実行を内密にしていたのである。同じ日本軍人同士でありながら、なぜこのようなことになったのか。同じ国の資源を、まったく無駄に浪費したものである。

進水を間近にした㋴1号艇。舷側のメインタンクなどの形状がよくわかる

しかし、それには、それなりの理由があったのである。その発端は、遠くガダルカナル戦までさかのぼる。

昭和十七年夏以来、日米両軍は赤道の南、ガダルカナル島をめぐってしのぎを削りあっていた。米軍の本格的攻勢の前に幾度かの総攻撃も効を奏さず、日本軍はしだいに苦境へと追いつめられていったが、それにも増して困難になってきたのは、このガ島にたいする補給輸送であった。はるばる南下して来た増援の輸送船団は、その多くが敵機や潜水艦のために潰えて、その被害状況はもはや前途に不安を覚えさせるものがあった。

陸軍船舶部隊は、昭和十七年七月に全面的な編成改正をおこなって、船舶兵団および輸送専用の船舶輸送とが生まれたが、同年十月、十一月の船舶喪失中には、陸軍の優秀船も十数隻ふくまれていたのである。昭和十七年度の船舶喪失全量は約八十八万トンで、新造船などを差引き勘定しても、約四十六万トンの減少である。このため、船舶護衛が陸海軍間の深刻な問題となってきた。輸送はしだいに駆逐艦や大発などの「鼠輸送」や「蟻輸送」による、夜間の隠密陸揚げに頼るような状態となった。果ては潜水艦までもがこれに動員されるに至った。

すなわち昭和十七年十一月十六日、連合艦隊命令によって、ガ島にたいし海軍潜水艦による輸送が開始されたのである。補給用品の搭載地はブーゲンビル島ブイン泊地、揚陸点はガ島のカミンボ、タサファロング、エスペランス岬などで、十一月二十四日以降、伊一七潜以下の活躍により、十二月末までに糧食二三二トン、弾薬三十二トンの輸送に成功した。

昭和十八年一月には約二十隻もの潜水艦が参加し、十七回にわたって糧食二五一トン、弾薬、通信器材など三十九トンを送ることができた。このころは運貨筒、運砲筒の使用により幾分能率化されてはいたが、伊三潜、伊一潜などの犠牲も出ていた。

こうした努力にもかかわらず、昭和十八年二月には、半年にわたる激戦の地ガダルカナル島を、空しく撤退せねばならなかった。潜水艦による輸送は、その後、ニューギニア方面にも続けられた。

ガ島放棄の一因が補給輸送にあり、それがさらに船団護衛の問題にからむことは明らかであった。船舶の護衛は、陸海軍協定によって海軍の担当となっていたが、海軍は海洋作戦に忙殺されて、とてもそこまで手がまわらない。そのことが、陸軍側の不満のタネともなっていた。

陸軍の船舶関係者は、戦勝獲得の最大要件は船舶輸送の確保にあると信じ、連合艦隊は第一次大戦当時の英海軍のごとく、主力をもって護衛に当たるべきだと主張した。しかし、海軍側はあいつぐ戦闘に全力を挙げていて、陸軍の望むような護衛はとうてい実現の可能性がなかった。そこで陸軍は、独自の損耗対策をとらねばならなくなった。戦標船の急造、対電波兵器の生産、船舶用火器の増強などがはかられ、同時にそれらの諸策とともに、輸送専用の舟艇の研究もおこなわれた。

こうして生まれてきたのが伊号高速輸送艇であり、潜水輸送艇、すなわち㋴艇であったのである。

建造目標は四〇〇隻

昭和十八年三月、参謀本部第十課（船舶課）は「海洋決戦態勢確立要綱」なる一文のなかで、兵器行政本部に潜水輸送艇の建造を要求し、行きづまった戦局を打開するには水中補給以外にないことを力説した。第十課の構想は速力五ノット以上、積載量十立方メートル（器材輸送専用の場合は三十立方メートル）の潜水輸送艇で、西南太平洋、インド洋、北洋各方面での使用を企図していた。

そして、その建造にあたっては、当分のあいだ海軍には内密とし、そのためには海軍使用の造船所や工場を避けて他の工場を使用し、六ヵ月後に二十隻、将来は四〇〇隻をそろえようという破天荒なものであった。

陸軍第七技術研究所はこの要望を受けて、まず二十隻の試作をすることになった。担当は発案者の塩見少佐がなり、中村久次兵技大尉以下のスタッフもそろえられた。七技研その他、各方面の協力も得て、陸軍の潜水輸送艇――当初は「ゆ3号装置」とも呼ばれ、のちに㋴艇と名づけられた。

かくして、建造計画は急速に推進されていった。昭和十八年四月、塩見少佐は参謀本部第十課に「潜航輸送艇研究経過の概要」と題する報告を提出したが、そのなかで、所要の要件を満たす潜水輸送艇として、次のような内容を明らかにしている。

すなわち排水量は水上二三三立方メートル、水中三四五立方メートル、全長四十メートル、最大幅四・三メートル、耐圧船殻直径三メートルの複殻式の潜水艇で、動力はヘッセルマンエンジン二百馬力、二基直列により水中では直流コンプレックス発電動機七十五馬力を使用し、水上速力十ノット、水中速力五ノットで一五〇〇浬の航続力を持つ。

対魚雷艇兵器として三七ミリ戦車砲一門と軽機関銃数梃を装備しているが、発射管はない。

そして『本艇ノ設計試作ニ当リテハ、七技研ガ過去数年間使用セル小型潜水

㋴艇一型要目表

全長	41.410m
最大幅	3.900m
深さ	3.800m
吃水	2.975m
排水量(水上)	274.40 t
〃(水中)	370.00 t
速力(水上)	8kt
〃(水中)	4kt
機関	ヘッセルマン・エンジン
馬力(水上)	400HP
〃(水中)	75HP
航続力(水上)	1700浬
〃(水中)	400浬
倉内容積	48.58m³
搭載能力	米ならば24 t 武装兵 40名 重症患者12名 軽症患者20名
乗組員	25名 (将校3，下士官兵22)
兵装	98式37㎜戦車砲1門 98式軽機関銃5門
安全潜航深度	100m

艇（西村一松氏発明製造）諸元ニ基調ヲオキ、陸軍自体ノ技術的、科学的能力ノミニテ、海軍技術ニ依ルコトナク実施スル』として、『操作ヲ最簡トシ、多数製造ヲ容易ナラシメ、船舶製造特殊技術ヲ有セズトモ容易ニ製造出来ル如ク設計』して『浮上艦船的性能ヲ高度ニ要求シナイ』ことになっていた。

ガダルカナルの経験でもいえるように、敵に制空権を握られているかぎり、海上艦船による輸送はほとんど不可能に近い。潜水艦輸送ならばどうにかできるが、わずかしかない潜水艦を、本務外の陸軍の補給輸送にばかり使用することは許されない。そこで、これに代わるものとして陸軍の㋻が考案されたのである。

㋻の任務は、第一線での絶え間ない敵航空機の活動下においても、海中にもぐって隠密裡に糧食や弾薬を輸送することである。㋻は小型の豆潜水艦で、その搭載量は海上を走る船舶には遙かにおよばないが、それでも米二十四トンを積み得る基準で設計されている。これはすなわち、兵二万人一日分の食糧が目標であった。運用さえよければ実行確実で、成功の公算は大きい。

㋻には魚雷発射管もいらないし、火砲も自己防衛のためだけのものでよい。構造を簡単にして、数を増す必要があった。

㋻の運用がはじめて研究の課題として取りあげられたのは、昭和十八年三月、陸軍大学校、海軍大学校共同の図上演習のときであった。残念にもその運用については、これまで研究を行なったこともなく、計画者も演習員も、この新兵器をもてあます状態であった。したがって、これという成果を得ることなく演習を終わったのである。

昭和十八年暮れに第一号艇の公試

陸軍は当初、海軍には内密に独力で完成させるつもりであったが、はじめにあまり簡単に考えて出発したために、実際にあたっては種々の困難に遭遇した。そのため、ついには海軍の援助を請わねばならぬ羽目におちいり、軍務局を通して、海軍側の潜水艦関係者に相談を求めた。

艦政本部の造船官は、その設計を見て実用に不敵と判断した。ついては海軍側で設計を改め、資材を陸軍から提供して建造に移した方が得策である旨をのべた。しかし、すでに材料の裁断を終わっていたので、どう仕様もなかったといわれている。これを知った海軍艦政本部は「建軍方針に悖(もと)る」と立腹したが、対陸軍関係のことなので問題が大きくなるのを嫌い、表面では徹底的に沈黙を守ることとした。ただ消極的に海軍から援助を行なうこととなり、潜水艦関係の造船官がひとり、陸軍側の質疑に応じ、潜望鏡などの資材は海軍側より融通することになった。

建造に当たった陸軍技術本部および建造所の技術者・福山大尉以下約二十名が、多年、潜水艦を建造して実績のある三菱神戸造船所に派遣された。ここで潜水艦建造について、造船、造機、造兵の一切に関して艤装および検査、竣工公式試験などにつき、建造中の海軍の潜水艦により実習を受けた。

昭和十八年十月二十九日、予定より三ヵ月遅れて㋴第一号艇が、日立製作所笠戸工場で進水した。これに艤装をほどこし、十二月八日から公試運転に入った。笠戸工場での第一回潜水試験は、海軍潜水学校教官立ち会いのもとに、七研の塩見少佐が全般の指揮をとった。試運転の結果は、潜水、浮上ともに好成績に終わった。

十二月下旬、㋴第一号艇は船舶司令部に引き渡され、つぎに述べる㋴要員教育を受けたもののなかから、乗組員として甲板要員、機関要員がそれぞれ六名ずつ、それに通信要員二名が選抜された。これらの者が矢野中佐以下六名に加わって、合計二十名で艇の運航を担任することとなった。

㋴の建造計画にたいする陸軍の期待は大きく、厚さ十六ミリの厚板鉄板の物動のワクの大部分をおさえて、㋴の建造にふり向けるほどの熱の入れ方であった。海軍の協力もまた逐次積極的となり、陸軍の要求に応じて潜水艦に関するデータを提供したので、設計にもいちじるしい改善が行なわれた。

㋴の試運転は、東京月島の安藤鉄工所でも完成させて行なわれたが、下松の㋴一号艇よりはかなり遅れてしまった。しかし、このたびは陸軍糧秣廠の協力を得て、糧秣の搭載試験を東京で行なった。その後、伊豆の伊東沖に回航して深々度の潜航試験を行ない、七十五メートルを潜航して好成績をおさめた。

選抜された三千名の要員

東京月島の安藤鉄工所製の㋴2001号艇。日立笠戸工場製は㋴１号、日本製鋼広島製は㋴1001号、朝鮮機械仁川工場製は㋴3001号をスタート番号として、建造所により艦名番号を区別していた

昭和十八年四月、北満の戦車第一師団から前述の矢野光二中佐（のちに大佐）が船舶司令部付として着任し、幹部将校五名も配属された。まず航法と船舶一般に関する教育が、日本郵船の三鍋祐三船長の手をわずらわして、五月いっぱいかかって行なわれた。六月に入ると、七研の塩見兵技少佐が実験に使用していたサンゴ採取用の西村式豆潜水艇をつかって、潜航の猛訓練が開始された。

防諜が徹底していたせいか、このような猛訓練があったことなど、船舶司令部においても主任以外に知る人はなかった。

七月には㋴第一号艇を建造中の日立製作所笠戸工場に泊まり込んで、艇の構造、機能、機関、操縦方法、装備等について研究をかさねた。

このころ、海軍側の特別の協力によって、矢野中佐以下の要員は、広島県大竹の海軍潜水学校に入校をゆるされた。海軍では五年もかかって一人前の潜水艦乗りに仕立てあげるのに、㋴の幹部要員は三ヵ月の短期間に、潜水艦乗りとしての専門的な教育と訓練を受けたのである。

それだけに無理もあり、神業に近い要求がなされたのも当然であろう。よくもこれで一人前になれたものだと、つくづく感心し、関係者の努力と苦労にたいして頭が下がる思いである。勇敢と言おうか無謀と言おうか、「めくら蛇」式ではあるが、とにかく、ここに、陸軍潜水艦乗りが出来あがったわけである。

㋴建造の進捗にともない、ぞくぞくと歩兵および機甲部隊などから将校、下士官兵が船舶司令部に転属されてきた。これこそカッパに化けるべき陸兵で、全軍から選抜された約三千名の㋴要員であった。やがて伊予三島に潜水輸送教育隊ができ、矢野大佐を長として、潜水艦乗員の教育がはじめられた。

昭和十八年秋には、これらの将兵より選ばれた優秀なる現役将校二十名および下士官三十名が、呉の海軍潜水学校に派遣を命ぜられ、約六ヵ月間、海軍の練習艦である呂三一潜により本格的な特別教育をうけた。また、その一部の者は、さらに大阪堺市にある大阪金属に派遣され、ヘッセルマン機関およびフレオンガスの冷却装置の教育を受けた。私もその一員である。これらの者が原隊に帰ってからは部隊の教育も本格化しその一部の者は㋴艇の乗組員の骨幹となった。

比島戦線に出動す

昭和十九年五月末には、命により、青木憲治少佐(陸士四四期)の率いる第一次出撃部隊が、マニラに派遣されることになった。

このときも教育隊としては、訓練の不十分と艇の整備の不完全とを十分自覚していたので、その期日の延期を上申し、かつ、たとえ現況のまま派遣しても、結局、実戦場では役に立たない旨を隊から極力主張したが、上司の容れるところとはならなかった。ついには「生命を惜しむのか」との言葉を聞くに至ったので、隊としては不備を承知のうえで、やむなく隊員を死地に投ぜざるを得なかったのである。

隊長の青木少佐は、矢野大佐と同じく機甲部隊の出身で、㋴部隊育ての親たる六名のなかの一人である。派遣隊員は本部、三個中隊と材料廠より編成され、青木少佐以下の将校二十六名、下士官九十一名、兵一八五名、計三〇二名で、そのなかには兵技出身者十九名が含まれている。参加する船艇は一号艇、二号艇、三号艇の三隻と八五〇トン級の母船一隻であり、一艇を一個中隊とし、一艇の乗員は艇長以下二十六名と定められた。一号艇の艇長は陸士五十四期の芦原節夫大尉、二号艇の艇長は陸士五十五期の植木清吉中尉、三号艇の艇長は陸士五十五期の林昇中尉で、いずれも海軍潜水学校で学んだベテランたちであった。

昭和十九年五月二十八日、マニラ派遣隊の四隻は、極秘裡に伊予三島で出陣式を挙行したのち宇品に寄港し、船舶司令官以下に見送られつつ夕闇迫る宇品を出撃した。

世界にいまだ例を見ない陸兵の運航する最新兵器、潜水艇㋴の檜(ひのき)舞台への登場としては、あまりにも寂しいものであった。船舶司令官以下わずかの主任者に見送られて、㋴は間もなく島陰に姿を消してしまった。建造から進水、就役から出陣と、ひたすらその完成に全力を傾けていた矢野大佐もこれを見送って、心中感慨無量のものがあったであろう。

派遣隊は航行の途中、沖縄で一隻が座礁したため、海軍の船に曳航されてようやく危地を脱することができた。また、台湾の南方海上で三隻がバラバラになったので、母船が一日かかって必死の捜索をし、やっと見つけ出した一コマもあった。

㋒艇隊がマニラに入港したのは七月十八日で、宇品出港いらい五十一日目であった。日数から見ればゆっくりした航海であるが、陸軍が自ら設計監督した、いわば素人の建造になる、性能もおぼつかない潜水艇である。しかも山野をかけめぐることを本職と心得た陸兵が、計器ひとつをたよりに海上を進むのであるから、日数を要するのもまた当然であろう。むしろ、よくも大洋を乗り切って無事マニラに到着したものだ、とつくづく感心させられる。尽忠報国とかいう古くさい言葉は別としても、人間の精神力ほど恐ろしいものはない。㋒の到着を待ちに待った現地の将兵が、この小柄な豆潜水艇を見て喜びあったのは、当然のことであろう。

㋒整備のため、空路マニラに飛んだ中村兵技少佐も、青木少佐をはじめ派遣隊の幹部ともども、無事の到着を祝いあった。こうして、どうにかマニラまで到着した㋒三隻であったが、しかし、ただちに新任務につくことはできなかった。故障はあちこちに起こり、容易に回復しそうにもない、乗組員の意気のみは盛んだが、艇は性能をすっかり消耗し尽くして、急速潜航は不可能になっていた。

無力の悲しさで、陸軍の力では手のほどこしようがない。そこで海軍側に協力を依頼するなど、青木少佐以下の苦労は並大抵ではなかった。七月末になると、比島方面に捷一号作戦の準備を命ぜられ、八月末をメドとして決戦準備の概成を要求された。㋴の整備も急がなくてはならない。

十月十七日早朝、レイテ湾口にあるスルアン島の海軍見張所は、敵艦の近接と一部の上陸開始を報じ、ついで二十日、米軍はレイテ島東岸に上陸を開始した。かくて捷一号作戦が発令され、比島は第一線の戦場と化し、制空、制海権は逐次米軍の手に握られていった。いよいよ㋴の活動場面が到来したのである。ただ残念なことには、青木少佐以下の苦心惨憺の整備結果にもかかわらず、とりあえず使用可能のものは第二号艇一隻に過ぎなかった。

悲壮なる㋴三隻の最期

マニラ派遣隊では苦心の整備の結果、二号艇一隻のみがどうやら行動できるようになったが、他の二隻は間に合いそうにもなかった。

しかし、このような切迫した状況下とあって、二号艇だけでも、ただちにオルモックへの輸送作戦に投入されることになった。二号艇は物資を搭載し、青木少佐は自らこれを指揮してマニラを出港した。この報に接した内地の教育隊では、その成功を危ぶみながらも、万一の僥倖（ぎょうこう）を

ⓨ艇の艦橋前方上甲板。右に見えるのは対魚雷艇防禦用の37ミリ戦車砲

ねがっていた。

二号艇は十一月二十六日、オルモック沖のパシハン島に到着した。ここで揚陸隊要員として同島基地隊長の野口氏夫中尉以下十四名を便乗させ、二十七日午前二時、同島を出航してオルモックに向かった。しかし、二号艇はそのまま消息を絶ってしまった。

野口中尉は、二号艇長植木中尉と同じ陸士五十五期出身である。彼は、ⓨ要員として当初より海軍の呉の潜水学校で学んだ親友の植木中尉のみを死地に向けるわけにはいかず、同期のよしみということもあって、あえて植木艇に同乗したものであった。

その夜、オルモックの陸上部隊は、港外におびただしい砲声と探照灯の照明を認めた。また、米軍側の「日本の小型潜水艇をオルモック港外で撃沈した」という報告を傍受したので、同艇は米艦艇の包囲攻撃を受けて撃沈されたものと、その最期が確認された。おそらく、何らかの故障で潜航できなくなったのではないかと関係者は証言している。同艇に乗っていた青木少佐をはじめ二号艇長の植木中尉以下三十二名の乗組員、野口中尉以下十四名の揚陸要員は全員が艇と運命を共にした。

当時、船舶司令部および教育隊は「ゆ一隻オルモックに到着」の報を受けたが、これは誤報であったといわれる。ただし当時、オルモックの陸軍部隊にいた人の談として、ゆ艇の荷揚げを目撃したことを述べている人もいるので、荷揚げが成功したかどうかについては多少の疑問もあるようである。

マニラに残った二隻も、あいつぐ困難をおかして修理を急いでいたが、状況はしだいに悪化していった。昭和十九年十二月には、マニラ港の使用が禁止され、第三船舶輸送司令部もサイゴンに移動した。そこで、ゆの基地は北部ルソンの北サンフェルナンドに選定された。こうして一号艇および三号艇は、応急修理をすませて十二月末に、マニラからリンガエン湾に回航された。

昭和二十年一月二日、一号艇は北サンフェルナンド港外に仮泊中、突然、米機の空襲をうけた。一号艇は急速潜航したが、ハッチの閉め遅れで艇内に多量の海水が浸水し、その後、ついに浮上することができなかった。

艇内に残された乗員のうち二名は、陸上に救助を連絡するため、司令塔と発令所（艦本体）のあいだのハッチを閉め、司令塔のハッチを開け、これに海水を入れて（司令塔を脱出用のダイバスロックとして使用）脱出し、陸上に連絡することができた。しかし当時は、大型クレーン船をマニラから回航することも困難であり、全員を見殺しにするほか手段はなかった。このとき、艇長の芦原大尉ら一部の人々は陸上にあったが、首藤精一准尉以下十二名の人々は、艇内にあって殉職した。

それから三日たった一月五日、三号艇はダモルテス沖（北サンフェルナンド南方リンガエン湾）で仮泊中に、同じく空襲を受けて撃沈された。幸いに乗員全部は無事に上陸し、一号艇の芦原大尉以下六名とともにバギオに向かって移動し、陸上部隊に編入された。かくして、マニラ派遣艇は雄図も空しく全滅を見たが、これは、当初より予想されていたことでもあった。

むしろ整備、訓練ともに行き届かぬ艇や乗員でマニラまで進出したことの方が、当事者にとって驚異的であったといわれている。結局、失敗には終わったが、この派遣隊がその後の教育隊の訓練その他にたいして、いろいろな教訓をもたらしたことは確かであろう。また、こうした㋠艇の運命の結果にもとづき、艇自体の改造の必要が認められ、つぎつぎと改装工事がほどこされていった。

艇を喪失後の部隊の行動

一方、乗組員以外の在マニラ部隊は、本部と合流するため一月九日、北部ルソンのカガヤン峡谷に向けて、四台の自動車に分乗してマニラを出発した。二月上旬、バギオ越えに行動してきた本部とアリタオにて合流したが、芦原大尉指揮のもとに台湾高雄への転進の命を受けた。そこでふたたび、トラック五台によりアリタオを出発し、二月十三日ごろ、アパリ地

ゆ3号艇。フィリピン戦場へ進出、リンガエン湾で空襲をうけ沈没したが、昭和20年1月、米軍により引き揚げられ調査されたさいの写真。その後、揚陸艦に収容され米本国へ輸送された

区のサンタマリアに到着した。

しかし、高雄転進の機会がなく、第十四方面軍へ転属すべしとの船舶司令部の命によって、ただちに南下した。そしてカフヤンで第三船舶輸送司令部本部在比島残留部隊および当隊、海上駆逐、高速輸送、水素発生隊をもって臨時歩兵大隊を編成した。大隊長はマニラ航空廠の白根太郎中佐で、編成完結は三月十七日である。ここでふたたび南下し、バヨンボン、バンバンを経てアリタオに前進、キラン峠に陣地構築を命ぜられた。

この間、芦原大尉、林大尉、伊東英彌中尉、澤田年栄中尉らは、戦訓報告のため内地に帰還すべくツゲガラオに向けて別行動をとったが、爾後のこの一行の行動は不明となった。

昭和二十年四月十一日、第一線が急を

告げたので、大隊はサラクサク峠正面の「撃」部隊（戦車第二師団）の配属となって、サラクサク峠第二イムガン河陣地に入った。

前線の戦闘は激烈をきわめ、給与も充分でなく、戦死、マラリアによる病死が続出して、宮崎中尉以下約二分の一以上の人員が消耗した。バギオが落ち、バレテ峠も突破され、撃部隊もまた損傷が甚だしく、六月十二日、後方に転進を命ぜられた。こうしてルグルグ、ピンキャンを経てバンバン地区サリナスに転進した。ここでサリナス東方の丘陵に陣地を占領し、バンバン方面にたいして布陣した。

六月十八日、ふたたび敵の猛攻を受け、大隊は分裂し、大隊本部の高泉中尉以下第二中隊の一部、および天野中尉以下第一中隊、阿部中尉以下第二中隊の残部、および中武中尉以下行李班の一部と相分離して、西方山地内に転進した。

当時、井上少尉は高泉中尉以下の第二中隊の一部とともに行動し、約一週間後に本部と合流して約六十名の部隊となった。そして西北方の「撃」司令部の集結地アンチポロに向けて前進した。爾後、未開の山地の行動は至難をきわめ、そのうえ敵正規兵、敵匪、イゴロット族の襲撃、悪性マラリア、食糧の欠乏等により、ますます人員が消耗した。十一月中旬以降はとくにそれが激しくなった。

当時、ボゴト西北方地区の無名の集落に在ったが、終戦の印刷物を拾得したので、これで一時平地への進出を試み、ついに終戦を知ることができた。そこで意を決してバンバンへ下った。このころ、人員は他部隊の兵を加えて、大隊長以下わずかに三十一名にすぎなかった。

かくてバヨンボンの収容所に入れられ、十二月六日、北サンフェルナンド・サンホセ収容所に送られた。その途中のロザリオ、ダモルテスのあいだで自動車が転覆し、三名が即死し全員が負傷した。そのため、北サンフェルナンドおよびサンファビアンの、米軍の陸軍病院に収容されたが、同七日に白根中佐が、同九日に小笠原大尉が、それぞれ病院で死去した。残余の人員は、十二月十一日、マニラのカンルーバン第一収容所に収容された。

㋴艇の艦橋上から撮影した艦首上甲板の情景

話は戻るが、昭和十九年九月下旬、マニラから陸上要員がセブに先遣し、十月初旬、セブに到着した。そして、そのなかの渡辺中尉以下一名が、揚陸隊要員としてレイテ島オルモックに先遣した。同年十一月二十六日、㋴二号艇がパシハン島に到着したが、その後の行動については既述したとおりである。

セブ島に残留した松本中尉以下の四十三名は、服部部隊に配属を命ぜられて第一中隊を編成した。爾後、中隊は陣地構築をおこなっていたが、昭和二十年三月二十六日、ついに敵が四方より上陸してきた。中隊は主陣地で激戦すること約一ヵ月におよんだが、ついに命によって北に転進した。そして、なおも交戦をつづけたが、九月一日になって収容された。当時の生存者は十六名にすぎなかった。

はかない夢

昭和十七年秋以来の、海中をもぐる補給輸送の構想も、ついに比島では成果を挙げることができなかった。厚板、鉄板の物動計画のワクのほとんどすべてを㋴の建造に注ぎ込むほどの陸軍最高首脳部の期待も、いまやはかない夢と化してしまった。

思うに、すべてに無理があった。無理のうえに無理を重ねたのである。素人に造らせたのも無理であった。船舶や海洋の知識もない陸兵に、わずか数ヵ月の教育で潜水艦を運航させたことも、無理であった。艇そのものの構造や機能にも、無理が多かった。どうして、こんな無理をしなければならなかったのか。太平洋戦争末期の日本の有様をそのまま象徴するような㋴の存在には、考えさせられるものが多いのである。

船舶に関する知識もなく、まして思いもよらぬ潜水艇の建造を素人が担任して、資料集めからはじめなければならなかったところに無駄があった。海軍潜水艦の建造に慣れた造船工場や、経験豊富なベテラン技術者や、海軍潜水学校と称する教育機関、潜航に熟練した基幹人員などを利用できなかった点でも、無駄が多かった。

敵の優勢な航空機のもとに、大型船舶がのろのろと動けるものでないことも、初めからわかっていたことだった。だから、もっと早くに着意してこの構想を進め、海軍の潜水艦との調整をはかり、物動計画の面でも科学技術の面でも、また製作技術の面でも、すべての無理や無駄を防いでいたならばと、いまさらながら残念でならない。

海軍の施設が手一杯で使えないことも、造船工場に空の船台のないことも、また海軍の潜水艦がその数も少なく、陸軍の補給輸送にばかり使えないことも、わかっていたが、それだけに早くからこの構想を進め、大局的な見地から善処することはできなかったものかと、これも悔やまれるのである。

本土近海の活躍

最後に、ついでながら、その後のゆの活動について付記しておこう。

サイパンの守りを失い、硫黄島も玉砕したのちは、父島までの海上船艇の輸送も断絶した。八丈島への輸送さえも困難となってきた。しかし、これらの島へ食糧、弾薬を補給することは、日本内地にまで敵の足跡のおよばんとする当時としては、大問題であった。この方面でゆの使用を命ぜられたのも、当然のことである。

昭和十九年十一月、潜水輸送隊より一隊を東京船舶隊に配属して、父島、八丈島方面の輸送を担任することとなった。明くる昭和二十年一月十二日、艇の整備の完了を待って、七里俊次少佐を長とする第七号艇および第八号艇が先発し、後続のゆ四隻の増加とともに、伊豆半島の下田に基地をつくった。こうして、父島にたいする補給輸送を数回実施した。

昭和二十年四月、米軍の沖縄上陸後は、沖の島も太平洋の孤島となった。また沖縄以北の島々にたいする海上輸送も、逐次困難を加えるに至ったので、九州長崎の口ノ津に潜水輸送派遣隊を置いて、本土決戦に備えた。

これら南の島々への補給輸送は数回成功した。この輸送には㋴四隻が当てられた。

このように昭和二十年一月末以降は、南方との海上交通が絶え、四月以降には東シナ海の航行さえもできなくなった。七月ごろになると、朝鮮、本土間の海上輸送も逐次困難となってきたので、潜水輸送隊の主力をあげて日本海方面に使用することとなった。伊予三島の潜水輸送教育隊は、全力をもって山口県の萩および仙崎付近に進出して、釜山との連絡輸送に任ずべき内命を受けた。当時、三島には十六隻の㋴があったが、先発隊が萩に向かって出発せんとした八月十五日、ついに終戦をむかえたのである。

敵の制空権下において、海中をもぐって補給輸送の完璧を期せんとした㋴も、当初の構想では、ソロモンあるいは南東太平洋を対象としたものであった。しかし㋴の建造が戦況の進展に追いつけず、比島方面の戦闘では一部が参加したにすぎなかった。ましてや内地に基地を求め、沿海諸島の補給輸送に使用することなどは、構想の当初にあっては、夢にも思わぬことであった。

㋴の生涯は短かった。昭和十八年十月二十九日、日立製作所笠戸工場で進水した第一号艇をもってこの世に姿を現わしたのであるが、終戦後、間もなく、一切を連合軍に引き渡して海没処分や解体され、影も形もなくなった。終戦まで各工場で建造された艇は、日立製作所

（笠戸）二十四隻＋十二隻、日本製鋼所（広島）十隻＋四隻、安藤鉄工所（東京）二隻＋五隻、朝鮮機械製作所（仁川）四隻＋九隻であった。＋は未完成数である。

㋴は鉄道の機関車工場のレールの上や、鉄工所のなかで陸軍が造った潜水艇で、設計、建造、試運転、運航と、さらに戦場における運用にいたるまで、すべてが陸軍の将兵によって行なわれた世にも珍しいもので、世界戦史にも皆無である。

㋴は敗戦の色濃くなったころに、突然生まれ出てきたもので、敗戦とともに多くの教訓を残してあえなく二年の生涯に終わりを告げ、この世から姿を消した。

※本書は雑誌「丸」に掲載された記事を再録したものです。執筆者の方で一部ご連絡がとれない方があります。お気づきの方は御面倒で恐縮ですが御一報くだされば幸いです。

単行本　平成二十九年五月　潮書房光人社刊

NF文庫

潜水艦戦史

二〇二二年五月二十日　第一刷発行
著　者　折田善次他
発行者　皆川豪志
発行所　株式会社　潮書房光人新社
〒100-8077　東京都千代田区大手町一-七-二
電話／〇三-六二八一-九八九一代
印刷・製本　凸版印刷株式会社
定価はカバーに表示してあります
乱丁・落丁のものはお取りかえ致します。本文は中性紙を使用
ISBN978-4-7698-3262-1　C0195
http://www.kojinsha.co.jp

NF文庫

刊行のことば

第二次世界大戦の戦火が熄（や）んで五〇年――その間、小社は夥しい数の戦争の記録を渉猟し、発掘し、常に公正なる立場を貫いて書誌とし、大方の絶讃を博して今日に及ぶが、その源は、散華された世代への熱き思い入れであり、同時に、その記録を誌して平和の礎とし、後世に伝えんとするにある。

小社の出版物は、戦記、伝記、文学、エッセイ、写真集、その他、すでに一、〇〇〇点を越え、加えて戦後五〇年になんなんとするを契機として、「光人社NF（ノンフィクション）文庫」を創刊して、読者諸賢の熱烈要望におこたえする次第である。人生のバイブルとして、心弱きときの活性の糧（かて）として、散華の世代からの感動の肉声に、あなたもぜひ、耳を傾けて下さい。

＊潮書房光人新社が贈る勇気と感動を伝える人生のバイブル＊

NF文庫

写真 太平洋戦争 全10巻 〈全巻完結〉

「丸」編集部編

日米の戦闘を綴る激動の写真昭和史――雑誌「丸」が四十数年にわたって収集した極秘フィルムで構築した太平洋戦争の全記録。

戦史における小失敗の研究 二つの世界大戦から現代戦まで

三野正洋

太平洋戦争、ベトナム戦争、フォークランド紛争など、かずかずの戦争、戦闘を検証。そこから得ることのできる教訓をつづる。

潜水艦戦史

折田善次ほか

深海の勇者たちの死闘！ 世界トップクラスの性能を誇る日本潜水艦と技量卓絶した乗員たちと潜水艦部隊の戦いの日々を描く。

戦死率八割――予科練の戦争

久山 忍

わずか一五、六歳で志願、航空機搭乗員の主力として戦い、戦争末期には特攻要員とされた予科練出身者たちの苛烈な戦争体験。

弱小国の戦い 欧州の自由を求める被占領国の戦争

飯山幸伸

強大国の武力進出に小さな戦力の国々はいかにして立ち向かったのか。北欧やバルカン諸国など軍事大国との苦難の歴史を探る。

海軍局地戦闘機

野原 茂

強力な火力、上昇力と高速性能を誇った防空戦闘機の全貌を描く決定版。雷電・紫電／紫電改・閃電・天雷・震電・秋水を収載。

＊潮書房光人新社が贈る勇気と感動を伝える人生のバイブル＊

NF文庫

下士官たちの戦艦大和
小板橋孝策

巨大戦艦を支えた若者たちの戦い！　太平洋戦争で全海軍の九四パーセントを占める下士官・兵たちの壮絶なる戦いぶりを綴る。

帝国陸海軍 人事の闇
藤井非三四

戦争という苛酷な現象に対応しなければならない軍隊の〝人事〟とは？　複雑な日本軍の人事施策に迫り、その実情を綴る異色作。

幻のジェット戦闘機「橘花」
屋口正一

昼夜を分かたず開発に没頭し、最新の航空技術力を結集して誕生した国産ジェット第一号機の知られざる開発秘話とメカニズム。

軽巡海戦史
松田源吾ほか

駆逐艦群を率いて突撃した戦隊旗艦の奮戦！　高速、強武装を誇った全二五隻の航跡をたどり、ライトクルーザーの激闘を綴る。

ハイラル国境守備隊顛末記　関東軍戦記
「丸」編集部編

ソ連軍の侵攻、無条件降伏、シベリヤ抑留――歴史の激流に翻弄された男たちの人間ドキュメント。悲しきサムライたちの慟哭。

日本の水上機
野原　茂

海軍航空揺籃期の主役――艦隊決戦思想とともに発達、主力艦の補助戦力として重責を担った水上機の系譜。マニア垂涎の一冊。